蓊斋赏诗

于冠深／著

哈尔滨出版社
HARBIN PUBLISHING HOUSE

图书在版编目（CIP）数据

翁斋赏诗 / 于冠深著． — 哈尔滨：哈尔滨出版社，
2023.6
ISBN 978-7-5484-6764-9

Ⅰ．①翁… Ⅱ．①于… Ⅲ．①唐诗－诗歌欣赏 Ⅳ.
① I207.227.42

中国版本图书馆 CIP 数据核字（2022）第 174126 号

书　　名：翁斋赏诗
WENG ZHAI SHANG SHI

作　　者：于冠深　著
责任编辑：尉晓敏　孙　迪
特约编辑：李　路
装帧设计：谢蔓玉

出版发行：哈尔滨出版社（Harbin Publishing House）
社　　址：哈尔滨市香坊区泰山路 82-9 号　　邮编：150090
经　　销：全国新华书店
印　　刷：三河市元兴印务有限公司
网　　址：www.hrbcbs.com
E-mail：hrbcbs@yeah.net
编辑版权热线：（0451）87900271　87900272
销售热线：（0451）87900202　87900203

开　　本：660mm×960mm　1/16　印张：23.25　字数：350 千字
版　　次：2023 年 6 月第 1 版
印　　次：2023 年 6 月第 1 次印刷
书　　号：ISBN 978-7-5484-6764-9
定　　价：69.80 元

凡购本社图书发现印装错误，请与本社印制部联系调换。
服务热线：（0451）87900279

序 言

　　作为一个报人，一个新闻工作者，按现在的说法叫"媒体人"，我在工作岗位上的日子，或编或写，编的和写的那些东西，都在报纸上。2002年年底，我退休了。退休以后，一来是"积习"难改，二来是常有朋友约稿，我就又东一笆子西一扫帚地写了十多个年头，先后写了不少文章。我一边写，一边编辑出书，直到觉得写不动了为止，总共出版了七八本书。这七八本拙著中，《翁斋赏诗》这本书我下的功夫最大——仿佛花了一火车的心血似的。

　　我在《翁斋赏诗》里共欣赏了一百篇唐诗。为求整齐划一，各篇皆以七字命题。每篇欣赏文章均包括四个方面的内容：1. 作者原诗；2. 词语注释；3. 原诗今译；4. 欣赏文字。作文要有新意，务求言人所未言。这是我平生为文始终坚持的一个理念。不言而喻，我在《翁斋赏诗》里的一百篇欣赏文章，也遵循了这个理念。首先是我所选择的欣赏篇目，都是自己在读过后产生了一些观点，或曰看法，并且觉得值得一写的篇目。就词语注释而言，因为我看别人的赏评文字，多嫌注释太简，以致读过之后常有似懂非懂之感，所以我作注释力求详尽，并且是以《汉语大词典》等专业工具书为据。在我看来，仅就原诗的文字而言，经我注释，初中生乃至高年级小学生都能读懂。文章的重点，当然是欣赏部分了。这部分我给起了个名字叫"翁斋语语"，"翁斋"也者，是我附庸风雅给书房起的"翁郁斋"之名的简称；"语语"也者，词典有解，曰："语其所当语。"我之所谓"当语"，自然是就我个人的欣赏感受而言。我这里所说的有自己的观点或曰看法，主要表现在以下几个方面：其一，诗中固有而别人不曾阐发——以我的视域为限——的思想内涵。其二，对别人的有关解读或思想内涵的赏评，我有不同的意见。其三，别人说某诗某联或者某句，具有启人深思的哲理，但却没有说那启人深思的哲理究何所指，以及如何启人深思，我加以阐发。其四，个别名篇，我以为存在值得质疑之点，而人们习焉未察，提出来就教于大方之家。其五，联系实际，阐发诗作的现实意义，以及抒写由诗作引发的有关世情人生等的体会与感悟。总的来说，我之所谓欣赏，侧重于对作品思想内涵及其意义的探讨、挖掘和评析。

　　回想撰写本书的过程，在一年半的时光里，白天写，晚上也写，常常熬到深夜。说得夸张一点，几乎无时不在琢磨。好处是虽寻寻觅觅颇苦，但每当有自己的发现和体悟的时候，则欣欣然乐不可支。有自作打油诗为证——

　　　　一年又半载，赏诗一百篇。
　　　　机杼必自出，言人未曾言。
　　　　昼思夜还想，晨昏或倒颠。
　　　　仙笑我莞尔，圣哭我泫然。[1]
　　　　嶙峋骨更瘦，心血溢河川。
　　　　辛苦诚然是，苦中乐最甜。

　　《蓊斋赏诗》在几家报纸上连载或部分连载以后，我请人加以编辑和设计了封面，送印刷厂印了一些，断断续续地向我的师长、同事、同学和朋友赠送了一部分，反馈意见大都说好。其中，我很敬重的当年我在山东

[1] 作者自注："仙"，指诗仙李白，下句中的"圣"，指诗圣杜甫。

师范学院上学时的一位老师打电话给我，说他很喜欢《蓊斋赏诗》，"这本书有存在价值"，建议我交出版社正式出版，还说希望我再写一本哲理诗欣赏出来。忽忽然好几个年头风驰电掣一般过去了，时至今日，我除作几首打油诗外，不光哲理诗欣赏没写，其他别的什么也不曾写。不曾写固然不曾写，然而就还想写点什么而言，还真动过心，所谓"蠢蠢欲动"。遗憾的是，身体不给做主，健康与愿望犯拧，最终落得徒唤奈何，包括将《蓊斋赏诗》正式出版，都有违老师的教诲了。看来，一部作品是不是由出版社正式出版，还是有些不同的。也许，这就如同一对恋人结婚是不是去相关部门领过结婚证，或者一个孩子落地后，是不是去相关部门报了户口吧。我之所以又说起这个话题来，是因为突然又有同志向我提议，将《蓊斋赏诗》交出版社正式出版。岂不闻"听人劝，吃饱饭"乎？那么，就交出版社好了，但愿本书入得了某家出版社的眼。

由于本人学疏才浅和功夫下得不够，恳请读者朋友对书中谬见及其他方面可能存在的错误不吝赐教。在撰写过程中，曾反复阅读并参考了《唐诗三百首》《唐诗鉴赏辞典》，以及《中国古代十大诗人精品全集》中几位唐朝诗人的全集中的诸多篇目，在此对各书的编著者表示由衷的感谢。

2021 年 9 月 25 日

目录
Contents

欲览众小须登巅
——读杜甫《望岳》

◆ 原文

望　岳 [1]

岱宗 [2] 夫如何，齐鲁青未了。

造化 [3] 钟神秀，阴阳割昏晓。

荡胸生曾云，决眦入归鸟。 [4]

会当凌绝顶，一览众山小。 [5]

◆ 注释

[1] 岳：古代指泰山等五座名山，即所谓五岳，也泛指高山。

[2] 岱宗：泰山的别名。岱，泰山；宗，长也，尊重也。旧谓泰山居五岳之首，为诸山所宗，故有岱宗之称。夫：发语词。

[3] 造化：自然界的创作者，亦指自然。钟：汇聚，集中。昏晓：暗和明，也指夜和昼。古人有谓："山后为阴，日光不到故易昏；山前为阳，日光先临故易晓。"

[4] 曾云：积聚着的云气。曾，通"层"，重叠。决眦（zì）：裂开眼眶。这里表示极目远望。入：入望，看见。

[5] 会当：该当；当须。含有将然的语气。凌：升，登上。绝顶：山的最高峰。览：观看。

泰山啊是怎样一番景象？

青徐徐横齐鲁绵延广袤。

大自然把神奇聚集这里，

山前后明暗殊直插云霄。

云蒸腾雾缭绕胸怀激荡，

极目望方得见归巢飞鸟。

终究要攀登上峰巅极顶，

俯视那四周围群山矮小。

◆ 蓊斋语语

据载，该诗乃杜甫于开元二十四年（736 年）北游齐、赵（今河南、河北、山东等地）时所写，是现存杜诗中年代最早的作品。用语精炼奇绝，不愧为千古绝唱。

记得若干年前，曾有一位当代诗人批评"岱宗夫如何"一句，说其什么也没有告诉读者，纯粹是多余的废话。对于这样的说法，我不是太赞同，然而也没有反驳的理由。后读萧涤非先生的解读，深为赞同：这一句是写作者乍一望见泰山的时候，高兴得不知怎么形容的那种兴奋、仰慕之情，非常传神。是前者视珍珠为鱼目，还是后者视鱼目为珍珠？好文章看不出来是好文章，乃作者与读者的双重悲哀；好文章能看出来是好文章，无疑也是水平。欣赏的乐趣，就在于能够看出来好文章是好文章。

"会当凌绝顶，一览众山小。"历来最为人称道，展现了青年杜甫的境界、抱负和底气。境界意味着见识与觉悟，抱负意味着志向与目标，底气意味着实力与自信。应该说，这既是政治上的，也是文学上的，而政治上的要多于文学上的，所谓"致君尧舜上，再使风俗淳"。遗憾的是，政治抱负的实现，需要更多客观条件的允许和支撑，而杜甫并不具备。比如说，谋其政首先得在其位，可那个位子的获得，不是一厢情愿的事，即使才高八斗学富五车也罢。天宝六年（747年），杜甫至长安参加进士考试。奸相李林甫嫉贤妒能故艰其试，致使录取率为零，杜甫当然落第。在之后的日子里，杜甫一直仕途不顺，"一览众官高"，政治之志无法实现。好在他还有文学的抱负。

就艺术创作而言，达到一般意义上的"较高水平"，靠勤奋也许就可以了，但要有出类拔萃的大成就，则必须是天才加上勤奋。假如仕途顺畅的话，杜甫也许会成为一个工于诗歌的高官，但是否能成为名垂青史的政治家，就不好说了，反正很难成为令后人仰之弥高的诗圣。反过来讲，正是由于政治抱负落空和由此造成的压抑、愤懑与贫困，才成就了杜甫在诗坛上"一览众山小"的辉煌。正所谓"公鸡头，母鸡头，不在这头在那头。两头都占固然好，无奈自古世少有。"以一个爱好文学的后辈的眼光去看，我认为这简直是天意。不然的话，中国文学之巨大的"杜甫"空白，将永远无法弥补。

有人说，杜甫的"会当凌绝顶，一览众山小"是从孔夫子的"登东山而小鲁，登泰山而小天下"化来的。是不是可以这样认为："化"者，即有所依傍的创新。杜甫"化"得好，可谓"青出于蓝而胜于蓝"了。

风正始得一帆悬
——读王湾《次北固山下》

◆ 原文

次北固山下 [1]

客路 [2] 青山下，行舟绿水前。

潮平 [3] 两岸阔，风正一帆悬。

海日生残夜，江春入旧年。 [4]

乡书 [5] 何处达？归雁洛阳边。

◆ 注释

[1] 次：留宿；停留。北固山：位于今江苏省镇江市，三面临江。

[2] 客路：旅客所经之路。

[3] 潮平：谓潮水涨至最高位置，与两岸相平，更显水面宽阔。

[4] 海日：海上的太阳。古诗中亦以海指江。残夜：指夜将尽之时。江春：江南的春意。旧年：新的一年的上一年。

[5] 乡书：家信。归雁：指北飞的大雁。

◆ 今译

道路从青山下逶迤绕过，轻舟在清澈绿水上向前。

潮水齐岸视野非常开阔，风正船直白帆高高挂悬。

朝阳升起在将明的昨夜，春意生发在即终的去年。

我的家书投递至于何方？拜托大雁带去洛阳那边。

◆ 翁斋语语

这是首千古传诵的名篇。其中"海日生残夜，江春入旧年"一联，尤其受到激赏，所谓神来之笔。《河岳英灵集》称："游吴中作《江南意》诗云：'海日生残夜，江春入旧年'，诗人已来少有此句。张燕公（说）手题政事堂，每示能文，令为楷式。"

黎明驱走黑夜，太阳升起来了；一年临近结束，春意来到人间。这些原本是大家司空见惯、习以为常的自然现象，作者却打破思维定势和表达习惯，说是"海日"生于"残夜"，"江春"进入"旧年"，表现了非凡的炼字出新的功夫，揭示了事物发展的辩证规律："新生于旧，旧孕育新"，予人以深刻的启迪。这就是诗歌的魅力了。

仅就启迪意义而言，我以为"潮平两岸阔，风正一帆悬"一联，同样，甚或更加值得称道。

"潮平"是说水与岸齐。这意味着水位升高，而且没有了江岸的遮挡，乘船人的视野变得更加开阔辽远了。"风正"是说风顺即顺风。因为顺风，所以船帆高悬，通畅无阻。

显而易见，这都是自然现象和自然之理。然而人们在读到这两句诗的时候，并不止于对这一自然现象和自然之理的认识，而是产生联想，思绪由自然界的江河风帆，延伸到政治、经济、人生等诸多方面的社会现象和社会之理上，生发进德益智的思索。

具体来说，由"潮平两岸阔"联想到人只有努力提高思想认识水平、政治觉悟水平等，才能眼界开阔，高瞻远瞩；由"风正一帆悬"联想到，一种政治，只有正义高张，才能政通人和；一个社会，只有正气充塞，才能文明和谐；人生之旅，只有正道直行，才能前途光明。诸如此类。

与此成鲜明对比的是，那些处心积虑搞邪门歪道、阴谋诡计之流，只能得逞于一时，归根结底是立不住、混不久的，即使别人不去奈何他们，他们自己最终也要倒台、垮掉。

启迪借助于联想。能够引起联想的诗，才能实现某种对接，产生共鸣效应，具有启迪意义。就像王湾的这首《次北固山下》一样。

王湾进士出身，没有做过大官，生卒之年不详。有道是"文以人传，人以文传"。以我的观察为据，文以人传易，人以文传难。文以人传之人，有权或有名，可用或可借；人以文传之人，仅靠文而已。王湾这首《次北固山下》之所以能成为千古名篇，靠的全是质量。

好诗删削不可取

◆ 原文

清　明

清明时节雨纷纷，路上行人欲断魂。[1]
借问[2]酒家何处有？牧童遥指杏花村。

[1] 行人：出行的人；出征的人；行旅之人。欲：将要。断魂：销魂神往。形容一往情深或哀伤。此处当指凄惶落魄。

[2] 借问：请问。敬辞。

◆ 今译

时在清明细雨飘落乱纷纷，行旅之人几欲落魄复失魂。

请问哪有酒家容我暂栖身？牛娃手指杏花正开一小村。

◆ 蓊斋语语

杜牧的这首《清明》诗，明白浅显如话，然而读来令人有身临其境之感，韵味悠长。语深意奥，固然是本事，语浅味浓，即使不说本事更大的话，至少雅俗共赏，能够受到更多人的喜爱，"是真佛只话家常"。

按照我们家乡的说法，"过寒食，冷十日""清明断雪不断雪，谷雨断霜不断霜"。所谓"清明断雪不断雪"，是说节令到了清明，下雪与否——有的年份下，有的年份不下——都属于正常现象。所以，清明时节乃乍暖还寒时候。这个时候下雨，大抵是北风吹雨，而人们已经脱掉了棉衣，自然感到寒冷。倘是离家不远的行人，赶紧回家添加衣服，甚至爬到炕头上取暖也无不可，自然谈不到"断魂"。身为行旅之人的诗人杜牧就不同了。衣单身寒，无家可归，加以极有可能引动了思乡之情，最终不免于凄凄惶惶失魂落魄了。想要寻觅酒家，恰好遇见牧童，于是询问所在。假如牧童冲他摇头，告以"不知"或此地没有酒家，不知诗人将会何等失望。所幸牧童抬起胳膊，手指前方的一个村庄，也许没有说话，但说话的可能性更大："先生请看，酒家就在那个杏花正开的地方。"不光有酒家，且隐杏林下，既可小酌，又赏杏花，诗人的欢喜和欣慰，便不言而喻了。正所谓"言有尽而意未绝"。

曾有批评者认为，杜牧的这首诗有语义重叠之嫌："清明"就是"时节"，"行人"定在"路上"，"何处"岂非"借问"，"遥指"不必"牧童"。所以完全可以编辑删削。比如，至少可以由七言删为五言——

> 清明雨纷纷，行人欲断魂。
> 酒家何处有？遥指杏花村。

这样的意见和改法，明显有考虑不周之处。"清明"一词是有着多个义项的，它除了指农历的二十四节气之一外，还有"（政治）有法度，有条理""清澈而明朗"等其他义项，故将"时节"删去，是有可能产生歧义的。"行人"一词，固然可解为"路上行走之人"，但"路上行走之人"也有不同的情况，比如说，有一般的"行走之人"，有"行旅之人"，还有"出征之人"等。

如果不是远离家乡的"行旅之人"路上遇雨，而是附近村庄的百姓路上遇雨，至于"欲断魂"吗？已如上述。"行人"之前冠以"路上"二字，是不是更能起到强调这个"行人"是"行旅之人"的作用呢？"借问"是个敬辞，删去缺了文明。牧童形象具体，文学排斥抽象。何况，即使单从旋律韵味着眼，删削后的诗也不能望原诗之项背。除删削为五言的版本外，还有删削为四言、三言、两言的，还有改诗为词的，无须一一列举。做做文字游戏是可以的，就质量而言，改诗为词者不论，反正删削是越删越等而下之。譬如一朵鲜花，以为可以将花瓣都剪一剪短，可以固然可以，但该不该就是另一回事了。

杜牧毕竟是杜牧。

梦回觉寒月疑霜
——读李白《静夜思》

◆ **原文**

静[1] 夜思

床前明月光，疑是地上霜。[2]

举[3] 头望明月，低头思故乡。

◆ **注释**

[1] 静：寂静；无声。

[2] 床：供人睡卧的家具。古代也指坐具。疑：怀疑。也可释作"好像"。

[3] 举：仰起；抬起。

◆ **今译**

床前洒满明亮月光，疑惑地上下了秋霜。

抬头观看天上明月，低头思念我的家乡。

◆ **蓊斋语语**

　　如果说李白是中国知名度最高的诗人的话，那么《静夜思》大概就是他的诗歌中知名度最高的一首了。原因有这样几点：一是浅显易懂，明白如话；二是表达了人之常情；三是情感真挚，意味隽永。唯其如此，雅俗共赏，而知名度高乃雅俗共赏的必然结果。

读李白的诗，一个最明显的感觉是，似乎不是他要作诗，而是诗要他作，不假思索，脱口而出，简直比别人作那种难以称其为诗的顺口溜都来得容易，有如山涧喷泉的不能不喷涌，有如崖畔鲜花的不能不怒放。总而言之，在我看来，李白简直就是为诗而生，为诗而活，人是诗仙，作诗像有仙气催着，诗是仙诗，卓异不凡——"清水出芙蓉，天然去雕饰"。

就《静夜思》而言，按照我的理解，诗中的那个"霜"字，是关键字眼。明明是照在床前的月光，怎么就想到了霜呢？一般说来，月光与霜不是多难区别。很可能是因为一觉醒来感到了冷，首先身上冷，接着心里冷。正是由于冷，想起家的暖。既想起炕头暖，也想起亲情暖。于是，情不自禁地"低头思故乡"了——还是家里好。有些时候，人们说故乡，是在指家；人们说到家，是在指故乡。

有论者认为，关于"疑是地上霜"一句中的"疑"字，人们多以"怀疑"解读是不对头的。因为头一句已经肯定是"床前明月光"了，怎么可能又怀疑呢？只能解作"好像"，即"床前明月光"，好像地上霜。我则以为，以"好像"解读，可以，以"怀疑"解读，也行。以"怀疑"解读的内在逻辑是，诗人一觉醒来，看到了床前一片亮光，怀疑是下了霜了。及至抬头望见了窗外天上的月亮，方悟，刚才怀疑的秋霜其实是月光罢了。

又有论者指出，《静夜思》诗中所说之床，不是睡卧之床，而是类似于马扎子的坐具，因为唐朝的时候还没有床。事实不然。查《汉语大词典》：床，同牀。供人睡卧的家具。《诗·小雅·斯干》："乃生男子，载寝之牀。"郑玄笺："男子生而卧于牀，尊之也。"既然早在唐朝之前就有了作为睡卧家具的床，到唐朝的时候怎么倒没有了？也是据《汉语大词典》，"牀"在古代确实也指非睡卧之具的"安身之几坐"。

顺便说及，报载：李白的这首《静夜思》，在宋代洪迈的《万首唐人绝句》

里，原诗如下——

> 床前看月光，疑是地上霜。
> 举头望山月，低头思故乡。

到了明代，《万首唐人绝句》修订了一下，第三句"举头望山月"改成了"举头望明月"。到了清代沈德潜的《唐诗别裁》，第一句"床前看月光"改成了"床前明月光"。

有朋友认为，《静夜思》一诗仅四句二十个字，就"明""明"重复，"月""月"重复，"头""头"重复，于是加以修改，且让我看，问我感觉如何。我说，经你修改，你想解决的问题解决了。不过，也许是读李白的原诗习惯了的缘故，我感觉还是读原诗更舒服一些。兹录朋友的改诗如下，请教读者——

> 床前亮光光，疑是地上霜。
> 举头望明月，低眉思故乡。

理语警策亦好诗
——读虞世南《蝉》

◆ **原文**

蝉

垂绥饮清露，流响出疏桐。[1]

居高声自远，非是藉[2]秋风。

◆ **注释**

[1] 绥（ruí）：蝉生于腹下的针喙；古代冠带在颔下打结后的下垂部分。流响：传播响声。这里指连续不断的蝉鸣声。疏桐：高大的梧桐树。

[2] 藉：凭借。

◆ **今译**

低垂着针喙饮食清澈的露水，蝉鸣似流水发自高大梧桐树。

居身高处声音自会传出很远，不是凭借着秋风的徐徐吹拂。

◆ **翁斋语语**

该诗作者虞世南，官至秘书监，封永兴县子。论者有谓，唐太宗曾一再称赞虞世南的"五绝"（德行、中直、博学、文词、书翰），故该诗或蕴自况之意。照我想来，这样的自况是很值得肯定和赞扬的，因为表明了自况者的追求与秉持，而且是心口如一、言出行随的。另外，我还想到，是否唐太宗的赞扬正是作者作这首诗的缘起呢？

"垂緌饮清露，流响出疏桐"两句，很值得细嚼。"垂緌"一词语义双关，用得很巧。明里是在说蝉，又让人想到那些峨冠博带的官员，其中当然也包括作者自己。

所谓"饮清露"，用现代科学的观点去看，当然是站不住脚的，但我们不可以苛求古人。在古人看来，蝉就是饮清露的。小时候我在家乡，乡亲们也都这样认为。在作者的心目中，正因为蝉饮清露，所以品格高洁。

不说"蝉鸣"，而曰"流响"，一个"流"字用得极好。蝉鸣过耳，确实有如流水在淌。就我所知而言，蝉是什么树都可以栖止的，作者却单道梧桐，想来也是为了衬托蝉的高洁而特意做出的选择。不是说凤凰非梧桐树不落吗？可见梧桐树的非同一般。由此或可认为，作者是在有意塑造"典型环境中的典型性格"。

"居高声自远，非是藉秋风"两句，在上述铺垫的基础上推出，可谓水到渠成。这是两句警策峭拔的哲理之言，予人以深刻的启迪。

王国维论诗，有景语、情语之说，我以为景语、情语之外，分明还有理语，譬如这"居高声自远，非是藉秋风"。有人说，诗是不适于讲理的。对此我不反对，但是这并不绝对，关键是看怎么个讲法和讲成什么样子。文学是语言的艺术，诗是语言的珍珠，或形象，或含蓄，或凝练，或警策，或奇绝，等等，总而言之，独出机杼，不落俗套，令人眼前一亮，心中顿生共鸣，无论状物、抒情还是言理，我以为都是好诗。

居高所以声远，非缘秋风吹拂。"自"是必然性，"藉"是依赖性。高与远之间有着内在的因果关系。诉诸听觉，曰"居高声自远，非是藉秋风"；诉诸视觉，曰"欲穷千里目，更上一层楼"，登高望远；诉诸高洁人品，就是"人的名，树的影"，格高名传远了。

从较比准确的含义上说，高洁之人名气的传播，归根结底也还是须有所凭借的，就像声音的传播不可能离开空气一样。所谓不"藉"者，只是自己无须也不屑于去借罢了。高洁的人品是紧缺社会资源，百姓心里有杆秤，群众的眼睛是雪亮的。故虽然高洁者自己于名无求，群众却视为楷模，口口相传。在我看来，这就是"居高声自远"的内在缘由了。不言而喻，也只有这样的"自远"才弥足珍贵，正所谓"金杯银杯不如百姓的口碑"。

心灵颤动为哪般
——读杜甫《春夜喜雨》

◆原文

春夜喜雨

好雨知时节，当春乃发生。[1]

随风潜入[2]夜，润物细无声。

野径[3]云俱黑，江船火独明。

晓看红湿处，花重锦官城。[4]

◆注释

[1]当春：在春天的时候。乃：于是。

[2]潜入：暗中进入。

[3]野径：村野小路。

[4]花重：花多。或曰花淋了雨水后显得沉重。锦官城：故址在今成都市南，后用作成都市的别称。

◆今译

好雨知道该落下的节令呀，在春天最需要的时候降临。

随着那春风悄然乘夜而来，滋润着大地万物无声无息。

望村野小路上云一片漆黑，唯有江里船上的灯火通明。

晨起看那又红又湿的地方，锦官城的花朵是多么繁盛。

◆翁斋语语

杜甫的这首《春夜喜雨》和孟浩然的《春晓》，两者都写了春风、春雨、春花，而且风雨也都是夜间的风雨。我以为可以做个比较。

> 春眠不觉晓，处处闻啼鸟。
> 夜来风雨声，花落知多少？

这是孟浩然的《春晓》，大家都很熟悉。作者从春眠醒来落笔，先写洋溢耳畔的鸟鸣，精神为之一振，心中荡漾愉悦的涟漪，然后想起夜间曾经刮风下雨，不免泛起一缕忧思：那些可爱的花朵掉落了多少？浅显易懂，意蕴丰赡，格调清新，语言明丽，表达了爱春、惜春的情感。好，挺好。大家都很喜爱。然而作者爱春、惜春的情感，雅则雅矣，终归是个人的情调罢了。

再看杜甫的《春夜喜雨》。起首就是一个"好"字，给雨定性。前四句都是围绕"好雨"落笔，等于为"好雨"作解。

第一，"知时节"，"当春乃发生"。这是从大一些的节令上讲。第二，"随风潜入夜"，悄悄夜间来。虽然劳动者，特别是农民，即使雨在白天降落，他们也非常高兴，但如果下在夜里，无疑更好，因为不影响劳作。这是从具体的下雨时间上论。第三，和风细雨，最利于"润物"。此乃春雨的特点，也是春雨的优点，不同于狂风暴雨的可能带来灾害。这些是讲春雨的意义所在。以上是诗的前四句，大抵是作者在夜里听到下雨时的所思所想。

后面的四句，意思又分两层。第一层，写作者由喜悦而兴奋，不由地走到屋外或者门口，看到了"野径云俱黑""江船火独明"的夜景。由"云俱黑"可以推断，雨会继续下。"江船火独明"与"野径云俱黑"形成鲜明对比，令人想到，作者心里也点亮了一盏"欢喜灯"。第二层，作者一大早醒来，心里还记挂着雨，便起身又到外面观察。真好，真好！瞧那"红湿"之处，锦官城的鲜花更加繁盛了。此时此刻，锦官城的繁盛鲜花又令人想到，诗人的心花也盛开了：如此风调雨顺，好收成有希望了，老百姓的温饱有保障了。

我家乡有这样一句农谚："麦收八十三场雨。""八""十""三"，分别指农历的八月、十月和三月。八月下雨，小麦才能播种。十月下雨，有利于小麦壮苗过冬；三月下雨，就是春雨，有利于小麦拔节抽穗。事实告诉我们，春雨再好，也有人不抱欢迎态度，不抱欢迎态度者肯定不是农民。在农民那里，"春雨贵如油"。正因如此，我说，一场春雨降落，杜甫这样喜悦、夸赞、兴奋，是因为他跟老百姓，尤其是农民，心心相印，情感相通。此种情怀，较之《春晓》的个人情调，显然广阔、深沉多了。

有位美学家谈美，说当年"杜甫挤在难民里面逃难，写出'朱门酒肉臭，路有冻死骨'。如果这十个字变成千古绝唱，我觉得不是诗的技巧（使然），而是诗人心灵上（有着）动人的东西"。我说，一个人心灵上的东西是否动人，取决于他的心灵为什么和怎么样颤动。杜甫的心灵，跟那些胼手胝足的农民的心灵，为一场春雨而一起作同样的颤动，这颤动便格外动人。

◆原文

石壕吏

暮投石壕村，有吏夜捉人。[1]

老翁逾墙走，老妇出门看。

吏呼一何怒！妇啼一何苦！[2]

听妇前致词："三男邺城戍。[3]

一男附书至，二男新战死。[4]

存者且偷生，死者长已矣！[5]

室中更无人，惟有乳下孙。

有孙母未去，出入无完裙。[6]

老妪力虽衰，请从吏夜归。[7]

急应河阳役，犹得备晨炊。"[8]

夜久语声绝，如闻泣幽咽。[9]

天明登前途，独与老翁别。[10]

◆注释

[1] 投：投宿，即临时住宿。石壕村：在今河南陕县东南。吏：旧时官府里的小吏或差役。

[2] 一何：多么。怒：气势汹汹。

[3] 致词：述说。邺城：今河南安阳市。戍：防卫。

[4] 附书：捎信；寄信。

[5] 偷生：苟且求活。长：永久。已矣：完了；逝去。

[6] 母未去：指孙子的母亲没有改嫁。完裙：完好的衣裙。

[7] 妪：老年妇女，此处为老妇人自称。归：返回。

[8] 急应：应急。河阳：地名，在今河南省孟州市。当时唐朝军队与叛军在此对峙。
犹得：还能够。晨炊：早饭。或指清晨做饭。

[9] 夜久：夜深。如：乃。幽咽：低沉轻微的哭声。

[10] 登：踏上。

◆今译

天黑借宿石壕村，吏役夜里来抓人。

老汉翻墙慌忙走，老妇出门看端详。

吏役呼喝多狂怒，老妇啼哭多悲苦！

老妇诉说听得清："三个儿子守邺城。

一个儿子捎信至，两个儿子刚战死。

生者勉强苟活着，死者永久不复返！

家里没有别人了，只剩吃奶小孙子。

妈为孙子没改嫁，衣裙不整难蔽体。

老妇虽然体力衰，让我连夜随你去。

速应河阳前线急，还能赶上做早饭。

夜深村里没声息，乃闻低微抽泣声。

天明我又上路程，只能独与老翁辞。

据载，在由于统治者的昏聩荒淫而引发的安史之乱中，郭子仪等九节度使六十万大军于唐肃宗乾元二年（759年）春于邺城包围安庆绪。由于指挥不统一，郭子仪被史思明援兵打得溃不成军。唐军为补充兵力，便在洛阳以西至潼关一带强行抓人当兵。这时，杜甫正由洛阳经过潼关，赶回华州，途中就所见所闻写成《三吏》《三别》。《石壕吏》是其中的一篇。杜甫被誉为"诗圣"，他的诗是公认的"诗史"。《石壕吏》乃其最为人所熟知的代表作之一。

在《石壕吏》中，作者满怀悲愤，揭露了当时兵荒马乱、民不聊生的社会现实，鞭挞了官吏差役的横暴，表现了鲜明的爱憎情感。

我读《石壕吏》，每每都想到我的母亲。那是20世纪40年代，也是一个兵荒马乱的年代。反动派兵匪一家，我家曾一再被"砸明火"，即遭受明火执仗的抢劫。那是我所经历的少有的惊心动魄的场景。我那时很小，于战战兢兢中将父亲翻墙出走之后母亲的勇敢、沉着与机智铭刻于脑海。

就像我的母亲在家庭和亲人面临危险与困厄的关键时刻总是不顾个人的安危挺身而出那样，在《石壕吏》中，"老妇出门看"，并非不知道自己可能被带走。就常情而言，她是不愿意自己被带走的，然而在当时的情况下，我相信她所希望的却正是自己被带走，而且知道被带走的结果极有可能是死亡。因为她很清楚，吏役既已到来，她的家在劫难逃，如果能以自己被带走换取老伴和儿媳不被带走，从而使已经严重破败的家庭不致彻底毁灭，就是理想的结果了。谢天谢地，她达到了这样的目的。所以，她在离去的时候应该是有所庆幸和欣慰的，尽管这种庆幸和欣慰令人极度心酸。总而言之，这是一位勇敢无畏、机智沉着、无私忘我的伟大女性。不管杜甫是不是自觉，反正他在以自己的"诗史"之笔真实描摹石壕村里"有吏夜捉人"的时候，于揭露当被揭露者和同情当被同情者的同时，也为伟大的中国女性高唱了一曲赞歌。

就我有限的视野而论，该诗此点未见有人言及。不知上述所议是否有当，愿方家不吝赐教。

人类的一半是女人。在人类繁衍和社会文明的进步中，妇女的伟大贡献一点也不比男人少。然而，在几千年的历史中，女性竟一直受到男性的歧视和压迫。历史教科书告诉我们，在父系氏族社会之前，曾有过一个母系氏族社会，但从没听说那个时候女性歧视和压迫男人。两相对比，男人应该感到羞愧。凡是伟大的人物，大抵都对妇女有着异于世俗的态度。我不相信对孔夫子之"唯女子与小人为难养也"的常见解读是他老人家的本意。时至今日，有些执笔为文者仍然以"爷们"为褒义词，交付褒扬赞赏的差事，以"娘们"为贬义词，交付贬斥指责的差事，看着颇感不快。至于有些自我感觉甚好的男人，依然好将"头发长见识短"一类的话头挂在嘴边，只能说明他们是见识短头发也短罢了。这是题外话，顺便说及，杜甫在天有灵，相信他会赞同。

难能可贵平等心
——读白居易《观刈麦》

◆ 原文

观刈麦[1]

田家少闲月，五月人倍忙。

夜来南风起，小麦覆陇黄。[2]

妇姑荷箪食，童稚携壶浆。[3]

相随饷田去，丁壮在南冈。[4]

足蒸暑土气，背灼炎天光。

力尽不知热，但惜[5]夏日长。

复有贫妇人，抱子在其旁。

右手秉遗穗，左臂悬敝筐。[6]

听其相顾言，闻者为悲伤。[7]

家田输税[8]尽，拾此充饥肠。

今我何功德，曾不事农桑。[9]

吏禄三百石，岁晏有余粮。[10]

念此私自愧，尽日不能忘。[11]

◆ 注释

[1] 刈（yì）：割。

[2] 夜来：入夜；夜间；昨夜；昨天。此处应解为昨天。覆：遮盖。陇：通"垄"，

田埂。

[3] 妇姑：婆媳。荷：肩负。箪（dān）食：装在箪笥里的饭食。箪：古代用来盛饭食的容器，用竹或苇编成。童稚：儿童。壶浆：茶水、酒浆、汤饭之类。

[4] 饷田：送饭到田头。丁壮：年轻力壮的男子。

[5] 但：只，仅。惜：爱惜，珍惜。

[6] 秉：执，持。遗穗：收麦时掉落在地上的麦穗。敝筐：破筐。

[7] 相顾：相视；互看。为：因而；因此。

[8] 输税：缴纳赋税。

[9] 功德：功业与德行。亦指做好事、有益的事。曾不事农桑：一直没有从事农业生产。曾：一直、从来。事：从事。农桑：农耕和采桑养蚕。

[10] 吏禄：官吏的俸禄。石：容量单位，十斗为一石。岁晏：一年将尽的时候。

[11] 愧：羞惭。尽日：终日，整天。

◆今译

庄户人家空闲少，到了五月更繁忙。

昨天一场南风起，满坡小麦发了黄。

妇女担着盛饭篮，儿童提汤壶里装。

相随送饭去田头，男劳力们在南冈。

地下热气蒸腿脚，天上太阳烤脊梁。

精疲力竭忘了热，珍惜夏日白天长。

又见一位贫妇女，抱着孩子在人旁。

右手捡拾遗落穗，左胳膊上挂破筐。

眼望别人诉苦情，听者因此也悲伤。

为纳赋税卖了地，拾点麦穗充饥肠。

现今我有啥贡献，不种地也不采桑。

蓊斋赏诗

一年薪俸三百石，吃到年底有余粮。

想到这里很惭愧，念念一天不能忘。

◆翁斋语语

据载，《观刈麦》是元和二年（807 年）作者任盩厔（今陕西省周至）县尉（主管缉捕盗贼、征收税款等事）时所写。

该诗讲述了在繁重赋税压迫下农民的艰难生活，表现了作者作为一个封建官吏难能可贵的百姓情怀和平等之心，是一首著名的讽喻诗。

正是因为白居易有着"平等之心"，或曰平等的观念，他才将自己与普通老百姓作比较，结果比出了一腔惭愧，而且念念不忘。那可是一千多年前的封建社会。"劳心者治人，劳力者治于人。治于人者食人，治人者食于人"，这在封建社会里乃是天经地义的观念。换了别人是完全可以不去跟老百姓比的，理由一句话足够：根本没有可比性。即使比的话，也完全是另一种比法。君不见，时至今日，有些人不是仍然多了那么一点"贵族意识"，少了那么一点平等之心，习惯俯视人，尤其瞧不起那些身处社会底层的普通劳动者吗？人世间有着这样那样诸多的低级趣味，"贵族意识"便是其中之一。就此而言，还真应该向白居易学习。

为什么现在有些人尚不具备的平等之心，当年的白居易反而具备呢？我以为是由于白居易的心地格外善良。心地格外善良的人，极易接受"民胞物与"的理念，他们既然可以无视人与小动物之间生命以外的其他属性，而只以一个生命的眼光去平视另一个生命，那么，他们能够无视人与人之间诸如身份地位等这样那样的附加的东西，而只以一个普通人的眼光去平视另一个普通的人，也就是很自然的事了。正是从这样的意义上说，格外善良的心地有其超越性。读白居易的《观刈麦》，我们在为他的平等之心而感动的时候，不要忽略其平等之心得以产生的善良的心地。后者是更带基础性的东西。

　　小时候我在农村老家，从能干动活起就年年跟大人一起收麦，也去别人的地里拾过麦穗。一般说来，因为担心拾麦者会偷，人们是不愿别人到自己地里拾麦穗的，尤其正收割着的时候。所以，《观刈麦》中贫妇人"家田输税尽"等语，很有可能是面对收麦人阻止时的乞求。不然的话，她怎么就——用我乡亲们的说法——漫洼地里诉说起自己的苦情来呢？以我的经历为据，拾麦穗所得非常有限，即使在整个收麦期间天天都拾，怕也难有十斤八斤的收获。故妇人生活困顿程度之大不难想象。

　　也是以我的经历为据，小麦不仅成熟期集中，而且一经成熟，一是怕刮大风，将麦粒摇落；二是怕下冰雹，把麦粒砸掉，偏偏这个时候既常刮大风，又常下冰雹；三是就算不刮大风下冰雹，倘若不及时收割，毒日头之下的麦子遇微风也会炸芒；四是为秋种倒茬。故收麦时节的确是农家最为忙累的时候，所谓"虎口夺粮"。于是，人们多是起早贪黑，甚至整夜收割。至今记得小时候跟父母一起收麦，夜深困极，酣睡麦垄，不知东方之既白。"力尽不知热，但惜夏日长"，良有以也。

月应影随得其乐

◆原文

月下独酌四首（其一）

花间一壶酒，独酌无相亲[1]。

举杯邀明月，对影成三人[2]。

月既不解饮，影徒随我身。[3]

暂伴月将影，行乐须及春。[4]

我歌月徘徊[5]，我舞影零乱。

醒时同交欢[6]，醉后各分散。

永结无情游，相期邈云汉。[7]

◆注释

[1] 独酌：独饮。相亲：相亲近者。

[2] 三人：指诗人自己、月亮和月光下诗人的影子。

[3] 既：已然，确定。不解饮：不会饮酒。徒：仅；只。

[4] 将：与；和。行乐：消遣娱乐；游戏取乐。及：乘；趁。

[5] 徘徊：往返回旋；来回走动。

[6] 交欢：一齐欢乐。

[7] 无情：指月亮、影子都是没有情感的事物。游：交游。

期：邀约；约定。邈云汉：遥远的天河。

◆今译

　　花丛中置一壶美酒，没他人我自己独饮。

　　举起杯来邀请月亮，对着影子凑成三人。

　　月是不会饮酒的了，影也只是跟随我身。

　　且与月亮和影作伴，求乐要趁春夜良辰。

　　我歌月就流连忘返，我舞影就缤纷凌乱。

　　清醒的时候共欢乐，沉醉以后各自分散。

　　永结成忘情的伙伴，再见在高邈的霄汉。

◆蓊斋语语

　　关于这首《月下独酌》，多有论者认为其既表现了李白的孤独，又表现了李白的旷达。但我认为这样的说法值得商榷。

　　按照我的理解，所谓旷达，就是人在遭遇挫折、困顿的时候，能够像人们通常所说的那样，看得透、想得开、放得下。一个旷达的人，必能及时调节自己的心态，顺时应变，随遇而安。

　　有着非凡抱负的李白当时在长安。他是带着"仰天大笑出门去，我辈岂是蓬蒿人"的狂喜到长安来的，但现实并不是他想象的那样。有些人对他说三道四，政治理想得不到实现，缺少知心朋友……他感到落寞、苦闷、孤独，当是情理中的事。

　　虽然如此，他哪里就会如同有的论者所说，似乎是经年累月一天到晚地苦闷落寞，又哪里会孤独到饮酒的时候，连个朋友都没得去邀，只能邀请月亮和自己的影子？而且"孤独到了邀月与影那还不算，甚至于以后的岁月，也休想找到共饮之人，所以只能与月光身影永远结游，并且相约在那邈远的上天仙境再见"。于是整首《月下独酌》所表现的，无非"由独而不独，由不独而独，再由独而不独的复杂情感"，"结尾两句，点尽了诗人的踽踽凉凉之感"。

显而易见，这里论者之所谓"孤独"，既指诗人独处的境遇，又指诗人孤单寂寞的内心感受。如果诗人的感受真是像论者所说，"独"固然"独"，"不独"则不过是有月亮和影子相伴，其实也还是"独"。那么，请问：一个如此被孤独笼罩、淹没的李白，还是旷达的李白吗？或曰，李白还算得上旷达吗？

我宁可相信李白是旷达的。李白经常饮酒，不能想象每次饮酒都有朋友作陪。这一次月下独酌，不过是若干独酌中的一次。没有他人在座，不由突发奇想，"举杯邀明月，对影成三人"，高唱低吟，手舞足蹈，月应影随，兴高采烈。孔夫子说："智者乐，仁者寿。"李白是旷达的智者，《月下独酌》乃是他自寻其乐、自得其乐的典型写照。此时此刻，他的落寞、苦闷、孤独，应该已经被抛去九霄云外了。

顺便说及，有人说：伟大的人物总是孤独的。我以为此论也值得商榷。在有些时候，伟大的人物是会感到孤独的，这跟普通老百姓没有什么区别，区别在于孤独的诱因或许不同。然而要说他们总是处于孤独之中，始终不能摆脱孤独之网的笼罩，怕就是臆测了。就算他们一无所有，至少还有思想、信念、道德、正义、事业、艺术等等与之作伴。正是从这样的意义上，我说，伟大的人物即使不比普通老百姓更少些孤独之感，也不会比普通老百姓更多些孤独之感。假如有好心人以自己的揣测为据，试图打破他们的"孤独"，未必不是打扰。

比照罗丹"生活中不是缺少美，而是缺少发现美的眼睛"的说法，我说，生活中不是缺少为乐的资源，而是缺少发现为乐资源的眼睛。倘说李白的《月下独酌》对今天的我们也有其现实启迪意义的话，我以为就是应该像李白那样，以旷达的胸怀和智慧在生活中自寻其乐和自得其乐。

孤傲气亦浩然气
——读柳宗元《江雪》

◆ **原文**

江 雪

千山鸟飞绝，万径人踪灭。[1]

孤舟蓑笠翁[2]，独钓寒江雪。

◆ **注释**

[1] 绝：尽。径：小路。踪：踪影。灭：消失；隐没。

[2] 蓑笠翁：披蓑衣戴笠帽的老年人。蓑，蓑衣，用草或棕制成的披在身上可以防雨的用具。笠，笠帽，用箬竹叶或棕皮等编成，可以防晒和防雨。翁，对年长者的尊称，也泛指年老的男人。

◆ **今译**

千万座山上的鸟儿一只不落归巢了，万千道路上没有一个行人的踪影了。

一位披蓑衣戴笠帽的老翁坐着小船，独自在漫天飞雪的严寒江面上垂钓。

◆ **蓊斋语语**

所谓"如椽之笔"，是人们形容笔力雄健的用语。我读柳宗元的这首《江

蓊斋赏诗

雪》，就觉得他便是用一支如椽之笔，先一扫把天上所有的鸟儿扫尽，又一扫把地上所有路人的踪影扫光。这就是文学的力量，柳宗元文学之笔的力量。人们之所以爱文学，原因之一或许就是折服于文学的这种无与伦比的神奇力量。

凭借诗笔的这种力量，诗人将整个寰宇一下子变得空空落落，有如一张白纸，好写他最想写的文字，好画他最想画的图画了。于是，他惜墨如金地写下十个大字，异常突出地描绘了一幅出人意表、令人注目且历久不衰的图画："孤舟蓑笠翁，独钓寒江雪。"

不由想起张志和的《渔歌子》：

西塞山前白鹭飞，桃花流水鳜鱼肥。

青箬笠，绿蓑衣，斜风细雨不须归。

两者不乏相似之处，然而氛围、格调、内涵却有天壤之别。这首《渔歌子》里的渔翁，他确实是在钓鱼或打鱼，关注点全在鱼上，并且是鱼中的上品——鳜鱼，以至于斜风细雨也不在乎了。

至于《江雪》中的渔翁，他所面对的是迥异于春天斜风细雨的寒冬里的大雪纷飞。他为什么非得在这样的天气里垂钓呢？然则他必须垂钓，因为诗人要他垂钓。说得确切一点，他是诗人的寄托，诗人的化身，或曰那是诗人自己在垂钓，渔翁就是诗人。

反过来说，诗人偏要选择这样的天气才去垂钓，不然他就不会去了。渔翁，或曰诗人的关注点，根本不在鱼上，就像姜太公的垂钓于渭滨，关注点也根本不在鱼上一样。至于各自的关注点，自然又大相径庭。

原来，柳宗元的这首《江雪》，乃于谪居永州（今湖南零陵）时所作。柳宗元二十岁中进士，有理想，有抱负，有才干。他之所以被贬，是因为参加了王叔文的政治革新集团。一腔忠诚被疏远，满怀抱负不得展。他因此很憋气，很愁苦，很无助，很无奈。

此等处境下，不同的人其表现与态度往往不同。比如有的人是改变自我，柳宗元则不然。他是固守自我，不妥协，不屈服，怀抱理想，高标自赏。如此这般，便是孤傲了。所以，我说《江雪》一诗就是诗人孤傲之气的艺术化表现。从诗人的抱负和所作所为来看，他的孤傲之气也就是正气，丈夫气，浩然之气。

读韩愈《柳子厚墓志铭》得知，柳宗元后来被召回京都，又被派往柳州当刺史，跟他一起被派外任的还有他的朋友刘禹锡，刘禹锡要去的地方是播州。在柳宗元看来，播州的环境太恶劣，不是人住的地方，而刘禹锡家里还有年迈的母亲。于是，柳宗元准备向皇帝上书，请求将自己所去的柳州同刘禹锡所去的播州调换，并且流着泪说，纵然因此再度获罪丢了性命，也无怨恨。这就是柳宗元的人品。有几个人可与比肩？

唯其如此，我想，我们在欣赏柳诗的时候，首先应景仰诗人秉持的那种正气、丈夫气和浩然之气，尤其应景仰诗人的人品。

或曰距离产生美
——读韩愈《早春呈水部张十八员外（其一）》

◆ 原文

早春呈水部张十八员外（其一）[1]

天街小雨润如酥，[2] 草色遥看近却无。
最是一年春好处[3]，绝胜烟柳满皇都。[4]

◆ 注释

[1] 呈：送，尊敬的说法。水部张十八员外：指水部员外郎张籍，他在其兄弟辈排行十八。

[2] 天街：京城的街道。酥：牛羊奶制成的食品。即酥油。

[3] 处：时；时候。

[4] 绝胜：远远胜过。烟柳：笼罩着烟雾的柳林。也泛指柳林、柳树。皇都：京城；首都。

◆ 今译

一场润如脂的小雨落在京城街道，远望可视的草色到近前却不见了。

这是一年春天里最为美好的时光，远比满京城杨柳枝繁叶茂时更好。

◆ 翁斋语语

在作者看来，"草色遥看近却无"的早春，是春天里最好的时候，其意在于赞美新的一年盎然春意的萌动。以发展的眼光看待，早春蕴含着柳暗花明的未来，当然是有道理的。（另外，是不是也有借咏物候而喻人事的意思在，譬如，处事注重一个"早"字，珍惜一个"稀"字，"物以稀为贵"嘛。）

然而换一种眼光看待，一年四季的任何时候，都有其不可替代的特色和好处。所谓"自古逢秋悲寂寥，我言秋日胜春朝"，所谓"春有百花秋有月，夏有凉风冬有雪。若无烦事挂心头，便是人间好时节"。所以，"绝胜"云云，似乎不必太过较真。

应该着重加以体味的，当然是"草色遥看近却无"的启迪意义。

假如我们放开自己的眼光，就会发现"遥看近无"的事物，绝非仅是草色而已。回想我小的时候，常于傍晚时分看到邻村的四周围绕着烟雾。如果走去邻村，烟雾便不见了。我想，这就类似于王维在《终南山》一诗里说的"青霭入看无"。

天朗气清的日子，我在坡里干活，如果眺望远处天地相接的地方，可见无际的水波在不停地荡漾。乡亲们说那是"风水"。倘若走到跟前，便发现刚才明显可见"风水"的地方乃一马平川的土地，"风水"退到了更远的地方。

除了"遥看近无"外，还有"遥听近无"的情况。也是我小的时候，在夏日的一场大雨之后，村边的池塘里面不知从哪儿仿佛一下子就冒出了千万只青蛙，不停地叫——在我听来，那是兴高采烈的大合唱，颇有节奏，极富乐感，仿佛有着统一的指挥。但这是说的远听。假如去到池塘岸边再听，情况则迥然不同：毫无节奏，杂乱无章。说得准确一点，这是蛙鸣音乐的"遥听近无"。

综上所述，"草色遥看近却无"一语，启迪我们懂得大自然千姿百态，奥妙无穷。所谓"眼见为实"也者，眼见者可能真就是实，又不一定真就是实，或者既有实也有不实；所谓"耳听为虚"也者，耳听者可能真就是虚，又不一定真就是虚，或者既有虚也有不虚。这就要求人们必须用辩证唯物主义的望远镜和显微镜，对这样那样纷纭复杂的事物的具体情况做具体的观察和分析。人类永远不可以停下深入探索的脚步。

有人问为什么"草色遥看近却无"呢？照我想来，是不是有个"规模效应"的道理在其中。初春时节，田野上这里那里才刚稀稀拉拉地钻出了几茎草芽芽。近距离观看，视野狭小，目力所触之处，很可能是还没有冒出草芽芽的一方黄土，岂非"近无"？抬头去看远处，因为视野放大，那些星星点点的草芽芽形成了一定的规模，青徐徐连作一片，所以"遥看"就看得见了。

有规模才能显示效应。许许多多的事情都是如此，不独草色而已。

所谓"遥"者，距离也；所谓"近"者，无距离也。不是说"距离产生美"吗？以"草色遥看近却无"等为据，应该承认是这么回事或有这么回事。

唯有慈怀最感人
——读杜甫《又呈吴郎》

◆**原文**

又呈吴郎

堂前扑枣任^[1]西邻，无食无儿一妇人。

不为困穷宁有此？只缘恐惧转须亲。^[2]

即防远客虽多事，便插疏篱却甚真。^[3]

已诉征求贫到骨，正思戎马泪盈巾。^[4]

◆**注释**

[1] 任：不加约束，听任。

[2] 宁：岂；难道。只：适；恰；正。缘：因为。转：反而；反倒。须：应该。

[3] 即：便；就。远客：远来的客人。便：已经。

[4] 征求：指赋税。戎马：战乱；战争。

◆**今译**

堂前枣树过去任由西邻打枣，她是个无食无儿的可怜妇人。

不是因为贫困她哪里会这样？正因为她胆怯更应表示亲近。

她顾虑你不让打枣虽是多余，你已经扎上篱笆却千真万确。

听诉说她已经穷到一无所有，想到战乱不息我正泪满衣巾。

◆ 翁斋语语

据载，大历二年（767 年），即杜甫漂泊到四川夔府的第二年，他住在瀼西的一个草堂里。草堂前有几棵枣树，西邻的一个寡妇常来打枣，杜甫从不干涉。后来，杜甫把草堂让给一位姓吴的亲戚，即诗中的"吴郎"居住，自己搬到离草堂十几里路远的东屯去。不料吴郎一来就插了篱笆，禁止别人打枣。寡妇向杜甫诉苦，杜甫便写了此诗劝告吴郎。之前杜甫写过一首《简吴郎司法》，所以此诗题作《又呈吴郎》。吴郎年辈比杜甫小，杜甫不题"又简吴郎"，而用敬辞"呈"字，是为了让吴郎易于接受。

在我看来，吴郎插篱笆的做法是很正常的。因为草堂和枣树是杜甫的，杜甫在让给吴郎居住的时候，显然没有就可以听任西邻妇人打枣一事向吴郎有所交代。假如有所交代的话，相信吴郎就不会插篱笆了。既然杜甫没有交代，作为草堂的借住者，吴郎就有看管草堂和枣树的责任，故他插篱笆很可能是为杜甫着想。唯其如此，我说，有的论者于字里行间隐含着对于吴郎的指责，恐怕有失公允。

世间万象，斑驳陆离。善良金贵，慈怀感人。诗圣也是诗佛，宜乎这里那里建立了杜公祠祭祀之。这是我读这首诗的最大感受。最让人感动的我以为是颔联："不为困穷宁有此？只缘恐惧转须亲。"首先，杜甫体谅西邻妇人打枣不是出于贪占别人东西的欲望，而是穷得没有办法。换言之，即不得已而为，这是对于西邻妇人品德的肯定。正是基于这样的肯定，杜甫进而想到西邻妇人在打枣的时候难免心中忐忑，担心受到责备乃至于呵斥。这不是他愿意出现的结果，所以特为对西邻妇人表现得热情亲近一些，使她打枣子时没有过多的心理负担。如此这般，真可谓体贴入微了。

另外，我还觉得杜甫是很善于做劝导，也就是思想工作的。他在诗的开头先说自己过去的一贯做法："堂前扑枣任西邻"，如何如何。接着，既站在吴郎的角度说话，指出妇人看到吴郎插了篱笆就认为是不让她打枣属于多虑，所谓"即防远客虽多事"；又站在西邻妇人的角度说话，指出篱笆既然插在那里，人家有此一虑也完全可以理解，所谓"便插疏篱却甚真"。最后，再进一步从更宽的界面和更高的视角，指出时当战乱，国家风雨飘摇，国人颠沛流离，大家同舟共济该是不言而喻的事。

像这样一件事情，换了别人很有可能只发一句指令就解决了。但杜甫偏如此苦口婆心，其源也在于他的善良——善良的人总是替别人考虑。王国维先生在《人间词话》中有言：三代以下之诗人，无过于屈原、陶渊明、杜甫、苏轼者。"此四子者苟无文学之天才，其人格亦自足千古。故无高尚伟大之人格，而有高尚伟大之文学者，殆未之有也。"如此说来，时下的文学家们，倘欲成为名副其实的大家和创作出堪称名著的大作，首先得从提升道德与人格上着力。善良资源稀缺，法网无晒之日，是值得全社会关注的问题。

不敢恭维饮中仙
——读杜甫《饮中八仙歌》

◆ 原文

饮中八仙[1]歌

知章[2]骑马似乘船，眼花落井水底眠。

汝阳三斗始朝天，道逢麯车口流涎，恨不移封向酒泉。[3]

左相日兴费万钱，饮如长鲸吸百川，衔杯乐圣称避贤。[4]

宗之潇洒美少年，举觞白眼望青天，皎如玉树临风前。[5]

苏晋长斋绣佛前，醉中往往爱逃禅。[6]

李白一斗诗百篇，长安市上酒家眠，

天子呼来不上船，自称臣是酒中仙。

张旭三杯草圣传，脱帽露顶王公前，挥毫落纸如云烟。[7]

焦遂五斗方卓然，高谈雄辩惊四筵。[8]

◆ 注释

[1] 饮中八仙：即酒中八仙，指杜甫诗中提及的酷好饮酒的八个人。

[2] 知章：贺知章，自号四明狂客，证圣进士，官至秘书监。后还乡为道士。好饮酒，与李白友善。相传"阮咸尝醉，骑马倾欹，人曰：'老子如乘船游波浪中'。"杜甫乃活用此典。

[3] 汝阳：汝阳王，唐玄宗的侄子李琎。朝天：朝见天子。麯车：酒车。移封：改换封地。酒泉：地名。在今甘肃省酒泉县城东的泉湖公园中。相传酒泉县"城下

有金泉，泉味如酒，故名酒泉"。

[4]左相：李适之。据载，李适之于天宝元年（742年），代牛仙客为左丞相，雅好宾客，夜则燕赏，饮酒日费万钱。后为李林甫排挤。罢相后，在家与亲友会饮，不免牢骚，赋诗道："避贤初罢相，乐圣且衔杯。为问门前客，今朝几个来。"兴：语气词，不为义。长鲸：大鲸。百川：江河湖泽的总称。衔杯：口含酒杯，多指饮酒。乐圣：谓嗜酒。避贤：犹让贤。

[5]宗之：崔宗之。据载，崔宗之为当时名士，倜傥洒脱，少年英俊。少年：古称青年男子。举觞：举杯饮酒。皎：高洁貌。玉树：天上的仙树；神话传说中用珍宝做的树；美丽的树。临风：迎风；当风。

[6]苏晋：据载，苏晋亦当时名士，他一面耽禅，长期斋戒，一面又嗜饮，经常醉酒，处于"斋"与"醉"的矛盾中，但往往是"酒"战胜"佛"，所以他只好"醉中爱逃禅"了。长斋：长期素食。绣佛：用彩色丝线绣成的佛像。逃禅：逃出禅戒。

[7]张旭：据载，张旭"善草书，好酒，每醉后，号呼狂走，索笔挥洒，变化无穷，若有神助"，当时人称"草圣"。草圣：对在草书艺术上有卓越成就的人的美称。王公：帝王和诸侯；受封为王为公者；达官贵人。云烟：喻指挥洒自如的墨迹。

[8]焦遂：据载，袁郊在《甘泽谣》中称焦遂为布衣，可见他是个平民。卓然：卓越貌。筵：席位。

◆今译

贺知章骑在马上摇摇晃晃像坐船，醉眼蒙眬掉落井里在水底睡眠。

汝阳王饮酒三斗才上朝见天颜，路上遇见酒车口流涎，恨不得封地改移在酒泉。

左丞相一天花费上万钱，豪饮如鲸扎起江河灌，口含酒杯说道我让贤。

崔宗之潇洒英俊一青年，举杯畅饮仰面眼瞅天，宛然玉树迎风展。

苏晋吃斋在神佛前，无奈嗜酒破戒容易持戒难。

李白饮酒一斗作诗上百篇，长安街头酒肆睡安然，君王召见敢怠慢，回答臣是酒中仙。

张旭三杯草圣大名传久远，不拘形迹无视王公在跟前，笔走龙蛇云烟缭绕气象万千。

焦遂痛饮五斗方显超迈不一般，口若悬河语高义深四座皆惊叹。

◆翁斋语语

《饮中八仙歌》是一首柏梁体诗歌。相传，汉武帝在柏梁台上与群臣共赋七言诗，人各一句，每句用韵。后人谓此体为柏梁体。一向秉持用后来的说法曰"现实主义"创作方法的杜甫，于此作取浪漫主义的手法，以极其夸张和幽默的语言，生动描摹了当时八位嗜酒、豪放、旷达、飘逸的人物，予人以历久不磨的深刻印象。论者或谓该诗在古典诗歌创作中别开生面，艺术上具有独创性，并且评曰"创格"。不知所创之格何指。

在我看来，该诗简直就是一则不可多得的酒广告，值得所有酒的生产者和销售者深致谢忱。不过，该诗的负面影响很大，似乎值得一说。

如众所知，在国人，或至少是诸多国人心目当中，人的酒量乃越大越好，誉为"海量"，陪人饮酒则喝得越多越好，动辄以"一醉方休"为辞，所谓"够朋友"。更有甚者，视"酒平等于水平"。以致有些场合上，有的量大能喝者顾盼自雄，呈不可一世之概，量小饮少者自惭低能，显委顿之状。于是，劝呀，激呀，逼呀，吵吵嚷嚷，絮絮叨叨，荒腔走板，丑态百出。不知道此种陋习起于何时，但肯定同诸多文学作品，尤其是同杜甫这首《饮中八仙歌》中的渲染有关。

按照杜甫的渲染，"饮中八仙"的共同特点是嗜酒，而且其一是酒量大，多人论斗；其二是喝劲足，所谓"饮如长鲸吸百川"；其三是酒后格外狂放不羁，乃至于本事奇大，文思泉涌，书艺神化，所谓"皎如玉树迎风前""眼花落井水底眠""李白一斗诗百篇""挥毫落纸如云烟"。凡此种种，除足堪凭信者所占成分太少之外，有的人的形象明显并不雅观。然而，诗圣杜甫，名高言重。经过一班宁可信其真的人的导向，上述认识误区和陋习，就逐渐形成了。假如当初杜甫想到他的这首诗歌会有此种影响，相信他十有八九是不会去写或不去这样写的。

相看不厌山即人
——读李白《独坐敬亭山》

◆**原文**

独坐敬亭山 [1]

众鸟高飞尽，孤云 [2] 独去闲。

相看两不厌，只有敬亭山。

◆**注释**

　　[1] 敬亭山：山名。在今安徽省宣城市北。山上有敬亭，相传为谢朓赋诗之所，山以此名。山高数百丈，千岩万壑，为近郊名胜。

　　[2] 孤云：单独漂浮的云片。

◆**今译**

　　所有的鸟儿都高飞远翔了，一片云也享清闲飘去天边。

　　我看不够它它看不够我的，就只有面前这座敬亭山了。

◆**翁斋语语**

　　所有的鸟儿都飞走了，连一片云彩也飘到天边去了。有什么要紧吗？无所谓。不是还有这座敬亭山嘛！而且，这是一座多么美丽灵秀的山呀！

看呀，看呀，不动地儿地看，不错眼地看，千看万看，还是看不够呀！尤其让人感到高兴和欣慰的是，不光我看不够敬亭山，敬亭山也看不够我呀！正所谓"同声相应，同气相求""惺惺惜惺惺"。

大千世界，令我看不够者，所在多有。至于我看不够对方、对方也看不够我的，或曰，我的眼里有对方、对方眼里也有我的，就不多了。难得，实在太难得了。

照我想来，这就是李白《独坐敬亭山》时的所感与所想。

论者多谓，这首诗作于天宝十二年（753年）李白秋游宣州之时，距他被迫离开长安已有十年。长期的漂泊生活使他饱尝人间辛酸，看透了世态炎凉，也加深了他对现实的不满，增添了怀才不遇的孤独寂寞之感，于是要到大自然中寻找安慰。此诗正是写照。

这样解读是有道理的。然而，"诗无达诂"。像李白这样一位狂放不羁的人物，愤懑于怀才不遇是不言而喻的，但却未必总是困顿沉浸于孤独寂寞中。

在我看来，"孤云独去闲"一句里的"闲"字，下得非常好，可谓太传神了。

第一，它执行并且很好地完成了将孤云人格化的任务。

第二，它将孤云独去后的情态描摹得极其形象，从而很好地衬托了诗人当时的心情。

第三，它使我由它想到了与之对应的"忙"，即由"云之闲"，想到"云之忙"，想到"闲云"与"忙云"。

的确，天上的云彩也是有"闲"的时候和"忙"的时候的。关于"忙云"，李贺有"黑云压城城欲摧"的诗句，我的家乡有"云彩向南水涟涟"的农谚。

令我印象最深的是，有一年的夏天，我正跟大人在烈日下锄地，一抬头，好家伙！西北天黑云翻滚，雷闪火闪地拥上来了。

我扛起锄头快跑！那云有如万马奔腾，人还没有进村，雨就倾下来了。

及至沟满壕平，高天渐渐放晴，几朵棉絮一样的白云轻松悠闲地在天际漂浮，仿佛劳作之后的老农，在村头田边闲踱。不错，"忙云"大抵是黑色的云彩，"闲云"则洁白如絮。李白所咏的"孤云"，相信是白云无疑。

另外我还想到，诗人面对的敬亭山，在诗人的心目中是不是他自己呢？不是没这种可能。

我们试想，所谓"相看两不厌"，难道诗人不知道敬亭山没有意识，是不会也没有看他的吗？当然知道。但他偏说敬亭山看他，就像他看敬亭山一样看而不厌，显然是将他自己的意识加给了敬亭山。换言之，就是他自己看自己。

一切伟大的人物，都是有着充分自信的。比如，孔夫子感叹："知我者其天乎！"便是老人家有充分自信的表现。李白被誉为诗仙，其诗乃当之无愧的诗歌奇峰，不要说他还有政治抱负。如果他没有自信的话，谁人配有？他有自信，理所当然。

情里裹情骨肉亲
——读韦应物《送杨氏女》

◆原文

送杨氏女 [1]

永日方戚戚，出行复悠悠。[2]

女子今有行，大江溯轻舟。[3]

尔辈苦无恃，抚念益慈柔。[4]

幼为长所育，两别泣不休。

对此结中肠，义往难复留。[5]

自小阙内训，事姑贻我忧。[6]

赖兹托令门，任恤庶无尤。[7]

贫俭诚所尚，资从岂待周。[8]

孝恭遵妇道，容止顺其猷。[9]

别离在今晨，见尔当何秋[10]。

居闲始自遣，临感忽难收。[11]

归来视幼女，零泪缘缨流。[12]

◆注释

[1] 杨氏女：婆家姓杨的女儿。此处指韦应物的长女。

[2] 永日：整日。也指多日；长久。方：当，在，正。戚（qī）戚：悲伤貌。出行：出外行远。复：又；更；再。悠悠：遥远。

[3] 行：这里指出嫁。溯（sù）：逆水而行。

[4] 尔辈：你们，汝辈。恃：母亲的代称。抚念：爱怜。慈柔：温和。

[5] 结中肠：内心郁结。义往：理应出嫁。

[6] 阙：缺少。内训：对妇女的训诫教育。事姑：侍奉婆婆。贻：致使。

[7] 赖：幸而；幸亏。兹：此，这。托：依靠；寄托。令门：好人家。任恤：谓诚信并给人同情、帮助。庶：希望，但愿；或许，也许。无尤：没有过失，不加谴罪。

[8] 贫俭：贫穷俭约。尚：崇尚。资从：陪嫁的钱财；嫁妆。待：须，需要。周：完备，齐全。

[9] 孝恭：孝顺恭谨。妇道：为妇之道。容止：仪容举止。猷：规矩。

[10] 当：在。秋：这里指日期。"当何秋"即在什么时候。

[11] 居闲：平居无事。自遣：抒发排遣自己的感情。临感：临别时的感伤。收：控制。

[12] 零泪：涕泪掉落。缘：沿着。缨：系冠的带子；用丝或毛制成的穗状饰物。

◆今译

多日来我心情不畅，女儿离家要去远方。

女儿今天就要出嫁，乘坐小船逆江而上。

你们命苦母亲早逝，为父疼爱自更异常。

妹妹是由姐姐带大，姐妹别离眼泪汪汪。

面对此情心里郁结，女大当嫁不能不往。

从小缺少妇德教导，侍奉婆婆恐难周详。

幸好嫁去良善人家，信实能获担待体谅。

嫁妆陪送无需丰厚，安贫持俭世所崇尚。

孝顺恭谨遵从妇道，仪容举止切勿乖张。

离别就在今天早晨，再见不知时间多长。

平常日子尚能把持，事到跟前难抑悲伤。

回家看到小女哭泣，涕泪掉落沿缨流淌。

◆ 蓊斋语语

　　每读该诗，难免流泪。本人感情脆弱固然是一个方面的原因，但主要原因还是诗太感动人了。感人者在乎情，情贵者在乎真。女儿出嫁，一般说来是喜事一桩，但作者的女儿出嫁有别于一般情况。妻子早年去世，他与两个女儿相依为命。小女儿由大女儿带大，两姊妹情深意长。现在大女儿要出嫁了，而且是嫁到很远的地方，走者舍不得走，留又不可以留，感情的激荡就不可避免了。

　　诗中写了多方面的情。一者，父女情；一者，姐妹情；一者，离别情。这是从面上看，隐藏在背后的，还有夫妻情和母女情。其中，以父女情占篇幅最大。就父女情而言，又包括与大女儿、与小女儿之情两个方面。

　　仅从与大女儿之情来看，又分几个层面。

　　其一，"尔辈苦无恃，抚念益慈柔。"妻子去世早，自己又当爹又当娘，自己日子过得不易，女儿也缺少应得的照顾。表现了一个父亲对女儿的疼爱之情。

　　其二，"自小阙内训，事姑贻我忧。"也是一身二任的缘故，父亲对女儿教导不够，以致担心女儿到婆家以后会因侍奉不周而受到责难。表现了一个父亲对女儿出嫁后的担心之情。

　　其三，"赖兹托令门，任恤庶无尤。"这句可能并非虚言，然而更多的是自己的期盼和对女儿的劝勉。表现了一个父亲对女儿的抚慰之情。

　　其四，"贫俭诚所尚，资从岂待周。孝恭遵妇道，容止顺其猷。"临行之前，父亲反复嘱咐，苦口婆心，唯恐不周。表现了一个父亲对女儿的教诲之情。

其他方面，无须尽言。总而言之，情连情，情结情，情叠情，情裹情，骨肉亲情，情真意切，感人至深。这就是该诗的突出特点了。

母爱伟大，这是人们的共识。其实，父爱也是很伟大的。所谓父严母慈，严和慈的表现与特点有别，但本质都是对于子女的疼爱。进一步说，爱就伟大。

有人说，那"我很爱吃牛肉"，是不是也伟大呀？我说，爱吃牛肉或别的什么，那不是爱，而是欲，个人欲望，食欲。爱的实质是奉献和施与。欲的实质是求取与获得。爱之所以伟大，盖因它的根须深扎在仁心之上。"欲"欲鱼目混珠，岂可得乎？

人能淡泊心始闲
——读李白《山中问答》

◆ **原文**

山中问答

问余何事栖碧山^[1]？笑而不答心自闲。

桃花流水窅然^[2]去，别有天地非人间。

◆ **注释**

[1] 余：我，指作者。何事：为何。栖：居住；停留。碧山：山名。在今湖北省安陆市境内，又名白兆山。

[2] 窅（yǎo）然：深远貌。

◆ **今译**

你问我为什么住在这青翠的山里边，我不搭话一脸微笑一片悠闲存心间。

清澈溪水漂着桃花流向远方不知处，这个地方不同凡俗真好比天堂一般。

◆ **翥斋语语**

第一次读李白的这首《山中问答》时，当读到"笑而不答心自闲"一句的时候，不由会心一笑。笑的同时，眼前浮现了李白那笑而不答的模样

翥斋赏诗

和神情——几分调皮，几分自得，几分神秘，十分可爱而且可亲。读诗而会心一笑的感觉真好。此前也常有类似情况。印象深刻的一回，是第一次读唐人张打油的《咏雪》："江山一笼统，井上黑窟窿，黄狗身上白，白狗身上肿。"两回笑的内涵多少有些不同。

"笑而不答心自闲"一句，真是写得太好了。其中"心自闲"三字是全诗的中心，或曰诗眼。其他的二十五个字，都是围绕着"心自闲"落笔，起辅助烘托作用。正是"笑而不答"一语，极其传神地抒写、描摹了诗人"心自闲"的那份闲云野鹤般的悠然。"问余何事栖碧山"，应该说也是一句闲问。面对这样的闲问，因为闲，所以笑。唯其笑，反映闲。答问，固然不影响其心之闲。不答，也许更加显示其心之闲——闲得懒于作答。至于"桃花流水窅然去，别有天地非人间"，则是"心自闲"的典型环境了。

闲有两种。不忙，也就是无事可做或不去做事，即通常所说的有着空闲的时间，所谓"身闲"，这是一种。另一种是就心态而言，跟做事不做事关系不大甚或没有关系，即通常所说的心静，少有挂碍，是谓"心闲"。

一般说来，身闲是有利于做到心闲的。但有些人却在身闲的时候，甚至恰恰是因为身闲，心反倒不闲或更加不闲了。比如，由闲而生出来失落感，或空虚，或焦灼，或怅惘，或愤懑，等等。心闲的状态也就是适意或意适的状态。我曾写过这样的四句话："动自逸兴飞，静亦有深趣。神仙无觅处，意适差相似。"动也好，静也好，不别扭，不勉强，不忧愁，不惶惑，心里轻松，舒泰，悠然，自在，一言以蔽之，曰：没有负面情绪。心闲是一种境界。心闲难得。

有人说，悠闲是幸福的最高品位，时下却离我们越来越远了。在我看来，说悠闲是幸福的高品位之一，也许更妥当些。不去管它也罢。这里想再说的是，做到心闲亦即心态悠闲的不二法门，大概就是修炼一份比较阔大的胸襟和淡泊的志趣，别太计较个人名利与个人恩怨。君不见，有些人的心里，一天到晚放不下官位的升迁，或钱财的汇聚，或谁谁对我如何如何，背着包袱，结着疙瘩，窝着嫉妒，埋着炸药，无论如何是闲不下来的。

论者有谓，愤世嫉俗同乐观浪漫，往往奇妙地统一在李白的作品中，故李白写"非人间"之碧山的美，意在同"人间"即当时的黑暗现实和自己的遭遇对比，所谓"心自闲"，也就未必是真"超脱"，而是隐含着诗人的伤和恨。好像有理。但我不赞同这样的看法。

在我看来，至少李白在写这首诗的时候或这首诗里的李白，确实是"心自闲"的，假如落笔的当口，他心里正憋着伤和恨，哪里会写出这样的句子来？唯其如此，我说，读《山中问答》，我们还是应体味李白心态中的那一份悠闲。

人生在世，欲求什么时候都心呈悠闲状态，是不可能的。加强自我修养，尽可能多地把心态放"闲"，则是应该和可以做到的。从一定意义上说，幸福的多寡，确实取决于心态悠闲的多寡。我相信，到了一定的理想阶段，人们的心态应该都是悠闲的。

◆原文

赋得[1]古原草送别

离离原上草，一岁一枯荣。[2]

野火烧不尽，春风吹又生。

远芳侵古道，晴翠接荒城。[3]

又送王孙去，萋萋满别情。[4]

◆注释

[1]赋得：凡摘取古人成句为诗题，题首多冠以"赋得"二字。科举时代的试帖诗，因试题多取成句，故题前均有"赋得"二字。亦应用于应制之作及诗人集会分题。后遂将"赋得"视为一种诗体。即景赋诗者也往往以"赋得"为题。

[2]离离：盛多貌，浓密貌。原：宽广平坦之地。枯荣：枯萎和茂盛。

[3]远芳：远处的芳草。侵：侵占。此处当作"蔓延"解。古道：古老的道路。晴翠：草木在阳光照耀下映射出的碧绿色。荒城：荒凉的古城。

[4]王孙：王的子孙，亦泛指贵族子弟。此处指游子。萋萋（qī）：草木茂盛貌。别情：离别的情思。这两句乃用《楚辞·招隐士》："王孙游兮不归，春草生兮萋萋。"

◆ 今译

  古老荒原青草多么茂盛，年复一年枯了又再葱茏。

  熊熊野火烧也烧不尽呀，春风吹拂便又顽强复生。

  远处芳草遮掩古老道路，碧绿一片连着荒凉古城。

  又送尊贵朋友离我而去，茂草遍布有如惜别情浓。

◆ **蓊斋语语**

  论者有谓，这首诗作于贞元三年（787年），作者时年十六。诗是应考的习作。按照科考的要求，诗作须起承转合分明，对仗工整等。因为束缚多，所以少佳构。而这首诗却把古原春色和离别情怀融为一体，情景辉映，不同凡响。尤其"野火""春风"两句，更是格外精彩，寓有深刻哲理。

  人们之所以喜爱蕴含哲理的诗句，当然是因为这样的诗句对认识社会、人生等富有启迪意义。有人问，"野火烧不尽，春风吹又生"两句的启迪意义何在？用一句话说，我以为就是教人想到"根"的极端重要性。

  如众所知，入秋草枯以后，是很容易燃烧的。但容易燃烧的是草的茎和叶，烧不了的是扎在地下的根。草正是因为有根扎在地下，所以春风吹而又生。人们赞叹草的强大生命力，草的强大生命力就来源于扎在地下的根。

  草是这样，人也如此。在我的农村老家，乡亲父老评判人物，常好说这样的话：谁谁脚底下有根，有出息，可交往；谁谁脚底下没根，立不住，不可交。诸如此类。乡亲父老眼里的所谓"脚底下有根"，主要着眼于品德，即忠厚老实，正道直行，让人信得过；所谓"脚底下没根"，即溜奸耍滑，唯利是图，"撒一筐漏一篮子"，让人信不过。

  明人解缙有这样一副对联："墙上芦苇，头重脚轻根底浅；山间竹笋，嘴尖皮厚腹中空。"在我看来，联中的"嘴尖皮厚腹中空"一语，也可以为"根底浅"作注。就是说，一个人唯其"嘴尖皮厚腹中空"，所以"头重脚轻根底浅"。嘴尖可理解为尖酸刻薄，引申为德薄；皮厚，就是脸皮厚，缺少耻感；腹中空，则是少知寡识，无才。如此这般，注定脚底下没根。脚底下没根的人，或能得逞于一时一事，归根结底是长不了的。人只有德才兼备，才能脚底下有根，站得直，行得正，走得远。即使遇到挫折，终会跃然而起。

据载，当年白居易曾带着这首诗去长安拜见名士顾况。顾况先是拿白居易的名字打趣，说："长安米贵，居大不易。"及至读到"野火""春风"两句，则说："有才如此，居亦何难。"这件事也很值得玩味。

人生居世（居世亦即在世），或难或易，情况大不相同。情况之所以不同，固然有着多方面的原因。其中关键的一点，就是自身的强弱。老子有言："胜人者有力，自胜者强。"关于"自胜者强"，我觉得除人们通常的解读外，似乎也可以这样解读：靠自己的力量取得胜利的人才是强者。所以，人生在世欲相对少一些困顿，多一点遂顺，必须强化自己。只有强化自己才是最靠得住的。怎么强化自己？便又回到了前边的议论：坚持不懈地强根。

莫同李白比饮酒

——读李白《月下独酌四首（其二）》

◆ 原文

月下独酌四首（其二）

天若不爱酒，酒星[1]不在天。

地若不爱酒，地应无酒泉。

天地既爱酒，爱酒不愧天。

已闻清比圣，复道浊如贤[2]。

贤圣既已饮，何必求神仙。

三杯通大道，一斗合自然。[3]

但得酒中趣，勿为醒者传。[4]

◆ 注释

[1]酒星：古星名。也称酒旗星。

[2]浊如贤：《三国志·魏志·徐邈传》中有"平日醉客，谓酒清者为圣人，浊者为贤人。"故所谓"清比圣"，即将清酒称为圣人；所谓"浊如贤"，即将浊酒称为贤人。

[3]通：懂得；通晓。大道：正道；常理。合：同，相同，一致；符合，适合。自然：天然。或指人的本性。

[4]酒中趣：饮酒的乐趣。醒：酒醉消除，恢复常态。传：说；描述。

◆今译

假如天不爱饮酒，酒星不会在高天。

假如地不爱饮酒，地下就该没酒泉。

天地既然爱饮酒，爱饮便无愧于天。

听说前人有一语，清酒浊酒比圣贤。

贤人圣人都已饮，无须修道做神仙。

饮酒三杯晓正道，入腹一斗同天然。

只图醉中趣味好，莫向不醉费言谈。

◆蓊斋语语

酒这种东西，并非生活之不可或缺。为礼仪所需或作为生活的一种点缀，着量着量，适可而止，无可非议。

不过，像李白这样嗜酒，动辄酩酊大醉，"会当一饮三百杯"，我以为就不好了。据我推测，当时的社会舆论恐怕也有微词，于是李白要据理力争。然而，他力争的逻辑是值得商榷的。他说，天上有酒星，地下有酒泉，证明天和地全都爱酒，爱酒便无愧于天，又说饮酒是多么多么的好。

如众所知，天上除了有酒星以外，还有贼星；地下除了有酒泉以外，还有盗泉。按照李白的逻辑，仿照李白的写法，我们也可以写出如下句子，看看行也不行——

天若不爱贼，贼星不在天。

地若不爱盗，地应无盗泉。

天地爱贼盗，贼盗不愧天。

这明摆着的是不行嘛。

有位酒量很大的同志曾当面对我谈及该同志年轻时在一次升学考试的某科考试中，答卷答到半截就抬不起头来了。"怎么了？"监考老师问道。"害困。"该同志答道。"有办法治吗？""喝酒。"监考老师还真就弄了酒来。该同志喝了几口，果真提起了精神，顺利答完了卷子。该同志承认自己有酒精依赖的毛病，故饮酒从不主动挑战别人。假如别人向该同志挑战，则必铩羽而归。

杜甫有句"李白一斗诗百篇"，说李白饮酒之后，能稀里哗啦地写出一百篇诗来，这显然太过夸张，但精神因而焕发，灵感汹涌而来，也许并非空言。唯其如此，我说，大概李白也有酒精依赖的毛病。

我们应该懂得，就饮酒而言，不要说没有酒精依赖毛病的人跟有酒精依赖毛病的人，根本不能相比。就是在没有酒精依赖毛病的人中，各人的酒量大小也不一样。有些人偏就是不承认或不愿意承认这个事实，鼓吹"一醉方休"，每每饮酒超量，以致酒后失德、失言、失手、失策，乃至于失命，或剥夺他人之命者，屡见不鲜。据说，陶渊明的好几个儿子全都有智力缺陷，起先慨叹命苦，后来悟出是自己嗜酒造孽，虽后悔不迭，惜已于事无补。这就是贻害子孙了。

跟李白比写诗比不过，没什么大不了的，顶多受人耻笑。跟李白比饮酒，后果就很可能严重得多。

知道自己的酒量，绝不玩所谓"舍命陪君子"的游戏，也算是一种智慧。

不硬逼别人饮酒，尤其当领导的不勉强自己的部下饮酒，应该说就是一种仁德了。

◆ 原文

黄鹤楼

昔人^[1]已乘黄鹤去，此地空余黄鹤楼。

黄鹤一去不复返，白云千载空悠悠。^[2]

晴川历历汉阳树，芳草萋萋鹦鹉洲。^[3]

日暮乡关何处是？烟波江上使人愁。^[4]

◆ 注释

[1] 昔人：此处指乘鹤的仙人。黄鹤楼：故址在今湖北省武汉市蛇山的黄鹤矶头。相传始建于三国吴黄武二年（223年），历代屡毁屡建。1985年在今址（蛇山西端高观山西坡）重建。传说仙人子安曾乘黄鹤经过黄鹤楼；一说三国蜀费祎在黄鹤楼乘鹤登仙。

[2] 空：只；仅；徒然；白白地；岑寂；幽静。悠悠：辽阔无际；连绵不尽貌；众多貌。

[3] 晴川：晴天下的江面。历历：清晰貌。鹦鹉洲：在今湖北省武汉市西南长江中。相传东汉末江夏太守黄祖长子射在此大会宾客，有人献鹦鹉，祢衡作《鹦鹉赋》，故名。后祢衡为黄祖所杀，葬此。自唐宋以后，由于江水冲刷，屡被浸没，今鹦鹉洲已非宋以前故地。

[4] 乡关：故乡。烟波：烟雾苍茫的水面。

◆ 今译

古人早已驾乘黄鹤升天去了，这里只剩一座空寂的黄鹤楼。

黄鹤飞走了就再没有回来过，唯有白云世世代代荡荡悠悠。

晴空下隔江汉阳城树木在望，还有那芳草很繁茂的鹦鹉洲。

天色向晚我的故乡在哪里呀？身处这苍茫的水面顿生离愁。

◆ 蓊斋语语

崔颢的这首《黄鹤楼》，论者或谓："唐人七律，当以此诗为第一。"尤其因为据说李白登黄鹤楼，留下了"眼前有景道不得，崔颢题诗在上头"的话，于是此诗就更为人称道了。

照我想来，诗固然很好，但在唐人那么多七律诗中，一定要说哪首第一，哪首第二，也只能视为有此一说罢了。评比诗歌文章之类，比不得跑百米有秒表掐着时间为据，不同的评论者有不同的爱好和标准，换个人评，名次可能就不一样了。要不怎么说"文没第一，武无第二"呢？总而言之，《黄鹤楼》乃唐人七律中第一流作品也就是了。

另有论者赞曰："此诗妙处，就在写眼前景物，脱口而出，不拘平仄对偶，流转活泼，饶有古风。"

所说"不拘平仄对偶"，是指《黄鹤楼》诗的前四句。然而，我想，既然是作律诗，那还是应该讲究平仄对偶。有时为了充分抒发感情或表达思想，自然可以冲破平仄对偶的束缚。这叫内容决定形式，形式服从内容。不言而喻，既是冲破，就终究不是律诗的常规作法，而是不得已而为之。

所以，我同意此诗妙处在于"写眼前景物，脱口而出""流转活泼，饶有古风"的说法，但不能把"不拘平仄对偶"也放在优点之列一并推崇。如果能够做到，既有现在这样的思想内涵，又合于平仄对偶的要求，岂不更好？事物总是有两面性的。接受某一事物的优点，就不能不同时容忍它的缺陷，譬如，接受律诗形式之美的同时，不能不同时容忍它在有些时候和一定程度上束缚思想的缺陷。如果只接受某一事物的优点，同时排除它的缺陷，那就不是一般的冲破，而是一种改造甚至可以说是创新了。

《黄鹤楼》一诗确实很好，而前四句我以为尤好。"昔人已乘黄鹤去"，昔人到哪里去了？是隐于不知何处的深山，还是化为天上的星宿？"此地空余黄鹤楼"，黄鹤去后，楼里又发生过哪些为人所不知的故事？"黄鹤一去不复返"，楼以"黄鹤"为名，也就是黄鹤的家园，黄鹤为什么一去不复返呢？"白云千载空悠悠"，悠悠千载的白云，是黄鹤的化身，还是仙人的化身？诗人的这些诗句引人遐想，让人体味到一种辽远，一种幽邃，一种苍茫，一种沧桑，等等，油然而生敬畏的情愫，是对于历史，也是对于自然。

敬畏一词，就我的印象而言，近些年人们才说得多些。对于历史，前些年说得多些的是批判吸收，但实际情况是批判多，吸收少。有些所谓批判，不过是硬扣帽子罢了。

对于自然，前些年说得多些的是所谓"征服"。结果是有些地方的有些做法受到了自然的惩罚。时下，有些人仍然有着强烈的对于自然的"征服"情结。过分敬畏固然不可取，因为有可能导致迷信。毫无敬畏之感，则狂妄自大，违背规律，胡作非为，危害更大。既能充分尊重，又不陷于迷信，也许才是对于敬畏的正确诠释。这是题外话，顺便说及。

"晴川历历汉阳树，芳草萋萋鹦鹉洲。"诗人于怀古之后，笔触转向了目力所及的景物，最后落脚于怀乡："日暮乡关何处是？烟波江上使人愁。"如此这般，全诗由天空到地表，由古代到眼下，由神话到现实，由远处到脚下，由思古到怀乡，纵横交错，收放自如，很耐咀嚼，余味无穷。

凤凰台上凤凰游，凤去台空江自流。
吴宫花草埋幽径，晋代衣冠成古丘。

三山半落青天外，一水中分白鹭洲。

总为浮云能蔽日，长安不见使人愁。

　　这是李白的《登金陵凤凰台》，据说是李白欲与崔颢争胜而作。两相对比，此说有道理。那么，争得过还是没有争得过呢？不同的人意见截然相反。

　　有人说《登金陵凤凰台》"全摹崔颢《黄鹤楼》，而终不及崔诗之超妙"，有人说此说"失之片面"，李白的诗"很有自己的特点"，"感慨至为深沉"，"语言清丽明快"，"特别是中间二联，造句尤为精妙"。另外，"就诗篇的立意来看，崔诗不及李诗"。

　　究竟哪一种意见对呢？如果读者有兴趣的话，不妨也来比较一番。

此癖甚好切勿去
——读白居易《山中独吟》

◆ 原文

山中独吟

人各有一癖，我癖在章句。[1]

万缘皆已消，此病独未去。[2]

每逢美风景，或对好亲故[3]，

高声咏一篇，恍若与神遇。[4]

自为江上客[5]，半在山中住。

有时新诗成，独上东岩路。

身倚白石崖，手攀[6]青桂树。

狂吟惊林壑，猿鸟皆窥觑。[7]

恐为世所嗤，故就无人处。[8]

◆ 注释

[1] 癖（pǐ）：嗜好。章句：文章，诗词。

[2] 缘：尘缘，指世俗因缘。消：消除。病：癖好。

[3] 亲故：亲戚故旧。

[4] 咏：曼声吟哦。也指用诗词等形式写景抒情。恍若：好像；仿佛。

[5] 江上客：指被贬客居江州。

[6] 攀：抓住；攀扶。

[7] 狂吟：纵情吟咏诵读。惊：惊动；震动。林壑：山林谷间。窥觑（qù）：看；偷看。

[8] 嗤（chī）：讥笑；嘲笑。就：到；赴。

◆今译

> 人们各有自己癖好，我有癖好作文写诗。
>
> 诸多尘缘都已消除，这个癖好没有除去。
>
> 每当遇见美丽景致，或者面对故旧亲戚，
>
> 大声吟咏我的诗篇，感觉像跟神仙相遇。
>
> 自从被贬来到江州，一半时间住在山里。
>
> 有时写成新诗一篇，自个东上岩石路衢。
>
> 身子靠在白石崖上，手臂抓着青桂树枝。
>
> 纵情诵读惊动山林，猴子鸟儿偷眼下视。
>
> 担心世人嘲笑讽讥，所以躲在僻静之地。

◆翥斋语语

白居易的这首《山中独吟》，用形象化的笔触描摹了自己的章句之癖，或者干脆就说是诗歌之癖，即对于诗歌的热爱、迷恋和沉醉。

是不是真像白居易所说，世间"人各有一癖"呢？我没有调查，没有发言权。然而，不少的人有癖，却是个不容置疑的事实。譬如晋朝人杜预曾说，王济有马癖，和峤有钱癖，自己有《左传》癖。

众所周知，癖是有好有坏和无所谓好坏之分的。不知道别人怎么看待，反正我是觉得白居易的诗歌之癖是一个非常值得肯定的好癖。虽然他的被贬难说与他的诗歌之癖没有关系，但这个账只能记在封建专制统治者的身

翥斋赏诗

上，不是诗歌之癖本身的问题。关于诗歌之癖的好处，自然有其社会意义的一个方面。我们从《山中独吟》所能领略到的，仅是就诗人自己而言的一个方面，故笔者也只从诗人个人着眼。

"万缘皆已消，此病独未去。"这是为什么？照我想来，是根本就不愿意去。为什么根本不愿意去呢？一言以蔽之，曰乐在其中呀。按照白居易自己的吟咏，是乐得"恍若与神遇"。不知道"恍若与神遇"是怎样的一种乐，反正不同于一般的乐就是了。

乐的实质，大概是由欲望得以满足而产生的一种心理反应吧。

人有抒发的欲望，因为人是有感情的，白居易更是个感情非常丰富的人。感情的抒发有着多种途径，诗歌是最佳抒发途径之一。"每逢美风景，或对好亲故"，"高声咏一篇"，别提多高兴。

人有创造的欲望，而创造多种多样。诗歌创造——通常是说创作——就是极具魅力的一种创造。白居易是天才的诗歌创造者。"有时新诗成，独上东岩路。身倚白石崖，手攀青桂树。狂吟惊林壑"，别提多高兴。

我曾听人说过这样的话："骑车（自行车）下坡带老婆，给个县官也不做。"对于一般人而言，这话也不过说说罢了，首先是没谁真会给一个县官让做，假如真给的话，做或不做怕就很难说了。有一个人是真的给个县官也不做的（确切地说是做了一段时间又不做了），那就是陶渊明。陶渊明之所以不做，除了"不为五斗米折腰"外，我以为还有一点，那就是更有时间和闲心，"采菊东篱下"，悠然作诗歌。

以陶渊明来推断白居易，加以白居易已经以"万缘皆已消"自许，我相信，如果有人拿个县官换他的诗癖之乐的话，他十有八九是不肯换的。白居易以"乐天"为字，是个乐天派，是不是因为乐诗才成为乐天派呢？

人有诗歌之癖的好处，就是仅仅对自己而言，也不止上述两端。比如说吧，能及时总结提炼人生经验，有利于走好人生之路；能经常活动脑子而且动得其乐，有利于身体健康；等等。

唯其如此，我说，凡有诗歌之癖的朋友，很值得庆幸；尚无诗歌之癖的朋友，不妨加以培养。相信有诗歌之癖的人一多，加上努力向白居易学习，诗坛兴许会冒出几个"当代白居易"来，也说不定的。

友情可贵在乎诚

◆原文

黄鹤楼送孟浩然之广陵[1]

故人西辞黄鹤楼，烟花三月下扬州。[2]

孤帆远影碧空尽，唯见长江天际[3]流。

◆注释

[1] 之：往；至。广陵：即扬州。

[2] 故人：旧交；老友。此处指孟浩然。西辞：扬州在黄鹤楼的东边。故从黄鹤楼东行，曰西辞，即辞西。烟花：泛指绮丽的春景。下：乘船顺流而下。

[3] 天际：天边。

◆今译

我的老朋友辞别了黄鹤楼，在绮丽的春色里前往扬州。

一帆远去消失在碧蓝天空，只见浩浩长江在天边奔流。

◆翁斋语语

李白的这首《黄鹤楼送孟浩然之广陵》，我在上中学的时候就学过了。

当年老师在课堂上朗诵的神情，至今还留在我的记忆里，给我的感觉是老师在那一刻进入了角色，李白就是老师，老师就是李白。

"故人西辞黄鹤楼"，交代送别朋友的地点。黄鹤楼是名胜古迹，在别的地方送别，提不提关系可能不大，在这样的地点送别，点出来似乎能多一点纪念意义。"烟花三月下扬州"，是讲送别朋友的时间和朋友前往的地点。三月以"烟花"冠之，三月就不再是一般的抽象数字，一下子花团锦簇了起来。

"孤帆远影碧空尽，唯见长江天际流"，都是写作者送别朋友之后的伫望所见：孤帆渐行渐远，直到消失于碧蓝的天空。然而，作者并没有转身离去，他仍然站在那里，眼睛大大地睁着，又使劲眨了一眨，也许连脚跟都提了起来，可惜除了天边的浩浩江流以外，别无他见了。"问君能有几多情，恰似一江春水向东行！"情者，友情之谓。

如果我没有记错的话，我在上学的时候还学过李白的另两首写朋友之间送行的诗。一首题曰《闻王昌龄左迁龙标遥有此寄》，也是他送朋友，但不是当面写送别，而是写了寄去，或更有可能的是遥寄其意——

> 杨花落尽子规啼，闻道龙标过五溪。
> 我寄愁心与明月，随君直到夜郎西。

另一首是写朋友送他，题曰《赠汪伦》——

> 李白乘舟将欲行，忽闻岸上踏歌声。
> 桃花潭水深千尺，不及汪伦送我情。

是不是可以这样认为：《黄鹤楼送孟浩然之广陵》一诗，主要表现了作者对于朋友的无限依恋；《闻王昌龄左迁龙标遥有此寄》一诗，主要表现了作者对于朋友的深切关心；《赠汪伦》一诗，则主要表现了作者对于朋友的充分信赖。依恋，关心，信赖，一往情深，全都出于至诚。诚乃友情的纽带。出于至诚，是李白对于友情的态度，也是友情之所以可贵的根本所在。的确，在我看来，如果不是出于至诚，决然写不出李白这样感人至深的诗句。

以我的观察为据，友情对人而言意义非同小可。人们通常所关注的，是朋友之间看得见摸得着的帮助。而事实是，在更多的情况下，仅仅是志同道合前提下相互间的倾诉，交流，关爱，提醒，祝愿，问候，同喜同乐，同伤同悲，等等，便有如案头温暖的灯盏，窗外扶疏的花枝，天际皎洁的弯月，予心灵以莫大的慰藉，可谓弥足珍贵。

人生在世，亲情和爱情的重要性不言而喻。有资格跟亲情和爱情并列的，我以为就是友情了。人生好比在大海里游泳，亲情、爱情和友情是明显可感的浮力。就像几何学的三点决定一个平面，一个人的亲情、爱情和友情，也在相当大的程度上决定其祸福穷通的大体局面。

李白的优点很多。读《黄鹤楼送孟浩然之广陵》，应首先学习他对于友情的至诚。

幽默需要好心情
——读岑参《戏问花门酒家翁》

◆ 原文

戏^[1]问花门酒家翁

老人七十仍沽酒，千壶百瓮花门口。^[2]

道傍榆荚仍似钱，摘来沽酒君肯否？^[3]

◆ 注释

[1] 戏：开玩笑。

[2] 沽（gū）酒：卖酒。买酒。花门口：指花门楼口。花门，即花门楼，凉州（今甘肃武威）馆舍名。

[3] 傍：旁，侧。榆荚：榆树的果实。形似铜钱而小，俗称榆钱。仍：乃。沽酒：买酒。君：尊称，犹言您。

◆ 今译

七十岁的老翁还在卖酒，千壶百缸摆在花门楼口。

道边的榆荚跟铜钱相似，摘下来买酒你卖给我不？

据载，天宝八年（749 年），岑参告别在长安的家人，第一次远赴西域，充安西节度使高仙芝的幕府书记。途中遇上返京述职的相识，就有了如下这首《逢入京使》：

> 故园东望路漫漫，双袖龙钟泪不干。
>
> 马上相逢无纸笔，凭君传语报平安。

不是说"男儿有泪不轻弹"吗？他这里竟然"双袖龙钟泪不干"，可见他那份悲苦的心情。

天宝十年（751 年）三月，高仙芝由安西节度使调任河西节度使。于是，在安西节度幕府盘桓了近两年之久的岑参，与其他幕僚一道跟随高仙芝来到凉州城中。时当春季，榆钱绽放，老翁沽酒待客，他便拥有了一份好心情。没有过去的悲苦，也许就没有现在这一份好心情。没有现在这一份好心情，很可能就没有《戏问花门酒家翁》这首饶有趣味的好诗留下来了。

"老人七十仍沽酒"，可见社会安定；"千壶百瓮花门口"，可见生意兴隆。"道傍榆荚仍似钱"，形似而已，诗人明知道是不可以用以买酒的，偏还问"摘来沽酒君肯否"？正是诗题标明的"戏问"。"戏问"，问着玩儿的意思，也就是故意打趣。友好，调皮，风趣，幽默，读来如见其人，如闻其声，不由会心一笑。诗人将此刻的好心情淋漓尽致地表现出来了。

有人说，幽默是剩余的智慧。我说，剩余的智慧并不就等于幽默。相信岑参是不缺少剩余的智慧的，但他在"双袖龙钟泪不干"的时候，是幽默不起来的。如果说幽默是一只美丽的风筝的话，它也是有赖于习习春风的吹拂才升上天空的。我所谓"习习春风"者，就是轻松愉快的好心情的同义语。

山中何所有，岭上多白云。

只可自怡悦，不堪持赠君。

这是南朝梁陶弘景之《诏问山中何所有赋诗以答》一诗，我觉得跟《戏问花门酒家翁》有共同之处。一者向老翁发问，榆荚可不可以沽酒，明知故问，已如上述；一者向皇帝答问，说白云不可以赠君，明知故说。榆荚之不可以沽酒，正如白云之不可以赠人，好处是都很有韵味。

顺便说及，在我的家乡，人们管榆荚是不叫"榆钱"的，而是叫"榆圈"。当我从书上读到"榆钱"二字时，就想，我那些乡亲们呀，真土，把个"钱"字读成了"圈"。后来我才知道，原来一个"泉"字，也当"钱币"讲。于是恍然大悟，我之所谓乡亲们叫"榆圈"者，分明是误解：乡亲们叫的其实是"榆泉"。"榆泉"也者，实在"文"得很，岂止不土而已。

我对于榆钱，是很有感情的。荒年歉月不用说了，即使在丰收的年头，每当榆钱长出来后，我总会一而再、再而三地爬上榆树，满心欢喜地一把把往篮子里采摘（供母亲揣饼子、插黏粥、蒸菜糕），当然也不时往嘴里填。不过，我从来不曾像岑参那样，把它与购物联系在一起。诗人之为诗人，极为重要的一点就在于富于想象力。

◆原文

悯[1]农二首

其一

春种一粒粟[2]，秋收万颗子。

四海[3]无闲田，农夫犹饿死。

悯农二首

其二

锄禾日当午，汗滴禾下土。

谁[4]知盘中餐，粒粒皆辛苦。

◆注释

[1] 悯（mǐn）：怜恤；哀怜。

[2] 粟（sù）：谷粒；谷物名，北方通称谷子。又常作为粮食的通称。

[3] 四海：犹言天下，全国各处。

[4] 谁：哪个；什么人。

悯农二首

其一

春天播下一粒种子，秋天收获万颗籽实。
所有土地种满庄稼，有的农民仍然饿死。

其二

锄地正当炎热中午，汗水滴落禾下之土。
哪个晓得盘里食物，一粒一粒尽皆辛苦。

◆ **蓊斋语语**

作为庄户人家的一介子弟，我在十三四岁的那一两年里，学会了除扶犁耕地以外，包括赶车、耙地、扶楼、扬场等所有农活，成为正儿八经的少年农民。尽管在之后的日子里，我走进了城市，在城里生活，但每读李绅的《悯农二首》，总还是感到格外亲切，觉得李绅是一位有良心的诗人。

"春种一粒粟，秋收万颗子。"不知这是作者的文学夸张，抑或他就是这样认为的。按照这样的说法，农民的收获就是投入的一万倍了。事实绝非如此。

就我小时候家乡的情况看，谷子，也就是粟，是农作物中产量最高的了。以长得好的地块为例，一亩地也就是能收六斗，往最高里说，七斗撑破天了。因为带糠，一斗谷子只有六十多斤，就算七十斤吧，七斗也不到五百斤。就播种所用种子的数量而言，谷子也是最少，一亩地一斤多就够了。这样算下来的话，产出与投入就是五百斤比一斤。至于小麦、玉米等的产出与投入之比就更小了。

总而言之，"春种一粒粟"，无论如何也不可能"秋收万颗子"。不光我小的时候不能，现在依然不能，相信唐朝那时候就更不能了。按照《战国策》的记载，吕不韦的父亲对吕不韦"耕田之利几倍"的问题，所作出的"十倍"的回答，就各种庄稼的平均产出投入比而言，是比较合乎实际的。

"四海无闲田"，可见农民的勤劳；"农夫犹饿死"，可见农夫的悲苦。纵令农民种田的产出投入比仅仅像吕不韦父亲说的那样，正常年景之下，也应不至于饿死，可事实是有些人竟然饿死了。原因何在？李绅没说，让你去想：封建统治者横征暴敛。

农民确实可悯。

腐朽没落的封建统治者可憎。

尽管李绅过高地估计了农民的收获，但他仍然是很可敬的。

"锄禾日当午，汗滴禾下土。"对我来说，其事恍如昨日。当午而锄，乃作者的典型化写法。农民其实是一大清早就下地了，"晨兴理荒秽，带月荷锄归"。当午而锄的好处有这样两种：天旱的时候，有利于保存土壤中已经不多的水分（农谚有谓"旱耪地，涝浇园"）；不旱的时候，有利于消灭杂草。白居易的《观刈麦》中有句："足蒸暑土气，背灼炎天光。力尽不知热，但惜夏日长。"一者，割麦是在农历四月底或五月初，一者，像高粱、玉米、谷子等秋庄稼都比麦子秸秆高，所以挡风，故仅以热的程度而论，割麦远不如农历六月所谓"拉开趟子耪大地"的时候为甚。所谓汗流浃背，晒得脊背起皮，绝非夸张之语。

"谁知盘中餐，粒粒皆辛苦。"最知辛苦而且不辞者，当然非农夫莫属。就因为他们最知道辛苦，所以也最知道珍惜用辛苦换来的果实。不辞辛苦，曰勤；珍惜辛苦换来的果实，曰俭。克勤克俭，是谓美德。

时代不同了，科技发展了。还是以我的家乡为例，现在，农民大抵已不再干拉着锄头锄地的累活了。播种、收割等也大多由机器代劳。一言以蔽之，农民种田的辛苦程度，久矣乎非往昔可比，而且还不再纳税。李绅在天有灵，定会感到高兴。话说回来，跟其他行业的人比，农民仍然辛苦，收入与投入比仍然偏低。

不管时代再怎么不同，科技再怎么发展，勤俭的具体表现形式虽会有变化，但作为美德，将永远值得秉持。

一利一弊是公平
——读李商隐《嫦娥》

◆原文

嫦 娥[1]

云母屏风烛影深，长河渐落晓星沉。[2]
嫦娥应悔偷灵药，碧海青天夜夜心。[3]

◆注释

[1] 嫦娥：神话中月中女神。《淮南子·览冥训》："羿请不死之药于西王母，姮娥窃以奔月。"高诱注："姮娥，羿妻。羿请不死药于西王母，未及服之，姮娥盗食之，得仙，奔入月中，为月精也。"姮，本作"恒"，俗作"姮"。汉代因避文帝刘恒讳，改称常娥，通作嫦娥。

[2] 云母：矿石名。有玻璃光泽，半透明。屏风：用以挡风或遮蔽的室内器具。烛影：蜡烛的光亮。深：暗淡。历时长久。长河：天河、银河。晓星：拂晓时的星辰。

[3] 灵药：即不死药。碧海青天：像碧海一样的青天。

◆今译

云母屏风后面的烛光彻夜长明呀，拂晓来临渐次沉没了银河与辰星。
嫦娥应该后悔当初偷食不死药吧，碧海青天夜夜寂寞愧疚心神不宁。

古往今来，世人最奢侈的想法大概就是长生不老了。无奈连"千古一帝"之秦始皇在内的皇帝们也做不到，遑论他人。人们于是诉诸神话，就有了羿从西王母那里得到了不死药，妻子嫦娥偷食后奔向月宫的故事。

不死药既已入腹，嫦娥当然就不会死了。不死的嫦娥，是怎样在月宫里打发她那悠悠岁月的呢？《嫦娥》一诗就是李商隐所作的猜度了。

"云母屏风烛影深，长河渐落晓星沉。"嫦娥在月宫里生活，白天的情况诗人没有涉及，这是对夜晚情况的描摹。由云母屏风，可以想见其物质生活的优越；由蜡烛整夜不灭，直到天光放明，则可以想见其精神上的不如意：辗转反侧，不曾入眠。

如此这般，原因何在？"嫦娥应悔偷灵药，碧海青天夜夜心"，便是诗人的答案了。诗人是说，嫦娥对自己当初偷不死药的行为深感后悔了。她的辗转反侧，夜不成眠，就是因为愧疚而心神不安的表现。所谓"夜夜心"者，是说每夜每夜良心都受着煎熬呀。有人说嫦娥的夜不成寐是因为寂寞，我说，寂寞也是原因，但不是主要原因，主要原因应该是愧疚。

从《淮南子·览冥训》和高诱所作的注看，羿这个人对妻子嫦娥是很不错的。其一，他从西王母那里请来了不死药，没有对嫦娥保密，不然的话，嫦娥不知道丈夫有不死药也就不会偷了。其二，他没有对嫦娥设防，不然的话，嫦娥就难以偷去，说明他相信嫦娥。其三，他得到不死药后没有尽早自己吃下，如果不是想让给妻子吃的话，也许是想跟妻子一同吃下吧。其四，据说他是有名的善射者，天上原来有十个太阳，是他射落了九个。如果他想惩罚嫦娥，他可以轻而易举地把月亮射落，但他没有这样做。相比之下，嫦娥能不问心有愧吗？所以我说，李商隐的猜度是不无道理的。

世界上还有比偷吃不死药更便宜的事情吗？我想是没有了。遗憾的是，嫦娥也因此失去了爱情，而且离开了人间，只能在月亮上一腔愧悔、心绪不宁地打发她漫长寂寞的岁月。她一定曾无数次怀念在人世间度过的日子，可惜永远都无法再回到过去。这就叫事情"有一利必有一弊"。好，不是绝对的好，即不是好得连向坏转化的可能都没有，所谓"福兮祸所伏"；坏，不是绝对的坏，即不是坏得连向好转化的可能都没有，所谓"祸兮福所倚"。不言而喻，这合于唯物辩证法。

在我看来，事情"有一利必有一弊"，是一种最大的公平，无论何人，哪怕权力再大，都无法改变。从这样的意义上说，辩证法乃是公平法。当然，所谓公平也者，也只能从相对的意义上去理解：或利大于弊，或弊大于利。聪明的人总是去做那些利大于弊的事情。

嫦娥奔月至今，时间也够长久的了。我倒是想劝嫦娥：事情既已如此，后悔药无处去买——后悔药比不死药更难得——那就不要没完没了地老是愧悔吧！忘记过去，振作起来，开始新的未来。对此，相信羿也不会反对。

他人教训接受难
——读杜牧《泊秦淮》

◆原文

泊秦淮 [1]

烟笼寒水月笼沙，夜泊秦淮近酒家。[2]

商女不知亡国恨，隔江犹唱《后庭花》。[3]

◆注释

[1] 泊：停船靠岸。秦淮：河名。流经今南京市。相传，秦始皇南巡至龙藏浦，发现有王气，于是凿方山，断长垄为渎入于江，以泄王气，故名秦淮。或谓，相传秦时凿钟山以疏通淮水，故名。

[2] 烟：河上的烟雾水气。笼：笼罩；遮掩。寒水：秋天的河水。沙：指河边的沙滩。

[3] 商女：歌女。亡国恨：亡失国家的悔恨。犹：还；仍。后庭花：唐为教坊曲名。本名《玉树后庭花》，南朝陈后主制曲。其辞轻荡，而其音甚哀，故后多用以称亡国之音。

◆今译

烟雾笼罩寒冷的秋水月光笼罩河滩的沙，船儿停靠在秦淮河岸边不远处就是酒家。

对岸歌女不晓得陈朝荒淫败亡的悔恨呀，还在低吟高唱陈后主当年的《玉树后庭花》。

◆翁斋语语

这是一首借古讽今的诗作。杜牧生活在唐朝晚期，当时唐王朝内忧外患，矛盾重重，国势衰败，岌岌可危。可是，南京秦淮河两岸却依然酒家林立，一片浓厚的纸醉金迷的享乐氛围。

"烟笼寒水月笼沙，夜泊秦淮近酒家。"夜幕降临了，寒冷的河水被笼罩在浮动的烟雾水汽里，岸边的沙滩被笼罩在明亮的月光里。在如此这般的景色里，诗人的船儿停泊在秦淮河岸边，不远处就是鳞次栉比、灯火通明的酒家。"商女不知亡国恨，隔岸犹唱《后庭花》。"河对岸的歌女们不晓得南朝陈后主纵情声色以致亡国的悔恨，仍然在唱《玉树后庭花》这样的亡国之音呀。歌女们不晓得的事情，难道那些听唱的达官贵人也不晓得吗？——后面两句的意思，诗人没有行诸文字，照我想来，此乃题中应有之义。

论者有谓：该诗第一句不同凡响，两个"笼"字很引人注目。烟、水、月、沙四者，被两个"笼"字和谐地融合在一起，绘成一幅极其淡雅的水边夜色图。它是那么柔和幽静，而又隐含着微微浮动流走的意态，笔墨是那样轻淡，可那迷蒙冷寂的气氛又是那么浓。我说，这句诗确实新颖，给人以深刻印象。就像"秦时明月汉时关"一样，这是使用了互文的修辞手法。

据载，杜牧在青少年时代就表现出了迫切的用世之心。他努力攻读兵书，研究"治乱兴亡之迹，财政兵家之事，地形之险易远近，古人之长短得失"，总结历史和现实的教训，很想有所作为。唯其如此，他希望那些于国家兴亡负有重要责任的人都能够接受历史的教训，振作精神，励精图治，挽狂澜于既倒。但后来的事实告诉我们，他的希望彻底落空了。

"历史的经验值得注意"。经验也者，包括正反两个方面，反面的经验就是教训。记得有个外国人说（大意）：人类从来不曾真正接受过任何历史的教训。这话说得太过绝对了。不过，以我的观察为据，人们对于他人的教训，无论是历史的还是现实的，真正接受下来委实很不容易。且看一茬又一茬的封建王朝，还不是如同一个单子吃药似的接踵垮掉。正如杜牧在他的《阿房宫赋》里所说："秦人不暇哀之，而后人哀之。后人哀之，而不鉴之，亦使后人而复哀后人也。"

　　人们对于历史教训的不容易接受，有着多方面的原因。有的是懵里懵懂，不知道接受的重要性；有的是自负狂妄，不认为有接受的必要，等等。其中更多的情况是，虽然并非不晓得接受教训的重要性与必要性，但是接受即意味着放弃——放弃某些既得的利益，譬如声色犬马的所谓享受，又意味着担当——担当责任，不辞辛劳，譬如宵衣旰食的勤勉。显而易见，这里面交织着个人利益与家国利益、眼前利益与长远利益的矛盾。个人利益与家国利益相比，个人的更贴近；眼前利益与长远利益相比，眼前的更直接。既然如此，那就请别人去接受教训好了，我则敬谢不敏。顺便说及，人们不但对于包括历史教训在内的他人教训不易接受，就是自己的教训，也常犯"好了疮疤忘了疼"的毛病，不撞南墙不回头，撞了南墙继续撞，令人唏嘘叹惋。人类社会发展缓慢的重要原因之一，我以为就是人们不善于接受教训。

　　善于接受包括中外历史的和现实中他人的教训，不走或少走别人走过的弯路，不跌或少跌别人跌过的跟头，非有大聪明者难以做到。

不等算式母与子

◆ 原文

游子吟 [1]

慈母手中线，游子身上衣。

临行密密缝，意恐迟迟归。

谁言寸草心，报得三春晖。[2]

◆ 注释

[1] 游子：离家远游的人。吟：古代诗歌体裁的一种。

[2] 三春晖：春天的阳光。比喻母爱，亦喻深厚的恩情。三春，春季三个月。农历正月称初春，二月称仲春，三月称暮春。

◆ 今译

慈爱母亲飞针走线正做着的，是即将外出的儿子的衣衫呀。

临动身还在密密地缝了又缝，担心迟迟不归衣裳不禁穿呀。

哪个说一棵纤细低矮的小草，能报得尽三春阳光的温暖哩。

◆翁斋语语

古人评孟郊的诗，或曰"横空盘硬语"，或曰"盘空出险语"。但这首《游子吟》，却既无"硬语"，也无"险语"，平白质朴，浅显易懂。

"慈母手中线，游子身上衣。临行密密缝，意恐迟迟归。"起首四句，诗人选取人们司空见惯——我这里说的是过去，现在则不大能看得见了——的生活细节加以描摹，令人浮想联翩，忆及母亲的慈爱，不免情动于衷。

"谁言寸草心，报得三春晖。""寸草心"者，儿女孝心之谓；"三春晖"者，母亲慈爱之谓。"谁言"乃是反诘，"报得"自然是报不得了。这最后两句，不仅比喻恰当，达意贴切，而且立意深远，千古流传，教育了一代又一代人，可谓功莫大焉。诗人也因此不朽。

母爱对于子女的重要性，是无可取代的。我读这首诗，不由想到名曰《小草》的那支许多人都会唱的歌，认为它也是一首很好的诗："没有花香，没有树高。我是一棵无人知道的小草。……春风啊春风你把我吹绿，阳光啊阳光你把我照耀，河流啊山川你哺育了我，大地啊母亲把我紧紧拥抱。"据说它是歌剧《芳草心》的主题歌。不知道该剧的剧情是怎样的，也不管别人怎么理解，反正我是觉得，它也可以被看作歌颂母爱的歌：母爱既是大地，也是春风，也是阳光，也是河流，也是山川。母爱之于孩子，是个"铺天盖地"的存在。

高尔基有言："爱孩子，那是连母鸡都会做的事。"意思大概是说，光有爱不够，还得有所教。有所教当然是应该的。然而，听话听音，从高尔基的话音里可以听出，他对母爱，没有看重到应该看重的地步。

爱孩子，的确是连母鸡也会的。可也是鸡的公鸡就不会。在我看来，母爱本身也是一种教——不教之教，即身教。如果说，母乳是孩子生理发育的最佳食粮的话，母爱便是孩子心性发育的最佳食粮。换言之，正是母爱这世间最无私伟大的爱，仿佛基因一样，于潜移默化中种在了孩子的心田，成为最柔软最珍贵的部分，所谓良心，所谓善良，所谓仁爱，等等，才得以逐渐长成。《三字经》有谓："人之初，性本善。"与其说性"本"善，毋宁说是母爱使之善。爱与善是相通的。

子女的孝心与母爱，是一道非常偏沉的不等式。其不等的差距，诚如孟郊所说的"寸草心"比之于"三春晖"。造成这种偏沉的原因，自然不止一端。其中极令人痛心而无奈的便是"子欲养而亲不待"。

唯其如此，我说，孝亲最是件有迟无早的事情。或曰，不等式注定是不等式了，子女应努力去做的，是缩小不等式两端的差距。

恨无平台泣怆然
——读陈子昂《登幽州台歌》

◆ **原文**

登幽州台歌 [1]

前不见古人，后不见来者。[2]

念天地之悠悠，独怆然而涕下！[3]

◆ **注释**

[1] 幽州台：即蓟北楼、燕台，战国时燕昭王所筑的黄金台。故址在今北京市大兴县。相传燕昭王筑台以招纳天下贤士，故也称贤士台、招贤台。歌：诗体的一种。

[2] 古人：古时的人。这里指像燕昭王那样礼贤下士、招揽人才的君王。来者：将来的人。这里也是指像燕昭王那样礼贤下士、招揽人才的君王。

[3] 念：想；考虑。悠悠：辽阔无际；时间久远。独：独自。怆（chuàng）然：悲伤貌。涕：眼泪。

◆ **今译**

不曾幸遇古代的贤明君主，无法期待后世的明智君王。

想到天地的辽阔宇宙的浩茫，我不由得悲从中来泪流沾裳！

◆ 翁斋语语

"男儿有泪不轻弹，只缘未到伤心处。"读陈子昂的《登幽州台歌》，就觉得他的眼泪正是伤心欲绝的产物。

据载，陈子昂是个很有政治抱负和才能的人。他直言敢谏，对武后朝的不少弊政提出批评意见，但不被采纳。武则天万岁通天元年（696年），契丹攻陷营州，武则天派武攸宜率军征讨，陈子昂在武攸宜幕府任参谋。武攸宜为人轻率，少谋略。次年兵败，情况紧急，陈子昂请战不得允准。后又向武进言，武不仅不听，反而把他降为军曹。诗人怀才不遇，连受挫折，报国宏愿落空，故登上幽州台，写下了这首慷慨悲怆的《登幽州台歌》。

以我的观察为据，一个人不管才分多高，能力多大，属于个人创作的事情除外，但凡想成就一番事业，必须有一个"用武"的平台，借助于权力的杠杆。在有些情况下，平台和权力杠杆是一回事。问题在于，权力的杠杆往往不可以由自己赋予，而是依靠有着更高权力的人。所谓怀才不遇，就是碰不上将权力杠杆赋予自己的人。陈子昂正是这样。所以，他感到生不逢时。于是，当他有一天登上了幽州台后，自然想到了礼贤下士的燕昭王，不免感慨万端："前不见古人"，先前的没赶上，"后不见来者"，未来的赶不上，赶上的很窝囊，禁不住泪汪汪——"念天地之悠悠"，叹人生之短暂，宜乎"怆然而涕下"了。

按照我的想法，一个人之所以会产生怀才不遇的感慨、愤懑与无奈，就是因为有抱负并且认为自己有才。这里也有一个问题，即自己认为自己有才是一回事，是不是果真有才是另一回事。就拿陈子昂来说，他有文才是毋庸置疑的，有他的作品为证，然而他的抱负和自以为所怀之才，是在政治与军事方面。假如当初他向武攸宜请战获准并且取得胜利，或者尔后向武攸宜进言被采纳实行证明了他的正确，自然可以说他确实有才，可惜这只是假如。那么，他究竟是否有才，就不好说了。说的与做的，谋划与实行，理论与实践，毕竟两道劲。

但有一点能够肯定，就是通过陈子昂的抱负，可以判断他的品性、志趣与情怀。也是以我的观察为据，人生在世，不同的人抱负往往不同。从大处区分，无非就是两种：为公或者为私。既然陈子昂的抱负是在政治和军事方面，具体表现是批评武后朝的弊政和请战抗击契丹，可知他不是为了升官发财一类个人私利，而是为了国家民族的利益。对于有着这样抱负的诗人，不管他是不是确有政治和军事方面的才能，作为后辈，我们都应该给予充分的肯定和尊敬。对于他的"独怆然而涕下"，当不吝一掬同情之泪。

　　就艺术上看，有所谓"最高的技巧是无技巧"的说法。在我看来，陈子昂的这首《登幽州台歌》正是如此。他就是有动于衷，直抒胸臆，至诚，至实，至真，至情。一个人写作时总考虑技巧，说明他的艺术功底还有差距。而一个在艺术上有着深厚造诣的人写东西，很可能是并不考虑或至少不去过多地考虑运用什么技巧的。所谓"水到渠成"，所谓"得心应手"，所谓"从血管里流出来的都是血"。

春风得意莫过喜
——读孟郊《登科后》

◆ 原文

登科^[1]后

昔日龌龊不足夸，今朝放荡思无涯。^[2]
春风得意马蹄疾，一日看尽长安花。^[3]

◆ 注释

[1] 登科：科举时代应考被录取。

[2] 龌（wò）龊（chuò）：器量局狭；拘于小节。或指处境不如意和思想上的拘谨局促。不足夸：不值得夸耀。放荡：放纵；不受约束。或意谓自由自在，无所拘束，与"旷荡""放达"义近。思：思绪。无涯：无穷尽；无边际。

[3] 春风得意：在春风轻拂中洋洋自得。旧指读书人考中后的得意心情。后亦形容官运亨通或事情成功达到目的时扬扬得意的情态。疾：快速；急速。花：可以解读为花卉之花，也可解读为美女。

◆ 今译

往日里灰头土脸不值得把口夸，今朝登科非昔可比思绪无际涯。
春风吹拂扬扬自得马儿快如飞，一天看尽了长安街头所有的花。

孟郊的这首短诗，因为留下了"春风得意"和"走马观花"两个成语而广为人知。

封建社会的读书人，中不中进士可不是件小事情。孟郊四十六岁登科，高兴自不待言，完全可以理解。不过，高兴也须有所节制。不晓得别人怎么看待，反正我是觉得，他高兴得过了头了。

"昔日龌龊不足夸，今朝放荡思无涯。"他虽然是就自己而言，但也令人想到所有没登科的读书人，以及广大的普通百姓。他因为登科而"放荡"，不再"龌龊"了，别人岂不是都还照旧"龌龊"吗？

"春风得意马蹄疾，一日看尽长安花。"他自然不可能不思前想后，他尤其会憧憬他未来的前程。他以为他的前程肯定会花团锦簇，而且不是一般的花团锦簇，于是跨上高头大马，一脸春风，志得意满，振策疾驰，就像现在的有些人开着豪车"飙车"——用一个流行的词说叫作"显摆"——一样，在长安街头猛一个点儿地狂奔。啊！爽！真爽！过瘾！实在太过瘾了！

我说他高兴得过头，理由如下：

其一，他在登科以后，从其通过诗歌表现出来的所思所想看，好像基本上没有把登科同国家和人民的利益联系在一起。据载，孟郊到五十岁时才得了个溧阳县尉的职务，职位低微，不满意是情理中事，但分内的工作总还是应该去做的。他却放情于山水吟咏，公务有所废弛，县令就只给他半俸而另外雇人代劳。可见，他在很大程度上仅仅把登科看作关乎个人前程的事情。仅仅关乎个人前程的事情，不值得为之高兴到这样的程度。

其二，人生曲线的走向，是必然性与偶然性的相合，变数是很大的，行走于仕途尤其如此。就像"朝为田舍郎，暮登天子堂"，有着不小的偶然性一样，一语不慎，大祸降临，也往往始料不及。"祸兮福所倚，福兮祸所伏"，凡事有一利必有一弊。不登科时有不登科时的困顿，登科后有登科后的矛盾。比如，单是别人的嫉妒，就难说不会引发什么意外的事情。

既然如此，他就不应该高兴到这样的程度。

其三，人若太过高兴，难免忘乎所以，以致言语行动出现偏颇。照我猜想，他在登科后于长安街头骑马奔驰，并且作《登科后》一诗，就是忘乎所以的表现。他到五十岁时才得了个漂阳县尉的职务，已如上述，而且一生都处于困窘的境地，十有八九就与别人反感他的这种忘乎所以有关。如果我的猜想成立，说明他不可以高兴到这样的程度。

高兴是应该适可而止的，与其过头，宁可不足，不足没有闪失。

对于孟郊的诗作，前人有"气度窄，格局小"的评价，看来不无道理。

在艺术上，《登科后》是成功的——仅凭它留下的两个成语就可以这样认为。

由孟郊的《登科后》想及李白的《早发白帝城》和杜甫的《闻官军收河南河北》。一者，"春风得意马蹄疾，一日看尽长安花"；一者，"朝辞白帝彩云间，千里江陵一日还"；一者，"即从巴峡穿巫峡，便下襄阳向洛阳"。都是抒写极端高兴的心情，都是诉诸速度加以抒写。是不是可以这样理解：人一高兴，热血奔涌，精神亢奋，体力充盈，于是需要释放，释放的途径之一就是运动。或手舞足蹈，或假于他物，高兴越甚便越会高频率地运动。这是高兴与高速——由心理而生理而物理——发生联系的内在机理。此系偶然想及，不知靠谱与否，敬乞方家赐教。

奇思妙想喻春风
——读贺知章《咏柳》

◆原文

咏[1] 柳

碧玉妆成一树高，万条垂下绿丝绦。[2]
不知细叶谁裁出，二月春风似剪刀。

◆注释

[1] 咏：用诗词等形式来写景抒情。

[2] 碧玉：矿物名。含铁的石英石，呈红色、褐色或绿色。常借指年轻貌美的婢妾或小家女。妆：梳妆打扮。丝绦（tāo）：丝编的带子或绳子。

◆今译

仿佛梳洗打扮的少女亭亭玉立，千万枝条下垂有如绿色的丝缕。
不晓得纤细嫩叶谁人巧手裁出，二月的春风有如剪刀一样锋利。

◆蓊斋语语

读贺知章的《咏柳》诗，觉得他名副其人，人副其名，确实是一位知晓诗章的人。

"碧玉妆成一树高，万条垂下绿丝绦"。有论者说，诗人是把杨柳比作美女来描摹的。不仅历史上名为"碧玉"的女子曾有多位，而且人们也常以"碧玉"代指年轻貌美的女子。何况，杨柳的飘逸确实有如少女的婀娜。

我以为这样解读挺好。

不过，我又想到，我们或许也可以不去拐弯，把"碧玉"人格化，美女化，而是直接把碧玉看作绿色之玉。"玉树临风"本身就是非常靓丽的形象，是不是并不逊色于美女呢？

相信人们的共同看法是，该诗的三、四两句更好："不知细叶谁裁出，二月春风似剪刀。"

诗人竟然想到了"裁"。一树无法计数的嫩绿细叶，是谁的巧手"裁"出来的？诗人说的是"不知"，其实是知道的，或者他就是让读者去想：那当然是造化，也就是大自然。这就把大自然人格化了。杜甫《望岳》有句："造化钟神秀"。造化钟神秀之前，一定是先要造神秀的，比如说，先将柳叶"裁"好，然后安置在千万枝条上。造化神奇，造化万能。

尤其可称为神来之笔的是，诗人将"二月春风"喻为"剪刀"。这自然是由一个"裁"字来的。"裁"，用什么"裁"呢？"剪刀"。可谓"水到渠成"。造化"剪刀"在手，形象就更具体、更逼真了。造化手里的"剪刀"，可不是人世间一般的剪刀，而是"二月春风"，你说奇也不奇？造化遣"二月春风"吹拂，恰如持一把"剪刀"，得心应手地把无法计数的嫩绿细叶"裁"出来了。"妙笔生花"——不，在这里分明是"妙笔生'叶'"了。

借此"妙笔生'叶'"，我想谈谈我对灵感与悟性的看法。

众所周知，作诗、写文章是需要灵感的。没有灵感的情况下作诗、写文章，是不会作好、写好的。灵感这东西，说起来比较神秘，有一个说法曰"好像电光石火"，同样非常抽象。

在我看来，灵感是一种顿悟。悟是悟性，灵感乃来源于悟性，没有悟性灵感便不可能产生。有悟性才可能有所发现，发现新的形象，产生新的认知，感悟新的理念，看到思想火花。诸如此类。灵感是悟性的花朵，灵感的降临就是悟性花朵的开放。

悟性是一种能力，一种能够出新的能力。这种能力的实质或曰特点，至少在有些情况下，是把不同质的事物，也就是在通常情况下不相连接的事物连接起来。不是胡乱连接，而是有机连接。所谓"有机连接"，就是找到两者之间实际存在的共同或相通之点。连接是一种跨越，其跨度愈大，也就是所连接的事物原本相距愈远，差异愈大，效果便可能愈好。这有点类似于果树的嫁接。悟性的这种把不同质的事物加以连接的能力，是以一定的知识、学问为前提的，就像一个人若要具备劳动的本领，他必须首先有力气一样。

为什么"第一个把女人比作花的人是天才"呢？人是动物，花是植物，正是第一个把女人比作花的人，以其非同一般的悟性，实现了如上所述的连接，才产生了天才的比喻，成为比喻的天才。

贺知章的《咏柳》中，"二月春风似剪刀"一句的妙处正是如此。通常，在人们的意识里，"春风"与"剪刀"两者，相差何止十万八千里。然而在造化手中，又确有相似之处。诗人将两者有机地连接或曰嫁接在一起，于是就结出了一枚很"甜"的诗歌之果。

◆原文

回乡偶书二首

其一

少小离家老大回，乡音无改鬓毛衰。[1]

儿童相见不相识，笑问客从何处来。

其二

离别家乡岁月多，近来人事半消磨。[2]

惟有门前镜湖[3]水，春风不改旧时波。

◆注释

[1] 少小：年幼。老大：年纪大。鬓毛衰（shuāi）：人老时鬓发疏落变白。

[2] 人事：人世间事。消磨：消耗；磨灭。

[3] 镜湖：在今浙江绍兴会稽山北麓，古代大型农田水利工程。以其水平如镜，乃名。

◆今译

回乡偶书二首

其一

年纪轻轻时离别家乡到老才回来，家乡的口音依然毛发已变白稀疏。
村里的孩子们看见我都很感陌生，把我当外地人笑着问客来自哪里。

其二

我离别家乡时间实在已很长很长，当初的伙伴可叹有一半不在世上。
只有一望无际家门前镜湖里的水，春风吹拂下仍旧跟往昔一样荡漾。

◆蓊斋语语

据载，贺知章多年在外做官，八十六岁告老还乡。这两首诗是他回到家乡以后作的。

初读，以为诗是记录他刚进村时的所遇所感。细想，老人家在外做官多年，如今回家了，能不预先通报信息吗？预先通报了信息，家里的晚辈能不出外远迎吗？何况，跟他一同回家和送他回家的应该还有别人。既然如此，儿童怎么可能"笑问客从何处来"呢？再说，诗题中的那个"偶"字，似乎也不宜用在刚进村时所作的诗的题目里面。

分析当时的情况，诗人既然多年在外，那么回到家大体安顿好了以后，一定会出门这里那里走走看看，所谓抚今追昔。就在他一个人这里那里走走看看的时候，遇见诗中所写的场景，引发了深沉的感慨。

《回乡偶书二首》的鲜明特点是写实。

前一首写的主要是实际的情况，传达了诗人人生沧桑的意绪。四句诗中最为人乐道的是"笑问客从何处来"一句。分明是"少小离家老大回"，回到的是自己的故乡，就因为多年在外，"乡音无改"，"鬓毛"已"衰"，所以出现了戏剧性的一幕："儿童相见不相识，笑问客从何处来。"

在我看来，儿童"笑问"的这个细节，不是作者想象的产物，而是真实发生过的场景，既非常合理，又出人意表。诗人通过看上去似乎不施任何修饰的原生态的描摹，令人越琢磨越觉得有趣，同时也不能不为人生沧桑的意绪所深深笼罩。

后一首写的主要是实际的感受，传达了诗人老景苍凉的意绪。"离别家乡岁月多，近来人事半消磨。"当初的众多伙伴，有一半（在"人生七十古来稀"的时候，一位八十六岁老人年轻时的伙伴，很有可能是一多半都不在了）都去世了，所谓"访旧半为鬼"。是不是想到自己恐怕也来日无多呢？人生苦短，长生无药，不免发一浩叹："惟有门前镜湖水，春风不改旧时波"。读者又不能不跟诗人一同沉浸于苍凉的意绪了。

用辩证唯物主义的观点看问题，即使门前镜湖水，其所荡漾着的，也并非旧时之波。"人不能两次踏进同一条河流。"人也不能两次看到完全相同的镜湖之波。诗人所谓"旧时波"者，仅只形似而已。"一切皆变，无物常住。"故人当老迈，或生苍凉之感固是常情，然而反其思而想，我倒以为应该感到幸运——放眼世间，并非人人都拥有过老年时代。

我在别处说过这样的话，不妨写在这里：人来世上，从孩童至于少年，历青壮达于老境，这样一个阶段一个阶段地前进，与爬山，比如说爬泰山吧，有点儿相似。凡是到了"回马岭"就回的，不晓得到达"快活三里"有怎样的快活。假如到了"南天门"停下，"玉皇顶"上的风光和到达"玉皇顶"的感受，就无从领略。"会当凌绝顶，一览众山小。"爬泰山是这样，享人生也如此。

艺术来源于生活，但生活不等于艺术。生活有如大海，艺术是大海的浪花。能否写生活而成为艺术，在于所写是什么样的生活和怎么样去写。就此而言，《回乡偶书二首》可为范例。

天涯比邻旷达心
——读王勃《送杜少府之任蜀州》

◆原文

送杜少府之任蜀州 [1]

城阙辅三秦，风烟望五津。[2]

与君离别意，同是宦游人。[3]

海内存知己，天涯若比邻。[4]

无为在歧路，儿女共沾巾。[5]

◆注释

[1] 杜少府：不详其人。少府：县尉的别称。之任：赴任；上任。蜀州：一作"蜀川"，在今四川省崇州市。

[2] 城阙：都城，京城。辅：卫护。三秦：秦亡以后，项羽三分关中，封秦降将章邯为雍王，司马欣为塞王，董翳为翟王，合称三秦。后指今陕西一带。风烟：风与烟，风与尘。也指风光，景象。五津：长江自灌堰至犍为一段五大渡口的合称。五大渡口即白华津，万里津，江首津，涉头津，江南津。五津皆在蜀中，因用以泛指蜀地。

[3] 离别意：离别的情怀意绪。宦游人：旧谓外出求官或做官的人。

[4] 海内：四海之内，亦即国境之内。存：存在。知己：彼此相知而情意深切的人。天涯：犹天边，指极远的地方。比邻：相邻而居。

[5] 无为：不要；别做；不做。歧路：岔路。这里指离别分手处。儿女：指青

年男女。沾巾：沾湿手巾。形容落泪很多。

◆ 今译

　　三秦大地护卫雄伟都城，遥望五津一片风烟迷蒙。

　　我跟你离别的所感所想，是宦游者们都有的苦衷。

　　只要天底下有知己友朋，纵在天边也如居在隔邻。

　　不要在挥手告别的时候，小孩子一样的涕泪纵横。

◆ 翁斋语语

　　送别之作大多悲语，可王勃的这首《送杜少府之任蜀州》可谓别开生面。

　　"城阙辅三秦，风烟望五津。"前一句写送行的地点即都城，而以"三秦""辅"之，后一句将少府赴任的去处蜀地以"五津"代之，这样的写法同仅仅点出送与去的两个地点相比，视野大开，视野联系着境界。临大海而心旷，这是人们多有的感受。"登泰山而小天下"，"小天下"不仅就地理上的概念而言。——开篇宏阔，气象不凡。

　　"与君离别意，同是宦游人。"但凡宦游之人，朋友之间总是难以久处，歧路分手是必然的事。人非草木，孰能无情。离情别绪谁都会有，惜别乃人之常情，无须太过在意。要紧的是坚定自己的志向，执着于建功立业的理想。——顺势而下，切入主题。

　　"海内存知己，天涯若比邻。"分离固然有别于相聚，但真挚的友情有着穿越时空的特性。只要四海之内有志同道合的朋友存在，两者就心心相印，灵犀相通，不会感到孤独和无助。友情就是力量，友情就是慰藉。山重水复难阻，友情念兹在兹。即使朋友远在天涯海角，也像近在身边一样。——达至高潮，志趣超迈。

"无为在歧路，儿女共沾巾。"歧路沾巾，儿女情态，其实可以不必。——止于当止，神完意足。

　　读王勃的这首《送杜少府之任蜀州》，不能不感佩于诗人的旷达。

　　知己朋友的重要与难得，有一句话足可证明："人生得一知己足矣，斯世当以同怀视之。"问题在于，诗人所处的时代，乃在一千多年以前。那时交通与通讯等诸多方面的条件不便，是今天享受着现代化的"地球村"（地球而称之为"村"，可见交通与通讯之便利）的"村民"，尤其是年轻"村民"们难以想象的。在不少情况下，朋友之间的离别有可能就是永诀。所谓"人生不相见，动如参与商"，所谓"访旧半为鬼，惊呼热衷肠"，所谓"明日隔山岳，世事两茫茫"。

　　唯其如此，知己朋友的相聚就值得格外珍惜，从而决定了离别是一件伤感的事情。有什么办法呢？没有办法。只能痛苦地面对。这就叫无奈。而旷达则是置换痛苦的不二法门。旷达的实质是笑对无奈。笑对无奈是在没有办法的情况下的最好办法。

　　王勃之所以能够旷达，是因为他有抱负。可惜他在二十六七岁时就溺水去世了，抱负没得到施展。就诗歌而言，他还是有着重要的贡献的。正如杜甫所说："王杨卢骆当时体，轻薄为文哂未休。尔曹身与名俱灭，不废江河万古流。"王勃的诗歌已经流传了一千多年，无疑会"江河万古流"。

◆原文

咏 风[1]

肃肃凉风生，加我林壑清。[2]

驱烟寻涧户，卷雾出山楹。[3]

去来固无迹，动息如有情。[4]

日落山水静，为君起[5]松声。

◆注释

[1] 咏风：对风咏赞。咏：曼声长吟；歌吟。

[2] 肃肃：疾速貌；或指风声。加：施与。林壑：山林与涧谷。

[3] 涧户：山涧中的陋室。涧：两山间的水沟。山楹（yíng）：山中房屋。也指用山石凿成的石柱。

[4] 固：固然。无迹：没有踪迹。动息：动止。如：犹乃，是。

[5] 起：兴起。

◆今译

肃肃凉风吹起来了，带给林壑无限清爽。

寻找陋室驱散烟瘴，卷走雾霭显出山房。

去去来来原无踪迹，动息之间情深意长。

日暮山水一片静寂，鼓荡松涛奏起乐章。

◆蓊斋语语

空气流动而成风。这是我小时候在课堂上就学过的知识。

后来，读一点诗词歌赋，在脑子的边角旮旯处，就留下了几句写到风的诗句，比如"春风又绿江南岸"，比如"热风吹雨洒江天"，比如"八月秋高风怒号"，比如"北风卷地白草折"。凡此种种，春夏秋冬四季风，东西南北各向风，大体说来，都不过从物理和物候角度观照罢了——不就是风吗。

读王勃的《咏风》诗，感觉颇为新颖。首先，诗人把风拟人化了。拟人化手法，在诗歌创作中可谓屡见不鲜。于屡见不鲜之中，能够像《咏风》这样，把风描摹得如此善解人意和富有情感，就我有限的眼界而言，却是不多见的。古人有谓此乃"天才"之作，我以为不是虚誉。

"肃肃凉风生，加我林壑清。"诗人没有明确指出他所咏赞的究竟是什么季节的风。从一个"凉"字和诗人对"凉风"抱欢迎的态度判断，可能是夏末或初秋时节的风。凉风到来，暑气消退，林壑顿显清爽。第二句起首的一个"加"字，初露拟人化端倪。

"驱烟寻涧户，卷雾出山楹。"烟瘴弥漫，雾霭裹缠，令人郁结沉闷，而且阻挡视线。风就寻找涧户和探视山楹来了，驱逐之，卷刮之，一视同仁，服务上门，而且不要报酬。"驱""卷"二字，加强了拟人化的意味。

"去来固无迹，动息如有情。"风的来来去去，固然看不见摸不着，没有踪迹可寻，可是风的情意，却在一动一止中明显可以感知。"动息如有情"中的"如"字，以"乃"解读为佳。"乃"者，"是"也。对于风的有情，进一步加以肯定。

"日落山水静，为君起松声。"太阳落山，林壑静谧。人们劳累一天，到了休息的时候，风却并不休息：鼓荡松涛，奏起乐章，让人尽情欣赏。如此结尾，极有味道。诗人笔下可爱可亲的风，变身为提供美好享受的音乐家了。

有论者说，王勃少有才学，而壮志难酬，这首诗着力赞美风的高尚品格和勤奋精神，意在以风咏怀，寄托青云之志。我以为此言有理：但凡有道德、有才学、有抱负的知识分子，大都不甘于碌碌无为，很想为国家、为人民做一番事业。不过，换一个角度审视，说是诗人有感于当时社会的不正之风，特为咏风讽喻，似乎也讲得通。

"不正之风"也者，歪风邪气之谓。比如贪官的营私舞弊，比如庸吏的尸位素餐，等等，应该是当时的社会现实。诗人看不下去，然而不便直言，于是给风画像，树立正面典型，曲折抒发愤懑，同时寓教其中。

当然，我们也可以完全不去考虑上述所议《咏风》的所谓寓意。换言之，诗人作《咏风》，我们读《咏风》，就风赏风，就风论风，也是很好的享受。

上楼还须下楼来
——读王之涣《登鹳雀楼》

◆原文

登鹳雀楼[1]

白日依山尽[2]，黄河入海流。
欲穷千里目[3]，更上一层楼。

◆注释

[1] 鹳（guàn）雀楼：唐代河中府的名胜。原在山西蒲州府西南（今山西省永济县），前瞻中条山，下瞰大河。因常有鹳雀栖息，故名。后为河水冲没。宋代沈括的《梦溪笔谈》中有"河中府鹳雀楼三层，前瞻中条，下瞰大河"一句。鹳雀：水鸟名。似鸿而大，长颈赤喙，白身黑尾翅。

[2] 白日：太阳。依：倚；靠。尽：下。

[3] 穷：尽，完。千里目：谓远望之目。

◆今译

太阳傍山落下，黄河入海向东。
意欲极目远望，登上更高楼层。

◆翁斋语语

读王之涣的《登鹳雀楼》诗，我感到非同一般的自然、洗练、雄浑、超迈，诗句蕴含哲理，予人启迪，确是千古绝唱，令人百读不厌，常吟常新。

"白日依山尽，黄河入海流。"西天的太阳——天上最大（至少就视觉而言是如此，所以我的乡亲们称之为"老爷爷"）——落下去了，是依傍着大山——地上最高——落下去的。黄河——水流最长（那时可能还不知道长江更长一些）——汹涌澎湃，向着浩瀚无际的大海——水面最阔——奔流而去。这就是诗人视野里以及脑海里想象的一切，任何别的什么，似乎都不存在。无比雄浑超迈的气象，正是由此无比阔大辽远的境界烘托而来。

"欲穷千里目，更上一层楼。"心胸豁然，兴致勃然。诗人大约记起了孔夫子老人家"登泰山而小天下"的教诲，不满足于已经看到的，很想进一步扩大眼界，不由移动脚步，登上更高的楼层，去瞭望更远的地方，乃至于穷尽一切了。

登高才能望远，望远必须登高。你说诗人在讲道理，不错；你说诗人在摆事实，也对。明明是摆事实，听来也是在讲道理；明明是讲道理，听来也是在摆事实。寓讲道理于摆事实，化摆事实为讲道理。如此理实渗透，正如水乳交融。就诗人而言，表现的是勇于进取的精神；就读者而言，受到的是不懈攀登的激励。

让我们的诗人上楼去吧。

我的思路倒转了方向。

联系多方面的工作与生活实际，一般说来，人的确是需要不断更上层楼，登高望远，开阔眼界，提升自己的认识和思想水平的。不然的话，就会囿于这样那样的狭隘观念，迈不开前进的脚步。不过，反过来看，至少是在有些时候和有些情况之下，一味登高望远，或曰止于登高望远，也有问题。就是对于楼下，对于近处，则不如身处楼底的时候看得清楚明白，以至于渐渐隔膜。这是因为真理有相对性，是事物的矛盾法则在起作用，事情有一利必有一弊。唯其如此，我说，不上楼或不更上层楼，不行；只知道上楼和更上层楼，并且上了楼就不愿意下来，也不行。正确的做法，是既要上楼和更上层楼，又要经常从楼上下来，走一走，看一看，上楼之后下楼，下楼之后上楼；望远之后察近，察近之后望远。这叫作按唯物辩证法办事。

从上楼说到下楼，从望远说到察近，大概也不算跑题吧。

食子放麑说人性
——读陈子昂《感遇三十八首（其四）》

◆原文

感遇[1]三十八首（其四）

乐羊为魏将，食子殉[2]军功。

骨肉且相薄，他人安得忠？[3]

我闻中山相，乃属放麑翁。[4]

孤兽犹不忍，况以奉君终。[5]

◆注释

[1] 感遇：对所遇事物的感慨。

[2] 殉（xùn）：追求；营谋。

[3] 骨肉：比喻至亲，指父母、兄弟、子女等亲人。薄：轻视，鄙薄。安：怎么；岂。忠：忠诚无私；尽心竭力。

[4] 中山相：指秦西巴。属：系，是。放麑（ní）：《韩非子·说林上》中有云："孟孙猎得麑，使秦西巴持之归，其母随之而啼。秦西巴弗忍而与之。"后以"放麑"为仁德之典。麑：幼鹿。翁：对年长者的尊称。亦泛指年老的男子。

[5] 犹：尚且。不忍：不忍心，感情上觉得过不去。况：何况。以：使。奉君：侍奉君主。终：到底。

乐羊是魏国的将军，竟吃下儿子的肉羹。

亲骨肉还不放心上，别人怎能得其忠诚。

有一位放麑的仁人，听说是中山君随从，

野兽尚且不忍加害，侍奉君主哪会不终。

◆蓊斋语语

论者指出：在这首诗里，诗人写了两个历史人物：乐羊和秦巴西。乐羊是战国时魏国的将军，魏文侯命他率兵攻打中山国。乐羊的儿子在中山国，中山国君就把乐羊的儿子杀死，煮成肉羹，派人送给乐羊。乐羊为了表示自己忠于魏国，就吃了一杯儿子的肉羹。魏文侯重赏了乐羊的军功，但是觉得他心地残忍，因而并不重用他。秦西巴是中山国君的侍卫。中山君孟孙到野外打猎，得到一只小鹿，就交给秦西巴带回去。在回去的路上，母鹿一直跟着，悲鸣不止。秦西巴心中不忍，就把小鹿放走了。中山君以为秦西巴是个忠厚慈善的人，以后就任用他做太傅，教育王子。

诗人为什么要写这两个历史故事？论者又说：武则天为了夺取政权，杀了许多唐朝的宗室，甚至杀了太子李宏、李贤、皇孙李重润。上行下效，满朝文武大臣为了效忠武则天，干了许多自以为"大义灭亲"的残忍事。例如大臣崔宣礼犯了罪，武后想赦免他，崔宣礼的外甥霍献可却坚决要求判处崔宣礼以死刑，头触殿阶流血，以表示他不私其亲。诗人对这种残忍奸伪的政治风气十分愤怒。但是他不便正面谴责，因而写了这首诗。表面上看，这首诗似乎是一首咏史诗，实质上则是一首针砭当时政治风气的讽喻诗。清代陈沆《诗比兴笺》中说它"刺武后宠用酷吏淫刑以逞"，是道出了作者旨意的。

孟子有言："人之异于禽兽者，几希。"又说："无恻隐之心，非人也"。

在孟子看来，恻隐之心便是人与禽兽有着些微差别中的一点。所谓恻隐之心，就是不忍之心，就是一点善性。人有善性，始得为人；人无善性，徒具人形而已。这样的人是很可怕的，比野兽还要可怕，盖因这样的人会伪装自己，有着这样那样野兽不会的骗术。魏文侯重赏而不重用乐羊，是正确的做法，可谓知人。就此而言，他比齐桓公高明。齐桓公说没有吃过人肉，不过随便说说罢了，易牙竟然杀死自己的儿子，将儿子的肉烹制成羹进献。齐桓公因而宠信易牙，后来深受其害。中山君不但不以秦巴西私自放麑为抗命，反倒因其心地善良而任为太傅，显然也是知人之举。正常的人应有正常的情感和行为，面对某些人的不情之行，应该提高警惕。正常的社会应该有合于人情的社会风气，乖戾不情的风气盛行，绝无和谐可言。

是不是可以这样认为：如果不是就某一单独的个人而论，人性是复杂的。私性是一个方面，善性是一个方面。或者说，善性是对于私性的挣脱。作为最基础性的元素，私性是一切恶性的源头；与私性相反，善性则是仁爱、正义、诚信等美好德性的源头。说得具体一点，即有了善性，有了恻隐之心，当面对他人的不幸、困顿与痛苦的时候，人才能产生仁爱、正义与诚信等一类情愫。人类文明的进步，从精神的角度着眼，就是善性对于私性的挣脱、抑制和置换。事实告诉我们，相较于善性摆脱私性，私性俘获善性更加容易。因此，我们必须千方百计保护和发扬无比珍贵的善性。

感谢诗人和论者启迪我作如上有关人性的畅想。希望读者不吝批评指正。

风破茅屋见境界

——读杜甫《茅屋为秋风所破歌》

◆ 原文

茅屋为秋风所破歌[1]

八月秋高[2]风怒号，卷我屋上三重茅。

茅飞渡江洒江郊，高者挂罥长林梢，下者飘转沉塘坳。[3]

南村群童欺我老无力，忍能[4]对面为盗贼。

公然抱茅入竹去，唇焦口燥呼不得，归来倚杖自叹息。[5]

俄顷风定云墨色，秋天漠漠向昏黑。[6]

布衾多年冷似铁，娇儿恶卧踏里裂。[7]

床头屋漏无干处，雨脚[8]如麻未断绝。

自经丧乱少睡眠，长夜沾湿何由彻！[9]

安得广厦千万间，大庇天下寒士俱欢颜，风雨不动安如山！[10]

呜呼！何时眼前突兀见此屋，吾庐独破受冻死亦足！[11]

◆ 注释

[1] 茅屋：用茅草盖的房屋。为：被。

[2] 秋高：谓秋日天空澄澈高爽。

[3] 江郊：临江的郊野。挂罥（juàn）：缠挂。长林：高大的树林。塘坳（ào）：池塘；低洼地。

[4] 忍能：忍心这样。

[5] 公然：明目张胆，毫无顾忌。倚杖：拄着手杖。

[6] 俄顷：片刻；一会儿。风定：风停。漠漠：迷蒙貌。向：面临；将近。

[7] 布衾：布被。骄儿：爱子。对子女的爱称。恶卧：睡相不好。一说因布被不暖而难以入眠。

[8] 雨脚：密集落地的雨点。

[9] 自经丧乱：自从安史之乱以来。丧乱：死亡的祸乱，多用以形容时势或政局动乱。何由：从何处，从什么途径；怎么。彻：尽，完。

[10] 安：怎么。广厦：高大的房屋。大庇（bì）：普遍遮盖。大，表示范围广，普遍，全部。庇，遮盖，覆盖。寒士：贫寒的读书人。欢颜：容颜欢乐。

[11] 突兀：突然。高耸貌。见：同"现"，显现，显露。庐：简陋的居室。

◆今译

八月里清秋天狂风呼啸，刮走我屋顶上多层茅草。

茅草飞过江去纷纷下掉，刮得高的缠挂在高树梢，

刮得低的落在池塘里了。南村一帮孩子欺负我老，

竟忍心这样当面做贼盗。明目张胆抱草进竹林里，

唇焦口燥咋呼也没气力，回家拄杖独自唉声叹气。

一会儿风住云彩墨样黑，天迷蒙眼看时辰近黄昏。

盖了多年的被子凉如铁，里子被小儿女们蹬踏裂。

屋子漏床头没有干地方，麻杆子大雨依然像瓢泼。

自安史乱起安稳觉就少，这漫漫长夜怎么熬到晓！

怎能有高大房屋千万间，天下贫寒读书人安居笑开颜。

哎呀！什么时候这样的房屋在面前，我个人屋破挨冻冻死也情愿！

◆ 翁斋语语

据载，乾元三年（760年）春天，杜甫求亲告友，在成都花溪边盖起了一座茅屋，总算有了一个栖身之所。不料到了八月，大风刮坏了茅屋，大雨接踵而至。诗人长夜难眠，感慨万千，写下了这首脍炙人口的诗篇。

对于杜甫在茅屋的茅草被风刮走之后的表现，现在的年轻人大概是难以理解的吧。不就是一点茅草吗？至于那样呼天抢地？

所谓"三十年河东，三十年河西"，俗话果真不俗。不要说一千多年前杜甫生活的时代，回想我小的时候，不论是庄稼秸秆，还是村边树行子里的树叶老草，或用以烧饭取暖，或用以修缮房屋，无不是农家生活的必需，所以都很看重。比如说收麦子吧，多数不是拿镰刀割，而是下手拔，尽管拔比割速度慢，就为的能够将麦楂（小麦植株的根部）一并收起烧锅底。总而言之，在庄户人家的眼里，一把柴草也是好的。这就难怪杜甫诗中那些孩子"公然抱茅入竹去"，而杜甫竟以"盗贼"目之了。

"屋漏偏遭连阴雨"的苦楚，现在的年轻人也少有体会了。

小时候，我家跟绝大多数乡亲一样都住土房。每年夏季或秋季，雨一大必漏。所谓"屋外大下，屋内小下，屋外不下，屋内还下"。

我曾在一篇拙文中，这样描述夜里睡觉遭遇漏雨的情景：雨水漏到脚上，拳起腿接上个盆。一会儿又漏到脸上，挪挪头放上个碗。上半夜竖着躺，下半夜横着卧，五更头里墙角坐。炕也是土坯搭的，漏雨洇湿了的缘故，一不小心就踩个大窟窿，令人有临深履薄之感。伴着漏雨的滴答声响，父母不住地叹息。大雨飘泼的时候，惊恐得连叹息也顾不上了——担心房子倒塌。我憧憬未来：长大后，说啥也得盖几间瓦房住。

我只想到了自己。同样是遭遇漏雨，杜甫想的却是"安得广厦千万间，大庇天下寒士俱欢颜……吾庐独破受冻死亦足！"道德境界之高，令后生小子惭愧。

一个人有无道德和道德高尚与否，说到底，决定于他是否为他人、为社会考虑和考虑到什么程度。只为他人和社会考虑而不为自己考虑，这是最高尚的道德。一个人是不可能在任何事情上和任何时候，都为他人、为社会考虑而不为自己考虑的。事实上也不需要这样。在有些事情上和有些时候，则确实需要这样。那些道德高尚的人，正是在需要他这样的时候就能够这样。

对杜甫来说，倘若千万间广厦真的突兀出现，天下寒士全都住进去了，何以只有他自己还会冻死？反过来说，即使真的只有以他的冻死作为代价，才能换来千万间广厦供天下寒士居住，相信他也不会含糊。

见贤思齐，虽不能至而心向往之，这或许就是我们读《茅屋为秋风所破歌》，对杜甫应抱的态度吧。

关于道德自律，有一个说法，曰"坚守底线"。为人在世，假如真能做到在任何事情上和任何时候都能守住道德底线，并不容易，值得肯定。此外还有一个问题：不是说"求乎其上，得乎其中；求乎其中，得乎其下"吗？如果这个逻辑不错的话，那么求乎其"底"，得乎其"底"否？就道德修养而言，是不是把目标定得稍高一些为好？

诗中之画落笔难
——读王维《终南山》

◆原文

终南山[1]

太乙近天都，连山接海隅。[2]

白云回望合，青霭[3]入看无。

分野中峰变，阴晴众壑殊。[4]

欲投人处宿，隔水问樵夫[5]。

◆注释

[1] 终南山：亦称"南山"，即狭义的秦岭。

[2] 太乙：也作"太一"，山名。张衡《西京赋》："于前则终南、太一。"李善注："《汉书》曰：'太一山，古文以为终南。'《五经要义》曰：'太一，一名终南山，在扶风武功县。'此云终南、太一，不得为一山明矣。盖终南，南山之总名；太一，一山之别号耳。"天都：天空。也指帝王的京城。或谓乃指天帝都城，即天帝的居处。海隅（yú）：海角；海边。

[3] 青霭（ǎi）：指山中的云气。

[4] 分野：与星次对应的地域。古以十二星次的位置划分地面上州、国的位置与之相对应。也指山峰与山峰之间的界限。中峰：主峰。也指群峰之中，犹言山中。阴晴：指向阳和背阴。壑：山谷。殊：不同。

[5] 樵（qiáo）夫：打柴的人。

　　高峻的终南山接近天帝之都，山势起伏绵延不绝到达海边。

　　山头白云回头望时合在一起，山间云气置身其中便看不见。

　　千万沟壑向阳背阴风光迥异，不同分野山中景象变化万千。

　　打算到住有人家的地方投宿，隔着山涧向打柴人询问呼唤。

◆ 蓊斋语语

　　读王维的这首《终南山》，最喜欢中间四句，尤喜欢三四两句。

　　关于"白云回望合"一句，论者或谓：王维写的是入终南山而"回望"，望的是刚走过的路。诗人身在终南山中，朝前看，白云迷漫，看不见路，也看不见其他景物，仿佛再走几步，就可以浮游于白云的海洋；然而继续前进，白云却继续分向两边，可望而不可即；回头看，分向两边的白云又合拢来，汇成茫茫云海。

　　关于"青霭入看无"一句，论者则谓：其与上句"白云回望合"是"互文"。它们交错为用，相互补充。诗人走出茫茫云海，前面又是蒙蒙青霭，仿佛继续前进，就可以摸着那青霭了；然而走了进去，不但摸不着，而且看不见；回过头去，那青霭又合拢来，迷迷漫漫，可望而不可即。

　　对于这样的解读，我以为值得商榷。

　　在我看来，诗人诚然是写前往终南山的路上所见。然而，所谓"白云回望合"中的"回望"，并不是望刚走过的路，而是望山头的白云。诗人在行进中，向上望山头时，见有两片白云飘浮。他没有也不会老盯着这两片白云看，而是情不自禁地又看别处的景致。及至回头再看刚才的两片白云，仅仅一会儿工夫，它们竟合到一起去了。

　　"青霭入看无"一句中的"青霭"，显然是指弥漫山中的云气或曰雾霭，不同于山头的白云。诗人于行进途中向前看山间时，一片雾气迷蒙，好像不要再走多远就可以进入其中了。诗人继续前进。及至真的到达了刚才看上去雾气迷蒙的地方，却不见了分明曾见过的迷蒙雾气，雾气退避到远处。"草色遥看近却无"，青霭亦然。

按照上述论者的解读，白云混同青霭，意象明显重复。

关于"分野中峰变，阴晴众壑殊"两句，论者或解作中峰最高划分不同分野，如何如何；或解作这是表现终南山从北到南的阔，如何如何。我觉得都不是多太贴切。

另有论者指出：终南山盘踞不止一州之地，到中央主峰分野就变了，众多山谷阴晴不一。我以为这才是得当之解。

根据"中峰"一词也指"群峰之中，犹言山中"，我想，把"分野中峰变"一句直接理解为"不同分野山中景象变化万千"，应该也是可以的。

至于"阴晴众壑殊"一句中的"阴晴"，以"向阳""背阴"解读，自无不可；以"这边日出那边雨"解读，也不能说没有道理。

总括以上所说，是不是可以这样认为：这四句诗的共同特点是写变。"白云回望合"，是写运动之变，分合之变；"青霭入看无"，是写内外之变，有无之变，幻化之变；"分野中峰变"，是写地域之变，此彼之变；"阴晴众壑殊"，是写明暗之变，色调之变。

但凡大山，其景象莫不如此。在我有限的视野里，还没见别人这样描摹，不能不赞叹王维的诗眼独到。

苏轼有谓："味摩诘之诗，诗中有画；观摩诘之画，画中有诗。"摩诘是王维的字。就其他诗而言，"诗中之画"是可以画出来的，而这首《终南山》怕就下笔难了。是否可以认为，这也是该诗的一大特点呢？

◆原文

终南别业 [1]

中岁颇好道，晚家南山陲。[2]

兴来每独往，胜事空自知。[3]

行到水穷处，坐看云起时。[4]

偶然值林叟，谈笑无还期。[5]

◆注释

[1] 终南：终南山。别业：别墅。

[2] 颇：略微；稍微。甚；很。好道：喜好佛学禅理。晚：晚年。家：安家。陲（chuí）：旁边；边缘。

[3] 每：每逢，每次。常常，屡次。胜事：快意的事，美好的事。空：只；仅。

[4] 穷：尽，完。云起：云彩生发兴起。时：通"伺"，作等候解。适时，合于时宜。时机；机会。

[5] 值：遇到；碰上。林叟：居住在山林中的老人。

◆今译

中年颇喜好佛学禅理，老来安家在终南山旁。

兴致来了常独自出游，快意的事我乐在心房。

行进到水穷尽的地方，坐下来欣赏雾腾云翔。

偶然遇见山林中老人，拉呱高兴把回家遗忘。

◆翁斋语语

据载，王维晚年官至尚书右丞，由于看到仕途的艰险，便想超脱尘世，于是吃斋奉佛。四十岁后，他开始过亦官亦隐的生活。天宝三年（744 年），诗人四十多岁的时候在终南山修建别墅，所谓"晚家南山陲"。王维所建的山庄规模很大，有二十多处景点，辋水环绕四周，并以人工做成河洲和河堤，在洲上种竹子，在堤上栽花。这首《终南别业》所描写的，就是他自得其乐的闲适情趣。

所谓"中岁颇好道"之"道"，论者多谓乃佛学禅理，这当然是有根据的。不过，如说是指老庄的道家学说，或者既指佛学禅理，也指老庄的道家学说，两者兼而有之，也并非没有道理。一者，"道"本来就既可以解读为佛学禅理，又可以解读为老庄的道家学说。再者，确有论者指出，王维是"中年颇好道，同时也学佛"的，这里的"好道"，显然不是指"好佛"。

至于那个"颇"字，时下人们大抵都取"甚""很"的含义，几乎不见有谁用以表示"略微""稍微"的意思了。我相信，王维在这首诗里，十有八九也是取"甚""很"的含义。

就《终南别业》而言，最为人们赞赏的，当然是"行到水穷处，坐看云起时"一联。论者或将其与陶渊明的"采菊东篱下，悠然见南山"相比，或曰两句含有哲理，或引近人俞陛云的议论："行至水穷，若已到尽头，而又看云起，见妙境之无穷，可悟处世事变之无穷，求学之义理亦无穷。此二句有一片化机之妙。"我同意这样的看法，但还想再说几句。

所谓"行到水穷处"者，究竟是怎么个行法？步行？骑马？乘船？想来，应以乘船的可能性为大。不然的话，水穷与否，可能就提不到了。为了更深入一点理解这一联的所谓哲理意蕴，似乎必须了解"坐看云起时"一句中的那个"时"字。

如上所解，一个"时"字，既可以释义为通"伺"，作"等候"解；又可以释义为"适时，合于时宜"；还可以释义为"时机；机会"。三种释义有别，两句诗的哲理意蕴也就不尽相同。现分别浅析如下。

船行而水穷，怎么回事？是上游偶然拥塞，还是别的什么原因？且坐下来看云，等一等再说。怎么知道水不会来呢？

船行而水穷，正好。即使水不穷也不想继续走了。天上白云攒拥，朵朵洁白如絮，刚才只顾行船，不曾着意观看，此刻恰可以坐下来欣赏。

船行而水穷，水既穷就算想别的法再往前走，怕是也没有什么好景致了。那就坐下来看云好了，此刻时机最佳。夕阳西下，彩霞满天，正所谓"落霞与孤鹜齐飞，秋水共长天一色"。为什么不尽情饱览？

人生在世，有如水上行船，很难说不会遇到水穷的情况，曲折磕绊在所难免。当此之时，人往往垂头丧气，甚至怨天尤人，其实可以不必。譬如搭车，这一班车没赶上，等等下一班嘛；譬如失业，可以一方面抓紧找工作，一方面利用不上班的空闲时间学习，弥补文化、技术或其他方面的短缺；譬如经商失利，可以改行做点别的什么，兴许会创造意想不到的辉煌出来也未可知。诸如此类。

"祸兮福所倚，福兮祸所伏。"凡事有一利必有一弊，反之亦然。一切的一切都在变化之中。我读"行到水穷处，坐看云起时"两句，想到了陆游的两句："山重水复疑无路，柳暗花明又一村。"这就是我所理解的哲理了。

"偶然值林叟，谈笑无还期。"一个朝廷命官，一个普通百姓，不是熟人，偶然相逢，竟然谈笑无已，高兴得忘了回家。由此或可见得王维之君子人格在一个方面的表现——"君子周而不比"。

入京出门笑太早
——读李白《南陵别儿童入京》

◆原文

南陵[1]别儿童入京

白酒新熟山中归，黄鸡啄黍秋正肥。[2]

呼童烹鸡酌白酒，儿女嬉笑牵人衣。[3]

高歌取醉欲自慰，起舞落日争光辉。[4]

游说万乘苦不早，著鞭跨马涉远道。[5]

会稽愚妇轻买臣，余亦辞家西入秦。[6]

仰天大笑出门去，我辈岂是蓬蒿人[7]！

◆注释

[1] 南陵：一说在山东省曲阜的陵城村，一说在今安徽省南陵县。

[2] 白酒：古代酒分清酒和白酒两种，后亦泛称美酒。黍：古代专指一种籽实称黍子的草本植物。籽实淡黄者去皮后北方通称黄米，性黏，可酿酒。其不黏者，别称稷、穄等，可做饭。

[3] 童：僮仆；奴仆。烹：煮。酌：斟酒；饮酒，喝酒。嬉笑：欢笑。

[4] 取醉：喝酒致醉。自慰：自我宽慰。

[5] 游说（shuì）：战国时代策士们周游列国、劝说君王采纳其政治主张的一种活动。亦泛指劝说别人采纳其意见、主张。万乘（shèng）：周制，天子地方千里能出兵车万乘，因以"万乘"指天子，后亦指帝王、帝位。苦：苦于。著鞭：鞭打；

用鞭子赶。涉：上路，登程。

[6] 会稽愚妇轻买臣：汉代会稽人朱买臣，家贫而好读书，以打柴出卖为生，其妻因嫌他贫贱离去。后来，朱买臣得到汉武帝的赏识，做了会稽太守，他的妻子感到羞愧，自缢而死。余：我。秦：指长安。

[7] 蓬蒿人：借指荒野偏僻之处的人。

◆ 今译

　　白酒刚刚酿好我从山中回，秋天里鸡啄食黍粒体正肥。
　　招呼僮仆炖鸡斟上美酒来，儿女欢笑拉我衣裳身边围。
　　唱歌醉酒自己宽慰我自己，跳起舞跟灿烂彩霞争光辉。
　　遗憾未让皇帝早些知道我，情切路远快马登程加鞭催。
　　现在我也离家西去奔长安，愚昧妻当初小看了朱买臣。
　　兴奋不已仰天大笑出家门，我岂埋没乡间长做村野人！

◆ 翁斋语语

　　据载，李白素有远大的抱负，所谓"申管晏之谈，谋帝王之术"，但在很长时间里都没有得到施展的机会。天宝元年（742年），李白四十二岁时得到唐玄宗召他入京的诏书，以为实现政治理想的机会到了，立即回到南陵家中，与儿女告别，并写下了这首激情洋溢的七言古诗。

　　启功先生有谓："唐以前诗是长出来的，唐人诗是嚷出来的，宋人诗是想出来的，宋以后诗是仿出来的。嚷者，理直气壮，出以无心；想者，熟虑深思，行以有意耳。"尽管对启功先生把不同朝代以至于多个朝代的所有的诗，分别以"长""嚷""想""仿"等加以概括，我并不完全赞同，但是又觉得李白的这首《南陵别儿童入京》，确实可说是"嚷出来的"，而且是用高分贝大嗓门"嚷出来的"。

"白酒新熟山中归，黄鸡啄黍秋正肥。"李白与酒有着牢不可破的缘分，所谓"三百六十日，日日醉如泥。"现在接到了皇帝的诏书，自然远非往昔可比，不能不更想到了酒，以及作为下酒肴馔的鸡。"呼童烹鸡酌白酒，儿女嬉笑牵人衣。"久日在外，回到家中，而且是兴高采烈地回到家中，儿女们深受感染，喜笑颜开，拉手牵衣，全家喜气洋洋。

以上是李白对自己初到家时的情状的描摹。

"高歌取醉欲自慰，起舞落日争光辉。"别人喝醉一回，好多日子都过不来难受的劲，李白则以醉为乐，又是唱歌，又是跳舞，显然十分尽兴。"游说万乘苦不早，著鞭跨马涉远道。"大概是想到自己已年逾四十，不免也为机会没有更早一些来临而感到遗憾，所以就有点急不可耐的意思，恨不能即刻到达长安。"会稽愚妇轻买臣，余亦辞家西入秦。"又想到在此以前，某些人对于自己的轻视，有如朱买臣的妻子之目光短浅，于是加以申斥，深信自己的未来也会像发达之后的朱买臣一样光明。

以上是李白对把酒高歌起舞和所思所想的描摹。

思前想后，情感达至高潮，不由得大声嚷道："仰天大笑出门去，我辈岂是蓬蒿人！"

我喜欢李白的另一声嚷："安能摧眉折腰事权贵，使我不得开心颜！"尽管在那个时候以及其他许多时候，很难说"不事权贵"。

我不大喜欢本诗中李白的这一声嚷。人遇高兴的事，假如关乎大众，那是怎么高兴都可以的；假如仅关乎自己，还是将高兴收敛一些为好。

这个时候的李白，假如把皇帝的征召确实看作实现自己安邦定国的抱负的机会，他在高兴的同时，应该感到肩上担子的沉重。这样一来，他是不是就不大能够"仰天大笑"了？他如此"仰天大笑"，是不是更多地想到自己从此就不再是"蓬蒿人"了？

"蓬蒿人"，我想，就是乡间那些最普通的劳动人民。世界上是"蓬蒿人"

多。是"蓬蒿人"又怎么了？不是"蓬蒿人"又怎么了？"民惟邦本"。作为"邦本"的"民"，主要由"蓬蒿人"组成。人可以不做"蓬蒿人"，但是不应该看不上"蓬蒿人"，更不应该以做"蓬蒿人"为耻辱。

李白此时的这种表现，自然是历史和个人的局限性使然，我不喜欢，但能理解。

后来的事实证明，李白高兴得太早也太过了。他到长安以后，并没有受到唐玄宗的重用，再后来是"赐金还乡"，等于被皇帝疏远了。李白性格张扬，几无城府可言。他之大声高嚷"仰天大笑出门去，我辈岂是蓬蒿人！"就是证明。他被皇帝疏远，在他被征召的时候就注定了。正所谓性格决定命运。

由来文章憎命达
——读杜甫《天末怀李白》

◆原文

天末[1]怀李白

凉风起天末，君子[2]意如何？

鸿雁[3]几时到，江湖秋水多。

文章憎命达，魑魅喜人过。[4]

应共冤魂语，投诗赠汨罗。[5]

◆注释

[1]天末：天的尽头，指极远的地方。

[2]君子：指李白。

[3]鸿雁：《汉书·苏武传》载有大雁传书的事情，后因以指书信。

[4]文章憎命达：文人多遭困踬，反似憎命之达者。文章，在此可以"文学"为解。憎命达，憎恶命运亨通。魑（chī）魅：古谓能害人的山泽之神怪。亦泛指鬼怪。

[5]应：表示料想之词，犹大概。共：同；跟。冤魂：冤屈而死的鬼魂。这里指屈原的魂。汨（mì）罗：江名。湘江支流，在湖南省东北部。屈原忧愤国事，投此江而死，故或代指屈原。

◆ 今译

　　冷风从天尽头刮起来了，李白你是怎样一番触感？

　　不知什么时候收到书信，江河湖泊里正秋水滔天。

　　命途多舛才能写好文章，山泽鬼怪喜欢人过面前。

　　我料想你会同冤魂交谈，作首诗投赠沉江的屈原。

◆ 翁斋语语

　　据载，天宝十四年（755 年），安史之乱爆发。李白时刻关心着时局的变化，希望能对平定叛乱做出贡献，但却无处效力，暂隐庐山屏风叠。及至两京失陷，唐玄宗奔蜀途中，令永王李璘领四道节度使镇江陵，经略南方军事。永王水军东下到达浔阳，征召李白入幕，李白心存顾虑。永王三次下书相邀，李白终以"誓欲清幽燕"为念，下庐山进入永王幕府。此时李亨已经即位，他令李璘速回蜀中，李璘不从，李亨派兵讨伐。两军交战，永王军失败，李白便因"从璘"而被囚狱中，虽然有人营救，但最终还是被判长流夜郎。经过十五个月的长途跋涉，李白到达白帝城。因为关中大旱，朝廷发布了大赦令，李白获得自由。杜甫的《天末怀李白》诗，作于乾元二年（759 年）秋天，杜甫时在秦州（今甘肃天水）。

　　"凉风起天末，君子意如何？"凉风刮起来了，一切笼罩在肃杀的氛围中。知道你正在流放途中遭罪，你的情况和心情怎么样呀？实在让我挂念极了。

　　"鸿雁几时到，江湖秋水多。"我急切等待有关你的消息，然而山高路远，不知道什么时候才能等到。现在正是江湖秋水泛滥的时候，你的行途险象环生，千万要多加小心。

　　"文章憎命达，魑魅喜人过。"尽管人都希望自己命途顺畅，然而事实证明，只有命途多舛的人，才能写出出类拔萃的好文章来。因为嫉妒你的文章写得太好，一班小人就像吃人的山精水怪一样，对你诬蔑陷害。

"应共冤魂语，投诗赠汨罗。"你的遭遇，跟伟大诗人屈原当年的遭遇相似，你们志趣相投，有共同语言，想来当你途经汨罗江的时候，会愿意向屈原的魂魄倾诉自己的冤屈，那就写首诗投赠给他吧，他最能理解你。

首句中的所谓"天末"，哪里真就是天的尽头？想来也是"心远地自偏"吧。李白既已在流放途中，杜甫却仍以"君子"称之，而且用"鸿雁"指代书信，令人想到苏武；还把李白同屈原相提并论，公然为之鸣冤叫屈。凡此种种，不啻是对于最高统治者的抗议，相信是很需要勇气的。这也越发显示了他对李白情意的真诚和深厚。

该诗中的"文章憎命达，魑魅喜人过"两句，尤其是"文章憎命达"一句，乃传诵千古的名句。对"文章憎命达"一句，论者多解读为文才出众者总是命途多舛，这是有道理的。不过，在我看来，将其解读为命途多舛的人才可能写出好文章来，似乎更合于实际。

什么样的文章才算得上好文章呢？是不是可以这样认为：写别人写不出来的事，说别人说不出来的话，讲别人讲不出来的理，而达到真善美的高度统一。

不言而喻，这样的文章，既不是什么人都能写得出来，也不是一般能写文章的人写得出来的。反过来说，要写出这样的文章，除必须有高尚的道德和非同一般的文才外，还必须对世界有深刻的认识，对人情有深切的体察，对事理有深邃的洞悉。

"世事洞明皆学问，人情练达即文章。"没有那个知，哪有那个识？没有那个疼，哪有那个情？没有那个磨，哪有那个德？诸如此类。一言以蔽之，曰："艰难困苦，玉汝于成"。正所谓"文王拘而演《周易》，仲尼厄而作《春秋》，屈原放逐，乃赋《离骚》，左丘失明，厥有《国语》……"

关于杜甫作该诗时是否知道李白已经遇赦，论者意见不一。我们读李白的《早发白帝城》，可见李白遇赦后的异常兴奋和喜悦。读杜甫的这首《天末怀李白》，却丝毫不见半点为李白遇赦高兴的意思。因而我认为，杜甫这时大概还不知道李白已经遇赦。

愁思悠悠天低树
——读孟浩然《宿建德江》

◆ 原文

宿建德江[1]

移舟泊烟渚[2]，日暮客愁新。
野旷天低树，江清月近人。[3]

◆ 注释

[1] 宿：住宿；过夜。建德江：今新安江流经浙江建德境的一段江流。

[2] 泊：停船靠岸。烟渚（zhǔ）：烟雾笼罩的水中洲渚。渚，水中的小块陆地。

[3] 野旷天低树：在空旷的田野，因为天似穹庐，故远处的天空看上去比视野之中的树低。江清月近人：天上的月亮映在清澈而荡漾的水里，看去仿佛在向船上的人靠近。

◆ 今译

将船停靠在烟雾笼罩小洲旁，傍晚时分心头袭来新的惆怅。
原野空旷看那远天比树还低，江水清澈月影荡漾向人依傍。

◆ 翁斋语语

在我看来，这是一首很别致的言愁诗。

"移舟泊烟渚，日暮客愁新。"傍晚时分，乘船行走了一天的诗人，把船停靠在烟雾笼罩的江中小洲旁边，一股新起的愁绪向心头袭来。对于形只影单的旅人而言，日暮天黑，的确是最容易惆怅的时候。所谓"愁新"也就是新愁，不知具体何指。

论者指出，诗人曾"为文三十载，闭门江汉阴"，学得满腹文章，又得王维、张九龄延誉，已经颇有诗名。然而，当他四十岁赴长安应进士试时却落第了。由此可以想见，他的心情一定是很苦闷的。有这块沉重的石头压在心底，欲找欢喜困难，至于惆怅，纵然有意躲避，也一定会接踵而至。

"野旷天低树，江清月近人。"读到"日暮客愁新"一句，按照一般的思路，接下去即使不写具体为什么而愁或愁些什么的话，那也总该写令人能感到与愁有关的内容才是。然而诗人转而写景，并且写得很美，景象开阔，气氛温馨，写成条幅挂在室内，即使字不咋样，仍可令室内增辉。总而言之，实在不容易找到愁的影子。

难道真就没有愁的影子吗？应该说还是有的。

请看山东老乡辛弃疾的《丑奴儿·书博山道中壁》一词："少年不识愁滋味，爱上层楼，爱上层楼，为赋新词强说愁。而今识尽愁滋味，欲说还休，欲说还休，却道天凉好个秋。"不言而喻，这个时候的孟浩然早已过了"为赋新词强说愁"的年龄阶段，不是没愁强说愁，正是愁深偏夸"秋"。

相传孟浩然曾被王维约至内署，其时恰遇唐玄宗到来。玄宗索诗，孟浩然就读了他的一首《岁暮归南山》——

北阙休上书，南山归敝庐。
不才明主弃，多病故人疏。
白发催年老，青阳逼岁除。
永怀愁不寐，松月夜窗虚。

玄宗听后不悦,生气地说:"卿不求仕,而朕未弃卿,奈何诬我?"结果,孟浩然被放还了。

另有人说,当时在王维那里,一见玄宗到来,孟浩然竟吓得钻了床底,不知是真是假。不去管它也罢。仅从《岁暮归南山》一诗来看,就可断定孟浩然为人老实,不懂得人都是或多是喜欢听赞扬的话,有权者尤其是当皇帝的,往往更是如此。换言之,他不善吹拍,于"抹蜜之术"非常隔膜。假如当初他口占一首"我皇天纵圣明"之类的诗歌奉献,十有八九结果就不一样了。机会难得,就此错过。相信王维也会替他惋惜。这些话是顺便说及,搁过不提。

现在再看"野旷天低树"一句,我就想到,孟浩然所愁的兴许就是"天低树"。"天"者,天子之谓,这里或许就是指代唐玄宗。意思是说,在臣民心目中像天一样至高无上的唐玄宗,至少是在某些方面,比如说在识人之明方面,在容人之量方面,又特别是在求取贤才方面,未免有失水准,"天"不副实,比树还低。碰上这样的皇帝,怎能不让人愁。

但诗人并没有彻底绝望。也许他想到了朋友的关心或别的什么,感到了一丝温暖与慰藉,故而以"江清月近人"作结,留了条"光明"的尾巴。

话说回来,即使对"野旷天低树,江清月近人"两句,仅就字面上通常理解的意义作解,此诗仍然不失为一首好诗。

◆原文

日出入行[1]

日出东方隈[2]，似从地底来。

历天又复入西海，六龙所舍安在哉？[3]

其始与终古不息，人非元气，安得与之久徘徊？[4]

草不谢荣于春风，木不怨落于秋天。[5]

谁挥鞭策驱四运？万物兴歇皆自然。[6]

羲和！羲和！汝奚汩没于荒淫之波？[7]

鲁阳何德，驻景挥戈？[8]

逆道违天，矫诬实多。[9]

吾将囊括大块，浩然与溟涬同科！[10]

◆注释

[1] 日出入行：据载，汉代乐府有《日出入》篇，言太阳出入无穷，人命独短，愿骑六龙成仙上天。李白诗反其意而作。

[2] 隈（wēi）：山水弯曲隐蔽处。

[3] 六龙：指太阳。《初学记》引《淮南子》徐坚注："日乘车，驾以六龙，羲和御之。"安在：在哪里。舍：居住；住宿。休息，止息。

[4] 终古：久远，谓来日无穷。元气：天地未分前的混沌之气。安得：怎么能够。

徘徊：往返回旋。

[5]草不谢荣于春风，木不怨落于秋天：《庄子》郭象注："暖焉若阳春之自如，故蒙泽者不谢；凄乎若秋霜之自降，故凋落者不怨。"李白诗本此。

[6]四运：四时，四季。兴歇：产生兴旺与衰败消亡。

[7]羲和：古代神话传说中的人物。汝：你。奚（xī）：何。汩（gǔ）没：淹没。荒淫：混沌浮荡貌。

[8]鲁阳：指鲁阳公。《淮南子·览冥训》："鲁阳公与韩构难，战酣，日暮，援戈而扬（挥）之，日为之反三舍。"景：太阳。

[9]逆道违天：违背事理天道。矫诬：虚妄。

[10]囊括：包罗；包含。大块：大地，自然。浩然：广大壮阔貌。溟（míng）涬（xìng）：天地未形成前自然之气混混沌沌的样子。亦即元气。同科：同一种类。

◆今译

太阳从东方山弯水曲处升起，仿佛打从地底下绕过来也似。

又从天空划过沉入西边大海，拉车的六条巨龙在哪里止息？

有始无终这样运行以至永远，驾车驱使六龙的羲和不是元气，

怎能跟太阳永久往返不分不离？芳草不因繁茂生长而感谢春风，

树木不为叶枯凋落而怨恨秋季。什么人挥动鞭子驱赶四季轮回？

万物兴盛衰败都源于自然规律。

羲和！羲和！怎么淹没在混沌浮荡的波浪里？

鲁阳公何德何能，竟然能够挥舞戈矛使太阳回驶？

这些说法虚妄乖谬都站不住脚，根本就违背天道也不合乎事理。

我将以包罗宇宙万象宽广胸怀，跟那浩瀚无际的元气混同一致。

读李白的《日出入行》，又想起启功先生所谓"唐人诗是嚷出来的，宋人诗是想出来的"等有关论断，我以为这样的说法，就其主流倾向而言，或有一定道理，倘一概而论，怕就不行了。譬如，李白的这首《日出入行》，如果离开了想，哪里能写得出来？

诗歌不适宜于讲理，这是人们的共识。但也只能从相对的意义上去理解。无数启人心智的哲言警句，难道不正是来自于诗歌吗？中国是一个诗歌的国度，我们的前人不但以诗歌言志抒情，而且在诸多情况下，比如写家信，比如行家教，也以诗的形式出之。至于李白的这首《日出入行》，在我看来，简直就是以诗的形式写成的科学论文了。

全诗从思想意蕴上看，可分为四个段落。由"日出东方隈"，到"安得与之久徘徊？"是第一个段落。在这一段落中，最值得引起注意的应该是"似从地底来"一句。"地"，是指我们脚下的大地；"似"字表示猜测。既然猜测太阳在东升西落之后，又从地底下来到东方，那就是想到了我们脚下的大地也像日月星辰一样，是作为宇宙的一部分悬挂在天空的。这样一种猜测，虽然同地球围绕着太阳旋转的现代科学认识有着差距，但对李白那个时代的人而言，也不啻是一种难能可贵的突破了。

由"草不谢荣于春风"，到"万物兴歇皆自然"，是第二个段落。这一个段落里的"万物兴歇皆自然"，可以看作整篇诗歌里最核心的一句。万物的产生与盛衰，不是冥冥中有某种神秘的意识和超自然的力量在主宰，而是自然而然的。一句话：自然规律在起作用。至少就这个问题而言，表现了李白具有唯物主义的思想倾向，或干脆说具有唯物主义的世界观也可以吧？

由"羲和！羲和！"到"矫诬实多"是第三个段落。在这一段落里，"逆道违天，矫诬实多"两句，承接"万物兴歇皆自然"的判断，毋庸置疑地否定了"日乘车，驾以六龙，羲和御之"，以及鲁阳"援戈而㧑之，日为之反三舍"等有关神话传说。对于古人来说，神是无所不能的同义语，而羲和、鲁阳都是神人。面对无所不能的神人，怀疑其所作所为的可能性，表明在李白的眼里根本就没有无所不能的神。

全诗以"吾将囊括大块，浩然与溟涬同科"作结。这个结尾令人吃惊，让我想到了物质不灭的定律。

我由李白的《日出入行》，想到屈原的《天问》。《日出入行》也是一篇"天问"。"天问"者，问天之谓。如众所知，问与问是可以有其不同的内涵的。因为不懂而问，是一种问，意欲弄懂；因为不信而问，是一种问，意在否定。屈原的《天问》，就天地生成和远古历史等诸多神话传说发问，相信是既有不懂之问，也有不信之问。这自然也表现出了他的非同一般。两相比较，我以为李白站在了屈原的肩头，迈出了很大的一步。

云不作为招怨怼
——读来鹄《云》

◆原文

云

千形万象竟还空，映水藏山片复重。[1]
无限旱苗枯欲尽，悠悠闲处作奇峰。[2]

◆注释

[1] 竟：毕竟。片复重：一会儿成片又一会儿重叠。

[2] 欲：将要。悠悠：游荡貌；闲适貌。闲处：僻静的处所。作：从事某种动作或活动。

◆今译

形状变化来变化去竟然就是不下雨，忽映水里忽藏山后一片片又一层层。

无边禾苗因为干旱眼看就要死光了，依然悠闲地躲去一边幻化奇异山峰。

◆翁斋语语

据载，来鹄于咸通间举进士不第而隐居山林。

照我想来，也许是正因为如此，他才能深刻了解农民在天旱之时，是何等急切地望云盼雨，以及希望落空之后，又是怎样的不满，反感于云的不肯作为。

读这首诗时，让我想起了我小时候在家乡为农时的情景。

关于农业收成，记得有这样的说法："有收没收在于水，收多收少在于肥。"所谓靠天吃饭，在根本谈不到农田水利建设，或农田水利建设有差池的情况下，实际上就是靠雨吃饭。

所谓靠雨吃饭，又有两种情况：雨水多了涝，涝了没饭吃；雨水少了旱，旱了也没饭吃。唯其如此，农民每年都盼风调雨顺，惜乎落空的年头居多。农业生产和农民的温饱过于没有保障，是我少年时代的刻骨体验。

尽管如此，人们也还是盼，于是就关注云，因为云是雨的母亲。世世代代的关注，便有了有关的谚语。例如，"今天云吃火，明天没处躲（意思是下大雨）；今天火烧云，明天晒煞人"，"云彩向南水涟涟，云彩向北一阵黑，云彩向东一阵风，云彩向西牤牛小子披蓑衣（意思也是下雨）"，等等。此类谚语是农民世代望云的证明。不言而喻，农民这样的望，同王维所谓"行到水穷处，坐看云起时"之看，不可同日而语。

"千形万象竟还空，映水藏山片复重。"农民盼雨急切，所以不时望云。令人焦灼的是，你越是盼雨心切，老天越是耍拧脾气，莫说晴空万里，就是乱云攒拥，似乎要下雨了，到头来也还是归结为云彩的一番瞎折腾——看上去简直是"逗你玩"。此种情况下——以我在家乡时所见为据——年轻人恨，恨不得把天捅个窟窿；年老的怨："莫非老天爷不要这一方人了？"

"无限旱苗枯欲尽，悠悠闲处作奇峰。"《水浒传》里也有首写天旱的诗，曰："赤日炎炎似火烧，田地禾苗半枯焦。农夫心内如汤煮，公子王孙把扇摇。"禾苗半枯焦的时候，农夫就心如汤煮着一般。再看《云》一诗里边，田里的庄稼都快死光了，农民会心焦与绝望到什么程度就可想而知了。

可气而又可恨的还是那些云：不仅对农民的痛苦没有丝毫同情，反而躲去一边，幸灾乐祸似的，陶醉于奇岭异峰的自我表演之中。如此这般，其令人反感之甚，大有过于那些摇扇乘凉的公子王孙了。

论者有谓：《云》中云的形象，既具有自然界中夏云的特点，又概括了社会生活中某一类人的特征。那千变万化，似乎给人们洒降甘霖与希望的云，其实根本就无心解救干枯的旱苗。这正是对旧时代那些看起来可以解民倒悬，实际上不问苍生死活的权势者的写照。故不无现实意义。

在我看来，人们欣赏和解读古人的诗歌，至少是有些时候，乃有类于隔皮猜瓜：红瓤乎？黄瓤乎？白瓤乎？众说纷纭，公理婆理，要在言之成理，自圆其说，看上去像那么回事。论者上述之言，或者不无道理。

譬如封建时代的某些君王，当其起事之初，的的确确是以"救民水火"或"解民倒悬"为号召来着。然而，一旦坐了龙庭，他们便只顾自己作威作福，穷奢极欲，并不真把百姓的福祉挂在心上。

搁下"就云说人"，回到"就云说云"——

时代高视阔步地前进了，我们的农业有了长足的发展。尽管人类永远不可能在绝对意义上打破对天的依赖，但今天的中国农民，再也不像过去那样，三日两头地关注云的"脸色"了。从这个意义上说，来鹄的《云》诗，可作忆苦思甜的教材。

为囚格高固遗恨

——读秦韬玉《贫女》

◆ 原文

贫 女

蓬门未识绮罗香，拟托良媒益自伤。[1]

谁爱风流高格调，共怜时世俭梳妆。[2]

敢将十指夸针巧，不把双眉斗画长。[3]

苦恨年年压金线，为他人作嫁衣裳！[4]

◆ 注释

[1] 蓬门：以蓬草为门，指贫寒人家。未识：不赏识。绮（qǐ）罗：泛指华贵的丝织品或丝绸衣服。香：犹美妙。拟托：打算委托。良媒：信得过的可靠媒人。益：更加。自伤：自我伤感。

[2] 风流：风操品格。格调：品格；风范。共怜时世俭梳妆：怜：喜爱。时世：时代。俭：俭朴。另外，"俭"亦通"险"，或谓可作"怪异"解。梳妆：梳洗打扮。依据对"俭"的不同解释，该句既可承上句的意思，解读为"（那还有谁看重人的良好品格风范，）跟我一起喜爱俭朴的梳妆打扮"，亦可解读为"大家都喜爱那种怪异时髦的梳妆打扮"。

[3] 敢：谓有勇气，有胆量。将：把。夸：夸示；夸耀。针巧：谓善于刺绣缝纫。斗：比赛；争胜。

[4] 苦恨：甚恨，深恨。压：或谓指用手指按住，乃刺绣的一种手法。金线：金丝线。

◆今译

贫家女不以为绫罗绸缎有多强,打算托可靠媒人说媒越发感伤。

哪还有人看重人格品行高不高,跟我一样喜爱俭朴的打扮梳妆。

心灵手巧敢于自我夸口活道好,不屑于描眉画眼跟他人比短长。

深恨年复一年忙碌不完针线活,都是替别的女人做出嫁的衣裳。

◆蓊斋语语

论者有谓,这首《贫女》诗的作者,以满腔同情赞颂贫女的优良品德与才能,于社会对她的不公正表示不平和愤懑。沈德潜很重视此诗的比兴手法,以为"语语为贫士写照"。诗人早年屡试不第,久屈下僚,故借咏贫女而一吐胸中的郁积之气。诗的最后两句尤为警策,已成为流行的成语,具有一定的社会意义。

照我理解,"社会意义"云者,是说诗中贫女的形象令人想到贫女以外的社会现实,具有一定的认识价值。沈德潜所谓"语语为贫士写照",就是该诗之"社会意义"的一个方面:贫士有如贫女,虽有"风流高格调",然而没有欣赏者,甚或,恰恰是因为"风流高格调",高标自赏,不随流俗,所以才处身孤立,结果便不能不是"为他人作嫁衣裳"了。一个地方,一个单位,如果是老实人吃亏,那就很有可能是老实人在为不老实的人"作嫁衣裳";一个地方,一个单位,如果是擅长阿谀逢迎的人得到赏识和重用,那就很有可能是不擅长阿谀逢迎的人,在为擅长阿谀逢迎的人"作嫁衣裳"。诸如此类,宜乎"作嫁"者"苦恨"。

以下我想荡开去再说两点。

作为媒体编辑,我不知道谁最先把"为他人作嫁衣裳"同文字编辑工作联了起来,但我知道,在编辑同仁中间,包括我自己在内,大家基本上是都以"为他人作嫁衣裳"——简化的说法是"为人作嫁"——自况的。

后来觉得，这样的自况其实是有些勉强的。

当编辑的以"为人作嫁"自况，意思是说编辑在编稿过程中兢兢业业，孜孜矻矻，纠错呀，修改呀，删削呀，提炼呀，等等，自己的心血、才智，都渗入稿件，然而，这皆属于"无名之功"，读者看不出来，等于无偿地贡献给了作者。名利归他人，辛苦留自己。用一位资深编辑的俏皮话讲，曰："用自己的肉，贴别人的膘。"

如此这般，还真是颇与《贫女》诗中的贫女相似。不同之处，仅在于一者"苦恨"，一者"甘愿"罢了。

我之所以认为这样的自况有些勉强，其一，编辑工作中的上述付出，是由编辑工作的性质和特点决定的。换言之，此乃职业责任，正所谓"干的就是这个活"。不然的话，工资哪里来？职称哪里来？其二，编辑编稿，诚然意味着付出，但同时也在不断地从作者稿件中了解情况，吸取知识，增长经验。古人有"教学相长"的说法，教与学尚且可以"相长"，编与作难道不"相长"吗？更不要说作者的稿件获奖，编辑也同样获奖。

还可这样来问一句：假如作者不作（写），编辑编什么呢？正是因为有人在勤勤恳恳、孜孜矻矻地写稿，编辑才得以成就自己的业绩或曰实现自己的人生价值。

所以，我说，我们编辑同仁还是少说"为人作嫁"为佳。

据我观察，编辑同人之外的有些同志，好以"奉献"二字作为对自己的工作乃至于整个人生的评价。这样的同志中，有的虽然认为自己对社会付出的多，得到的回报少，然而也是甘愿，所以往往又以"无私奉献"自许；有的则因认为自己对社会付出的多，得到的回报少，耿耿于怀，纠结于心，甚而至于"苦恨"。实际上，这恐怕也得说都是"为人作嫁"情结的表现。

奉献，恭敬地交付。我们应该承认，有着伟大发明的科技英才，各条战线的先进模范人物，等等，他们对于社会的付出，大大超出社会给予他们的回报。他们的工作乃至于人生，自然当得起"奉献"二字。

至于其他同志，包括勤恳认真工作的同志在内——有些同志的工作单位或工作领域存在严重分配不公的问题，自然另当别论——他们对于社会的付出和从社会得到的回报，如果不是从绝对的意义上看待，应该说基本相抵或大差不差。正是从这样的意义上，我说，人们与社会，亦即与他人的关系，是一种双向"为人作嫁"的关系，或曰泛"为人作嫁"的关系：我为他人"作嫁"，他人也为我"作嫁"。地球上少了谁都照转不误，社会上如果不是人与人相互"作嫁"，则社会必定瘫痪。有没有同志觉得，自己对社会付出的少，得到的回报多？有，然而不多。既然人们大都认为自己对社会付出的多，得到的回报少，那大家的多余付出，都到哪儿去了？

所以，我说，以奉献自律，可嘉；以奉献自许甚或自诩，一般而言，不大符合实际。

上述所说，有些是题外的话，但都与"为人作嫁"有关，也许不是太过多余。

轻松闲适小情趣
——读胡令能《小儿垂钓》

◆原文

小儿垂钓[1]

蓬头稚子学垂纶，[2] 侧坐莓苔草映身。[3]
路人借问[4] 遥招手，怕得[5] 鱼惊不应人。

◆注释

[1] 垂钓：钓鱼。

[2] 蓬头：头发散乱。垂纶：垂钓。纶：粗丝线。多指钓丝。

[3] 莓苔：青苔，苔藓。映身：隐身。

[4] 借问：请问，询问。

[5] 怕得：担心。

◆今译

一个蓬头垢面的孩子在钓鱼，斜坐在苔藓上茂草遮着下身。

有人问路他老远地扬起了手，担心把鱼吓跑了而不敢吱声。

蕹斋赏诗

◆翁斋语语

读胡令能的《小儿垂钓》一诗，尽管我知道那时候没有相机，脑海里依然浮现出这样一幅连环画：作者架一台相机，寻寻觅觅，来到一个池塘的旁边，蓦然将镜头对准了一个正在垂钓的孩子，眼快手疾，"咔嚓"一声，定格了一幅趣味盎然的世俗风情照。

"蓬头小儿学垂纶，侧坐莓苔草映身。"小儿蓬头，一般说来，脸上也干净不了。显而易见，这是个好动的，亦即"手脚不识闲"的顽皮孩子。

这样一个好动的顽童，置身池塘岸边的青草窝里，斜坐在生长了苔藓的潮湿的地上，一本正经地模仿着大人的样子，举着根长长的钓竿，钓线垂进水里，心无旁骛，聚精会神，满怀希望，着实难得。

"路人借问遥招手，怕得鱼惊不应人。"浮子颤动，有鱼咬食，孩子心头一紧，不由屏息静候。

不料事有凑巧，偏有行人问路。答应？怕把鱼儿吓跑。不应？未免有失礼貌。于是，他身子不动，蓬头不抬，眼睛依然盯着水面，只举起一只手来，示意行人稍等。另有一种可能，他的举手示意完全是下意识的动作。

不管是哪种情况，反正作者只写了此一瞬间的所见，并且戛然而止。至于孩子究竟钓没钓到鱼，以及孩子后来又是怎么回答行人的，作者没有去管。

作者最属意的，就是孩子那"遥招手"和"不应人"的有趣且可爱的情态。作者对这一情态的描写，惟妙惟肖，活灵活现，传神之至。

我们不妨设想，假如在听到有人问路之后，孩子抬头乃至于站起身来，很有礼貌地回答，就不像是孩子而像大人了；相反，假如听到了有人问路，孩子却置若罔闻，没有"遥招手"的动作，则又显得不懂礼貌，因而不可爱了。

总而言之，就因为作者敏锐地抓取了生活中的有趣细节并加以精妙地剪裁摹写，才塑造出这样一个典型环境中的典型人物的典型情态。

所谓"意尽而止"。

然而其味隽永。

中国诗歌，丰富多彩。就思想内容而言，国家兴亡，民生疾苦，政治讽喻，战争风云，等等，或大义凛然，或激昂慷慨，或壮志凌云，或浩气冲天，或痛心疾首，或如泣如诉……凡此种种，从作者抒发的角度来看，或可称之为大情怀、大情调。读这样的诗歌，胸怀激荡，热血沸腾，心灵颤动，深受教育。好，当然很好。

"文武之道，一张一弛。"人们阅读，并不愿意且也不适宜于总是沉浸在这样那样的大激烈、大悲壮、大感动中。换言之，视域需要转换，兴趣需要调节。那么，像《小儿垂钓》这样的作品，就以其特有的清新、别致、闲适和轻松受到欢迎了。

相比于对大情怀、大情趣的抒写，这是对小情调、小情趣的展示。但它毕竟也反映了大千世界的一个角落，完成了对生活真实的艺术再现，仿佛田头路边的花朵，池塘小河的涟漪，有其不可替代的真善美的价值。

有个外国人说，文学也是给人愉悦的一种形式。我想，像《小儿垂钓》这样的作品，大概算得上给人愉悦的诗歌样板。难怪我的一位朋友曾对我说，每晚熄灯之前，他一般都会背几首有催眠作用的诗歌，其中一首就是《小儿垂钓》。

泪洒沾襟哭布衣

——读孟浩然《与诸子登岘首》

◆原文

与诸子登岘首 [1]

人事有代谢 [2]，往来成古今。

江山留胜迹，我辈复登临。 [3]

水落鱼梁浅，天寒梦泽深。 [4]

羊公碑 [5] 尚在，读罢泪沾襟。

◆注释

[1] 诸子：犹诸君。岘首：即岘首山，在湖北省襄樊市襄阳区南。

[2] 人事：人世间的事。代谢：新旧更迭、交替。

[3] 胜迹：有名的古迹、遗迹。复：又；再。登临：登山临水。也指游览。

[4] 鱼梁：拦截水流以捕鱼的设施。以土石筑堤，横截水中，如桥，留水门，置竹笱或竹架于水门处，拦捕游鱼。或谓，指鱼梁洲，在襄阳附近汉水中。梦泽：云梦泽。深：险要，或曰深远。

[5] 羊公碑：晋羊祜都督荆州诸军事，镇襄阳十年，有德政。既卒，襄阳百姓为立碑于岘首山。见其碑者无不流泪。旧时因以此碑为颂扬官吏有德政之典。

◆今译

　　人世间的事情新旧交替，你往我来构成古今历史。

　　江河山岳留有名胜古迹，今天我们再次来到这里。

　　鱼梁浅露由于河水落去，梦泽愈显深险因为天寒。

　　羊祜的功德碑依然树立，读碑文不由得泪下湿衣。

◆蓊斋语语

　　这是一首吊古伤今的诗。据《晋书·羊祜传》，羊祜镇荆襄时，常到岘首山置酒言咏。有一次，他对同游者喟然叹曰："自有宇宙，便有此山，由来贤达胜士登此远望，如我与卿者多矣，皆湮灭无闻，使人悲伤。"羊祜生前有政绩，死后，襄阳百姓于岘首山建庙立碑，"岁时飨祭焉。望其碑者，莫不流涕。"孟浩然求仕不得，过着隐士生活，登上岘首山，见到羊公碑，想到自己空有抱负，至今仍为"布衣"，死后亦将"湮灭无闻"，不禁无限伤感，潸然泪下。

　　如此说来，作者是在吊古伤己了。

　　"人事有代谢，往来成古今。"因为人世间的事情有新旧之间的交替，所以才有古往今来的流变。试想，假如地球上没人和人事的交替，那会是一种什么状态？时间的概念亦将无从谈起，自然也就没有了古今之别。所以，有人事才有古今。通俗而又警策是这一联的特色，可谓十分难得。

　　"江山留胜迹，我辈复登临。"有句话以浪喻人，是这样说的："长江后浪推前浪，前浪拍在沙滩上。"我给添了一句："后浪其实也一样。"自古至今，没有谁能够避免最终拍在沙滩上消失的命运。不同的是，有的留下痕迹，有的一死了之，"湮灭无闻"。正面的痕迹就是"胜迹"了。因有古人"胜迹"在，所以今人"复登临"。这一联承上启下。

"水落鱼梁浅，天寒梦泽深。"既然登上岘首山，当然举目瞭望，见鱼梁洲因水落而浅露，云梦泽缘天寒显深险。天地辽阔，引动遐思，这是一个方面。"鱼梁浅"与"梦泽深"，也是一种不同，与人的是否湮灭无闻相互映照，这是另一个方面。这一联写的是远望，导引下联收束全篇。

　　"羊公碑尚在，读罢泪沾襟。"远望而后近观，眼光落在羊公碑上。作者读着碑文，不免悲从中来。所谓"望其碑者，莫不流涕"，在别人，大约是感念羊公的德政，感伤时下的艰难；在作者，如论者所述，则是感伤自己亦将"湮灭无闻"。显而易见，这一联是此篇的诗眼。

　　孟浩然读羊公碑而泪沾衣襟，我因此而颇受感动。

　　在孟浩然身处的时代，至少是在他看来，假如不想湮灭无闻，意欲青史留名，就要像羊祜那样，对国家人民做出贡献，有着为百姓世代怀念的德政。问题在于，谋其政必须在其位。故对他而言，首要之点是进入仕途。以孟浩然的水平而论，诗与王维齐名，连李白都说"我爱孟夫子，风流天下闻"，别的不说，由他当个作家协会主席、副主席一类的角色，相信绰绰有余。

　　可惜，正如有人概括的那样，一个人想走顺仕途之路，一者，要自己行，一者，要有人说他行，一者，要说他行的人行，而孟浩然却于"三行"当中，缺少了最为关键的第三个"行"，所以终于落得个仕途拥塞。仕途拥塞根本就不能从政，当然也谈不到对国家人民有所贡献，谈不到留下为世代百姓怀念的德政，最后也就不能不"湮灭无闻"。　不得已而隐居的孟浩然，看起来悠闲自在，身心通泰，但实际上心潮起伏，脑子里"噌噌"地冒火星子。人生无奈，莫此为甚。他的伤心恸哭，宁不使人感动！

　　如众所知，事实与孟浩然当初所伤感的情况不同。由于唐诗是中国文学的高峰，就中有着孟浩然的不可磨灭的贡献。以致一千多年后的今天，他的诗篇仍然很高频率地出现在这样那样的出版物上，更高频率地挂在人们嘴边。所以说，人们并没有忘记他，他没有"湮灭无闻"，而且大约永远也不会"湮灭无闻"。然而这是当年他没有想到的。由此可见，他还是个谦虚的人。

孟夫子大可含笑九泉。

权力是块试金石
——读韦应物《郡斋雨中与诸文士燕集》

◆**原文**

郡斋雨中与诸文士燕集 [1]

兵卫森画戟，燕寝凝清香。[2]

海上风雨至，逍遥池阁凉。[3]

烦疴近消散，嘉宾复满堂。[4]

自惭居处崇，未睹斯民康。[5]

理会是非遣，性达形迹忘。[6]

鲜肥属时禁，蔬果幸见尝。[7]

俯饮一杯酒，仰聆金玉章 [8]。

神欢体自轻，意欲凌风翔 [9]。

吴中盛文史，群彦今汪洋。[10]

方知大藩地，岂曰财赋强？[11]

◆**注释**

[1] 郡斋：郡守起居之处。文士：知书能文之士。燕集：宴饮聚会。

[2] 兵卫：士兵和守卫之具，亦指防卫。森：罗列。画戟（jǐ）：古兵器名，因有彩饰，故称。旧时常作为仪饰之用。燕寝：闲居之处。凝：积聚。

[3] 逍遥：优游自得；安闲自在。池阁：池塘楼阁。

[4] 烦疴（kē）：扰人的疾病。嘉宾：贵客。复：又。满堂：充满堂上。

[5] 自惭：自己感到惭愧。居处：住所，住处。崇：高，高大。睹：看，看见。斯民：老百姓。康：安乐。

[6] 理会：理解；领会。是非：对的和错的；正确与错误；纠纷；口舌。遣：排除；抒发。性达：性情旷达。形迹：礼法；规矩。

[7] 鲜肥：鱼肉类美味肴馔。时禁：当时的政令、禁令。幸：幸而；希望；期望。见：用在动词前表示谦让、客套。幸见尝：希望品尝。

[8] 聆：听，闻。金玉章：好文章。

[9] 凌风翔：乘风飞翔。

[10] 吴中：今江苏省苏州市吴中区，亦泛指吴地。文史：文学、史学的著作或知识。群彦：众多英才。汪洋：谓气度恢弘，或曰众多。

[11] 大藩：古代指比较重要的州、郡级的行政区。财赋：财货赋税。

◆今译

兵卫森严画戟排列整齐，闲居之处凝结清淡芳香。

浩渺大海袭来一番风雨，池苑楼阁安享若许凉爽。

扰人疾病所幸近来痊愈，尊贵客人又得坐满厅堂。

自我惭愧居处宽敞高大，没看见老百姓丰足安康。

世事洞明超脱市井俗见，性情旷达客套丢弃一旁。

鱼肉肴馔时下有令禁绝，诸般菜蔬果品唯愿品尝。

低下头去畅饮一杯美酒，仰起脸来聆听美好诗章。

精神欢愉四体自然轻盈，兴致勃发意欲乘风飞翔。

吴中这个地方文化昌盛，众多英才风度潇洒倜傥。

这才知道繁华州郡之地，不仅因为财富丰饶而强。

读韦应物的《郡斋雨中与诸文士燕集》一诗，觉得作者是一位很值得尊敬的人。从诗中看，作者之值得尊敬有如下三端。

第一，为官记着百姓。

诗歌起首，作者先把自己所处的环境加以描写："兵卫森画戟，燕寝凝清香。海上风雨至，逍遥池阁凉。烦疴近消散，嘉宾复满堂。"如此这般，可说是要威风有威风，要排场有排场，要享受有享受，要名望有名望。对于一般的封建官吏来说，除了陶醉，晕眩，迷恋，沉浸而外，怕就只剩炫耀了。

然而，韦应物却不是由于自得、为着炫耀才这样写的。恰恰相反，他是由此表达自己的不安："自惭居处崇，未睹斯民康。"按照我的想法，当众多宾客在他高大宽敞的厅堂里聚集的时候，别人不说，他自己先不好意思了。这说明作为刺史，一地最高长官，他知道肩负的责任，不以个人的富贵荣华为满足，而以百姓的康乐幸福为政绩。

第二，做人淡化"官念"。

诗歌接下去写了作者与嘉宾相处的情况与感受："理会是非遣，性达形迹忘。鲜肥属时禁，蔬果幸见尝。俯饮一杯酒，仰聆金玉章。神欢体自轻，意欲凌风翔。"如此这般，我们看到的诗人虽然身居高位，但却不端架子，不摆官谱，其态也谦谦，其言也煌煌，其情也暖暖，其意也扬扬，平易近人，文质彬彬，温良恭俭让。

官者，说到底就是掌握一定权力的人。权力是个杠杆，能够把一个人的能量放大许多乃至于无数倍。但权力只应该用来做事，当然是为国为民做事。至于做人，则不可与权力粘连，而是要将权力意识淡化，说得准确一点，就是要淡化"官念"，尤其要将那种自得和炫耀的心理——假如确有的话——放逐。

事实告诉我们，有官在身而要淡化"官念"，不是件容易的事。但生活在一千多年以前的韦应物先生，的确有着不同于众多庸官俗吏的人格魅力。唯其如此，我说，权力也是一个人人性优劣和人品高下的试金石。检验一个人人性优劣和人品高下的试金石不止一块，比如富贵，比如困厄。然而，权力乃其中最灵验的一块，而且检验的灵敏度同权力的大小很可能成正比例关系。

第三，识见超越常人。

诗歌的最后四句曰："吴中盛文史，群彦今汪洋。方知大藩地，岂曰财赋强？"有一句话几乎无人不知："上有天堂，下有苏杭。"可见苏州的繁华富庶。但作者却特别赞扬此地的"文史"与"群彦"。这固然同诗歌所写内容是与文士燕集有关，另外，也可以说作者对文化于一地的重要有着自己的见地。不知道作者是不是具有了"精神变物质，物质变精神"的朴素观念。即使不具有也罢，仅看他把文化视为繁华昌盛之不可或缺的内容和表征，就可谓别具慧眼。

有人说，白居易晚年为苏州刺史时，很喜欢韦应物的这首诗，特将其刻于石上。这大概就是所谓"嘤其鸣矣，求其友声"了。韦应物确实值得尊敬。

心存狐疑决断难
——读白居易《放言五首（其三）》

◆原文

放言[1] 五首（其三）

赠君一法决狐疑，不用钻龟与祝蓍。[2]

试玉要烧三日满[3]，辨材须待七年期。

周公恐惧流言日，王莽谦恭未篡时。[4]

向使当初身便死，一生真伪复谁知？[5]

◆注释

[1] 放言：放纵其言，不受拘束。

[2] 决：分辨；判定；决断；决定。狐疑：猜疑，怀疑；犹豫。钻龟：占卜术。钻刺龟里甲，并以火灼，视其裂纹以断吉凶。祝蓍（shī）：占卜术。取蓍草的茎以卜吉凶。

[3] 试玉要烧三日满：真玉烧三日不热。辨才须待七年期：豫章木生七年而后知。

[4] 周公恐惧流言日：周公，文王之子，武王之弟，成王之叔。成王年幼，周公摄政，管叔、蔡叔散布流言，诬蔑其有篡权野心。周公避居，成王悔悟。王莽谦恭未篡时：王莽，汉孝元皇后之侄，西汉末秉政。初时伪装谦退，颇获人望，后篡汉自立，国号"新"。

[5] 向使：假使；假令。复：又，"又"通"有"。真伪：真假。

◆今译

赠送您一个方法打消猜疑，不用钻龟和祝蓍占卜凶吉。

看是否真玉要烧够了三日，看是否豫章木得等长七年。

流言传布的时候周公怕惧，未曾篡位的时候王莽谦恭。

假如这两个人当初都死去，他们的真假面目有谁晓知？

◆蓊斋语语

人生在世，狐疑不决的事情常有，白居易先生贡献了一个决断之法。

"赠君一法决狐疑，不用钻龟与祝蓍。"作者首先声明，他的"决狐疑"之法，既不是"钻龟"，也不是"祝蓍"，这一点很值得肯定，是在往唯物主义的思路上走。

"试玉要烧三日满，辨材须待七年期。"这是在打比方，就像"试玉"和"辨材"那样，不能急于对狐疑的人或事情下结论，而要让其经受时间的检验，"路遥知马力，日久见人心"。

"周公恐惧流言日，王莽谦恭未篡时。"这是在列举实例。想当初，周公忠心耿耿地辅佐成王，却有他要篡权的流言传播开来。人言可畏，所谓"脚正不怕鞋歪歪"，那也得有时间、有机会让你把脚亮出来给大家看到才行。他能不恐惧吗？作为西汉末年秉政的大臣，王莽后来是篡权自代了，可是在这之前相当长的时间里，他的表现众口称赞，所谓"爵位愈尊，节操愈谦"。

"向使当初身便死，一生真伪复谁知？"是时间与事实对周公和王莽作了检验，同时也给人们识别真伪、辨明忠奸提供了可能。假如在流言传播的当时周公去世，谁能判明他确实是忠心耿耿绝无异谋呢？假如在众口称赞的当时，王莽去世，谁又能够知道那时在他谦恭的外表下面，包藏着篡位的祸心呢？

时间验证一切，结果便是答案。

蓊斋赏诗

作者的"决狐疑"之法，说到底，是要你看最终的结果。

问题在于，懂得了这样的方法，不等于在任何时候和情况之下，都可以登时或很快地将狐疑消弭。这是因为就"决狐疑"而言，其相应的条件就是时间与机会允许。该诗"向使"一词，已经从反面规定了或说明了一定长度的时间这个条件的不可或缺性。

不妨来看也是篡位自代的另一个众所周知的实例。

按照专家的说法，后周皇帝周世宗柴荣是个有着雄才大略的英主，不幸死得太早。柴荣在病中匆忙地安排自己的后事，为确保年仅六岁的儿子的皇位不致被人取代，他采取了一系列措施，其中之一就是提升赵匡胤为殿前都检点。

照我想来，柴荣在提升赵匡胤之前，很难说不曾产生过一丝半缕的狐疑，因为这个人本事太大，自然也会觉得假如能进一步考验一下才好。惜乎疾病不给他时间。回头想想这位年轻将军一贯忠于自己的表现，还是认可了。结果，仅仅半年工夫，都检点黄袍加身，江山改了赵姓。所以，我说，狐疑在胸，常常不是没有彻底决个明白的思维，而是没有彻底决个明白的时间。

还有一点，是事物永远处在发展变化之中，人也是这样。还是以赵匡胤为例，周世宗柴荣健在的时候，他不但表现得忠心耿耿，而且可能也没想过有一天要篡位。及至柴荣去世，小皇帝乳臭未干，他又掌握着军权，篡位自代已易如反掌，本来是忠臣的赵匡胤，忽然变成了篡位的赵匡胤，也并不是多难理解的事情。

所谓狐疑不决，最让人害窘者，是面对两难的抉择：这样怕不行，那样也难说，犹豫彷徨，焦头烂额。事到临头，最需要的当然是"喊哩喀喳"，登时或尽快做出正确的决断来，做一个事前的诸葛亮。遗憾所在，却正是偏偏只能做事前的"诸葛'暗'"。不言而喻，假如只能靠最后结果来获得认知和做出判断，那就只能被称为事后诸葛亮了，尽管事后诸葛亮比事后依然是"诸葛'暗'"好。

论者有谓，元和五年（810 年），白居易的好朋友元稹因为得罪了权贵，被贬为江陵士曹参军。元稹在江陵期间，写了五首《放言》诗表达心情。过了五年，白居易被贬为江州司马。这个时候，元稹已转官通州司马，闻讯写了充满深情的诗篇：《闻乐天授江州司马》。白居易在贬官外放途中，感慨万千，便也写了五首《放言》诗奉和。该诗是五首当中的第三首，主旨乃在于说明像自己和元稹这样受到诬陷的人，是经得起时间考验的，因而应多加保重，等待"试玉""辨材"期满，事实自会澄清，真伪即可辨明。

　　这样说来，该诗就是作者在为自己和朋友打气鼓劲了。

诗比天大轻仕途
——读祖咏《终南望余雪》

◆**原文**

终南望余雪 [1]

终南阴岭秀，积雪浮云端。[2]

林表明霁色，城中增暮寒。[3]

◆**注释**

[1] 终南：终南山。余雪：残雪。

[2] 阴岭：背阳的山岭。秀：秀丽；秀美。

[3] 林表：林梢，林外。霁（jì）色：雨、雪后天气转晴。暮寒：傍晚时刻的寒冷。

◆**今译**

终南山的北岭多么秀丽，山顶的积雪漂浮在云端。

晴朗的天色映照着林梢，城中的傍晚增添了严寒。

◆**翁斋语语**

据载，这首《终南望余雪》，是祖咏在长安应试时的作品。

论者指出，按照唐代应试题的要求，应作五言六韵共十二句，祖咏却只写了这么四句就交卷了。这当然不合要求。有人问他何以如此，他的回答是："意尽。"

"终南阴岭秀"。作者在西安市向终南山瞭望，看到的当然是背阳的一面。虽则背阳，然而秀美，令人想到陡峭险峻的山峰和郁郁葱葱的繁茂松柏。一个"秀"字拿总，为接下来写"余雪"做了铺垫。

"积雪浮云端"。既然是"余雪"，就不是那种"江山一笼统"之漫山遍野无处不雪的景象，而只是高入云端之山顶上的残雪皑皑。云雾缭绕，"余雪"若"浮"。这个"浮"字用得传神，给人以强烈的动感。这是对"余雪"的正面描摹。

"林表明霁色"。"余雪"的下面是云、是林，上面是天。云已写过，这里写天、写林。雪后不久的天空看去格外晴朗，山上的树林笼罩在明媚澄澈的天光之中，显得非常明丽。对于望中的"余雪"，应该说这是一种烘托。

"城中增暮寒"。 景美如画，赏心悦目，陶醉其中，诗思飞腾。不知过了多长时间，很有可能是作者猛古丁打了个寒战，方才从非常投入的遥望中回过神来，一句俗谚来到脑际："下雪不冷化雪冷"，从而敲定了这收尾的一句。这个尾收得极好，使"望余雪"有了着落。"增暮寒"感受的产生，既有"余雪"的实际影响，也有作者的心理因素。总之，这是山顶"余雪"存在带来的结果。

按照这样的解读，好像作者在考试之前就已经成竹在胸了。谁知道呢？不过有一点应该可以肯定——他在参加考试之前曾经遥望过"余雪"。

当他在答卷时写下了上述四句以后，当然不会不想到那个五言六韵十二句的要求，也许曾经打过十二句的腹稿来着。然而四句业已"意尽"，哪怕再多一句也是画蛇添足。

他也不会没有想到，假如就这样四句交卷，诗固然不失为好诗，名落孙山的命运却差不多给注定了。相反，如果不管"意尽"与否，硬是敷衍得符合了要求，虽然也不一定就金榜题名，可能性却明显要大。

请看，这边是一首好诗，那边是个人一辈子的前程，怎么抉择？换了别人，很可能根本就不犯踌躇，至少是不用大犯踌躇：一个畸轻畸重的不等式嘛。令人吃惊也不能不佩服的是，作者竟然选择了要诗！不啻奇人一个。论者或谓，祖咏一生都不甚得意。以他这样的性格，想得意谈何容易，尤其走仕进之路更是如此。

文艺界有这样一句话："戏比天大。"换到诗人祖咏身上，就应该是"诗比天大"了。戏是艺术，诗也是艺术。打总而言，在真正的艺术家的眼里，就是"艺比天大"。"艺比天大"是一种精神，一种伟大的精神。所谓"两句三年得，一吟双泪流""语不惊人死不休""万缘皆已销，此病独未去"，等等，都是这种精神的体现。就因为有这种精神存在，我们才有幸欣赏到历代流传下来的这样那样的艺术瑰宝。

再回到祖咏的诗。祖咏是开元进士，如果他的进士就是在作这首《终南望余雪》那次应考时中的，那就不应该忘记当时的那位考官。倘若那是个哨死板、搬教条的学究，十有八九会说：既然你连应考的规矩都不放在眼里，我有什么办法，干脆请到一边凉快去好了。这样一来，祖咏虽然并不后悔，然而，一当记起来他这首旧作，定然别有一番"凉"意在心头的。

这头有的那头无
——读韩愈《山石》

◆原文

山　石 [1]

山石荦确行径微 [2]，黄昏到寺蝙蝠飞。

升堂坐阶新雨足，芭蕉叶大支子肥。[3]

僧言古壁佛画好，以火来照所见稀。[4]

铺床拂席置羹饭，疏粝亦足饱我饥。[5]

夜深静卧百虫绝，清月出岭光入扉。[6]

天明独去无道路，出入高下穷烟霏。[7]

山红涧碧纷烂漫，时见松枥皆十围。[8]

当流赤足踏涧石，水声激激风吹衣。[9]

人生如此自可乐，岂必局束为人靰？[10]

嗟哉吾党二三子，安得至老不更归！[11]

◆注释

[1] 山石：旧诗常取首句前二字为题，此诗就是这样。

[2] 荦（luò）确：怪石嶙峋貌。行径微：路径狭窄细小。

[3] 升堂：登上厅堂。新雨：刚下的雨。足：充分；充足。支子：一作"栀子"，常绿灌木或小乔木。春夏开白花，香气浓烈。或指栀子花，或指果实。肥：苗壮；丰厚。

[4] 僧：和尚。佛画：古代一种绘画艺术，内容为宣扬佛教教义及佛教史上的事迹。

稀：少，不多。依稀，模糊不清。

[5]拂席：拂拭坐席，表示尊敬。置：摆设。羹饭：羹汤和饭。羹，用肉类或菜蔬等制成的带浓汁的食物。疏粝（lì）：粗糙的饭食。

[6]百虫绝：所有虫子的叫声都停止了。扉：门扇；屋舍。

[7]独：单独；独自。还，依然。烟霏（fēi）：烟雾云团。

[8]山红涧碧：山花红艳、涧水碧绿。纷：盛多貌；众多貌。烂漫：光彩四射貌。时见：常见；不时看见。松枥（lì）：松树和栎树。枥，同"栎"。围：计量周长的约略单位。旧说尺寸长短不一。现在多指两手或两臂之间合拱的长度。

[9]当流：对着或向着流水。涧石：山涧的石头。激激：象声词，激流声。

[10]岂必：何必，用反问语气表达不必的意思。局束：窘迫拘束。为：被。靰（jī）：牵制；束缚。

[11]嗟哉：叹词。吾党：我辈。二三子：犹言诸君；几个人。安得：怎么能够得以。更：再；又。归：返回。

◆今译

山石嶙峋道路狭窄细微，天黑到寺院蝙蝠正翻飞。

上厅堂坐台阶刚下透雨，芭蕉的叶子大栀子花肥。

和尚说古壁上佛画很好，拿火来照着看颇感稀奇。

铺了床拂席子摆上饭食，饭虽粗也完全可饱我饥。

夜深沉我静卧百虫不叫，明月亮出山岭光照窗扉。

天明后往回走不见道路，一脚高一脚低穷尽烟云。

山花红涧水绿光彩纷呈，不时见松和枥树粗十围。

对流水赤着脚踏着涧石，水流快声激激风吹我衣。

像这样度人生足够快慰，何必然受拘束被人牵制。

叹我们知己的几个朋友，怎么能够到老不再返回。

论者或谓：该诗是一篇诗体游记，作者所游乃洛阳北面的惠林寺，同游者有李景兴、侯喜、尉迟汾。时间在唐德宗贞元十七年（801年）农历七月二十二日。全诗以写实的笔调，描绘了山涧古寺的美好景物，表达了作者对大自然的热爱和对仕途坎坷的愤愤不平。写作上以文为诗，不受形式的束缚，根据内容需要和感情的发展自由抒写，多用散文句式，是韩愈"以文为诗"的佳作，前人评价颇高。

所谓"以文为诗"，怎么理解？《汉语大词典》的解释是：指的是唐代文学家韩愈以写散文的方法作诗。宋陈师道《后山诗话》："退之（韩愈）以文为诗，子瞻（苏轼）以诗为词，如教坊雷大师之舞，虽极天下之工，要非本色。"刘大杰《中国文学发展史》第十五章："韩愈的诗歌，在反对当日流行的轻浮靡荡的诗风上，是起了很大的作用的。他以文为诗，另辟蹊径，同他反骈复古的散文运动的思想是一致的。"

人们对韩愈"以文为诗"的写诗法和写出的诗的看法，可谓大相径庭，这里不去管它。怎么叫"以写散文的方法作诗"呢？所谓"写散文的方法"，究竟是怎样的一种方法呢？是说所反映的事情、活动、场合什么的，有头有尾，有来龙去脉的过程，有着纪实或记述的特点吗？难道韩愈之前的许多人的诗歌，就全都没有这样的特点吗？譬如杜甫的《石壕吏》等，不就是有着这样的特点吗？怎么不说《石壕吏》等，是"以写散文的方法作诗"呢？

读韩愈的《山石》一诗，一个突出的感觉是，就中有些诗句像"黄昏到寺蝙蝠飞""芭蕉叶大支子肥""僧言古壁佛画好""铺床拂席置羹饭""时见松枥皆十围""嗟哉吾党二三子"等，如同大白话，不费琢磨，张嘴就来，随便，自然，口语化。将这样一些句子，跟"细草微风岸，危樯独夜舟""行到水穷处，坐看云起时""三山半落青天外，二水中分白鹭洲""无边落木萧萧下，不尽长江滚滚来"等相比，其词语的搭配和韵味显然是不同的。或者不妨这样说：两者感觉上的差异，有如读白话文与读古文。如此这般，能不能说这便是"以文为诗"的根本所在呢？

读到《山石》的最后四句，不由记起人们熟知的"围城效应"：婚姻就像一座围城，城外的人拼命想冲进来，城内的人拼命想冲出去。婚姻是这样，其他有些事情也是这样，就中包括仕途。

入仕途就是做官，做官意味着掌权，而权力是个杠杆。唯其如此，一个有理想有抱负的人，意欲成就一番事业，至少是在那个时候，一般说来，不入仕途便有类于"书空"。但是，人一旦进入仕途，就成了所谓官家的人，这样那样的制度，规范，责任，担当，礼仪，明章程，潜规则，等等，都不能无视。在下级面前，端着架子，板着脸子，拿拿捏捏。在上司面前，谨言慎语，弯腰曲背，说不定还需要察言观色，也是拿拿捏捏，不过是另一种性质的拿捏罢了。天长日久，难免感到疲惫、厌倦，乃至于憎恶。所谓"在行恨行"。于是，就想起隐逸的好处来：自由，随性，散淡，放逸。相信韩愈的慨叹是有着相当程度的代表性的："人生如此自可乐，岂必局束为人鞿。嗟哉吾党二三子，安得至老不更归！"

无论什么人从事什么职业，都不能不面对这样的矛盾：在接受其有利的方面的时候，必须同时接受其不利的方面——这头无的那头有，这头有的那头无。需要注意者，其一，是相对而言的利与不利方面的大小或多寡；其二，个人的实际情况。想来韩愈是懂得这个道理的，所以，感叹归感叹，到底也没有真走归隐的路。现实中的有些朋友不然。为什么有些人一再跳槽？重要原因之一，恐怕就是入行前单是或多是看到了欲入之行的有利方面，及至入行，则又单是或多是看到了已入之行的不利方面。遗憾的是，跳来跳去，总是不能如意甚或更不如意。问题的症结，应到思想方法上找。

结末再说一点：诗中"天明独去无道路"一句，论者或解"独去"为"独自返回"。于是，来了问题：韩愈是同李景兴、侯喜、尉迟汾等一块出游来了，已如上述，怎么走的时候，就他"独自"一人"跑单帮"了？别人留下多游一些时候，他有急事须早回一步，也不是不可能有的情况，然而一般说来，还是一块来一块回更合乎常情。查《汉语大词典》，"独"字固然可释义为"单独""独自"，另外，还可释义为"还，依然"。我以为，还是不将"独去"解读为"独自返回"或"单独返回"，更合乎常情。

诗圣当年名不著

——读杜甫《旅夜书怀》

◆ **原文**

旅夜书怀 [1]

细草微风岸，危樯独夜舟 [2]。
星垂平野阔，月涌大江流。 [3]
名岂文章著，官应老病休。 [4]
飘飘何所似？天地一沙鸥。 [5]

◆ **注释**

[1] 旅夜：旅途中的夜晚。书怀：书写个人情怀。

[2] 危樯（qiáng）：高的樯杆。独：单独；独自。

[3] 星垂：星斗悬挂在天空。平野：平坦广阔的原野。月涌大江流：明月朗照之下，波浪银光闪闪，江流奔腾，仿佛月光鼓涌一般。

[4] 名：名声。岂：表示疑问和反诘。著：明显，显著。休：辞去（官职）。

[5] 飘飘：飞翔貌；漂泊，形容行止不定。沙鸥：栖息于沙滩、沙洲上的鸥鸟。

◆ **今译**

岸上纤细的小草在微风中摇曳，樯杆高竖的小船在夜色里停止。

天空中星斗悬挂原野平坦广阔，好像月光掀涌着大江奔流不息。

名声哪里能通过写诗作文博取，年老而多病就应该将官职辞去。

这里那里地漂泊不定好有一比，天地之间无依无靠的沙鸥一只。

◆ 蓊斋语语

据载，代宗永泰元年（765 年）正月，杜甫辞去剑南节度使幕府参谋职务，四月，对他经济上多有帮助的好友严武去世了。他于是决意离蜀东下。此诗就是他乘舟经过渝州、忠州一带时写的。

诗题《旅夜书怀》，旅既是迫不得已，一路上又颠簸疲惫，夜幕降临，无依无靠，作者所书之怀的感情基调，就可以想见了。

"细草微风岸，危樯独夜舟。"舟泊江岸，诗从堤岸着笔：微风吹动纤草，樯竖舟独水摇，起首两句把人带入了飘荡无着的境地。

"星垂平野阔，月涌大江流。"所谓巨笔如椽，颔联竟然猛地一转，又将无比雄浑旷远的景象推出：天空星斗低垂，原野辽阔无际，大江浩荡奔流，仿佛月涌一般，令人胸臆豁然。

该诗颔联历来为人称道。论者或谓"开襟旷远"，或谓写出了"喜"的感情，或谓上述评论只是看到了诗句表面的意思，实际上是以乐景写哀情，即以广阔的平野，奔涌的大江，灿烂的星月，反衬诗人孤苦伶仃和颠连无告的处境。在我看来，这几种说法都有其一定的道理。

按照我的想法，诗人于旅夜孤舟之中，仰望晴空朗月，回视大江奔腾，灵感蓦然降临，先有此联在胸，然后才进而酝酿全篇，也不是没有可能。对于诗人而言，得到这样的佳句，应该非常高兴。所以，我说，对于有的论者所谓写出了"喜"的感情的论断，也不宜批评为只是看到了诗句表面的意思，尽管全诗的基调并不是"喜"。

"名岂文章著，官应老病休。"此一颈联无疑是该诗的中心。说到底，这两句才是诗人所"书"之"怀"。

关于这两句诗，有论者这样解读：有点名声，哪里是因为我的文章好呢？

做官，倒应该因为年老多病而退休。这是反话，立意至为含蓄。诗人素有远大的政治抱负，但长期被压抑不能施展，因此声名竟因文章而著，这实在不是他的心愿。杜甫此时确实既老且病，但他的休官却主要是因为被排挤。这里表现出诗人心中的不平，同时揭示出政治上失意是他漂泊、孤寂的根本原因。

我对论者上述对"官应老病休"一句的解读，没有意见。于"名岂文章著"一句的解读，则以为值得商榷。这样解读的前提是，杜甫认为自己已经有名了。翻译成白话，不应是"有点名声，哪里是因为我的文章好呢？"而应该是"我怎么竟因为文章好而有名了呢？（我本来是想着在政治上建功立业的呀）遗憾！"这个不去管它也罢。

问题在于，那时的杜甫是不是真的已经有名了？专家指出，唐人所选的两本唐诗集（《河岳英灵集》和《中兴间气集》）中，都没有杜甫的诗入选。诗人写在《旅夜书怀》之后的《南征》一诗有句："百年歌自苦，未见有知音。"这是不是都可以证明，当时的杜甫还没有因为文章好而已经著名了呢？

因此，我对"名岂文章著"一句的解读是：写文章怎么能使人有名呢？或者，文章好哪里就能够使人有名呢？抒发了诗人被长期埋没的不平和愤懑。这样解读的话，此时的杜甫就是既没有名，也休了官，处境之凄凉，显然就更甚了。

"飘飘何所似？天地一沙鸥。"末尾一联打了个比喻。因为作者身处舟船，所以就近取譬，说自己就像一只鸥鸟，天水茫茫，飞来飞去，孤独飘零，无所凭依。戛然而止，伤感极深。

"李杜文章在，光焰万丈长。"这是韩愈对李白和杜甫诗歌的评价，也是世人所公认的定评。可惜这是杜甫去世以后才有的评价。

当杜甫在世的时候，为什么那些文坛上有影响力的人没有发声呢？是他们没有见到杜甫的作品？还是根本就不识货？还是羁绊于这样那样的偏见？

对于杜甫来说，这是很大的悲哀。对于当时的文坛来说，也许应说是一种耻辱。

历史终于发现了杜甫，并将他推上了诗歌的圣坛。这是中国文学的幸运。

趣在疑义相与析
——读韩愈《晚春》

◆原文

晚 春

草树知春不久归，百般红紫斗芳菲。[1]
杨花榆荚无才思，惟解漫天作雪飞。[2]

◆注释

[1] 草树：草和树，泛指各种花草树木。归：返回。这里指春天结束。百般：各种各样。斗：比赛；争胜。芳菲：花草盛美。

[2] 杨花：指柳絮。榆荚：榆树的果实，榆钱。才思：才气和思致。此处当引申为鲜艳美丽的资质。惟：只有；只是。思考；思念。愿，希望。连词，表示顺承关系，相当于"则"。发语辞。解：明白；理解。能够；会。脱落。

◆今译

花草树木知道春天快结束了，绽红开紫五彩缤纷争奇斗妍。
柳絮和榆钱没有美丽的资质，就知像雪花漫天翻飞舞蹁跹。

◆翁斋语语

读韩愈的这首《晚春》，我的解读是：作者以拟人化的手法，意趣盎然地描摹了晚春时节，花草树木似乎全都知道春天已余日无多，于是纷纷绽红开紫，争奇斗妍，营造并且共享大好春光的无比灿烂。柳絮榆荚是毫无美艳资质可言的，它们仅仅会雪花似的纷纷扬扬、随风飘荡、漫天飞舞罢了。

然而，读者对诗意的理解不一乃至于大相径庭。此系就诗的后面两句——"杨花榆荚无才思，惟解漫天作雪飞"——而言。

论者指出——

有人认为，这是劝人珍惜光阴，抓紧时间勤学，以免如"杨花榆荚"白首无成。

有人认为，这是嘲弄"杨花榆荚"没有红紫美艳，一如人之没有才华，写不出有文采的篇章。

有人存疑："玩三四两句，诗人似有所讽，但不知究何所指。"

有人说道："此意作何解？然情景只是如此。"

下面是上述论者的意见——

"杨花榆荚"固少色泽香味，比"百般红紫"大为逊色，笑它"惟解漫天作雪飞"，确带几分揶揄的意味。但如从晚春图景中抹去这星星点点的白色，也应小有缺憾。谢道韫咏雪以"柳絮因风"，自古称美。如雪的杨花，乃晚春具有特征的景物之一，可见诗人拈出"杨花榆荚"未必只是揶揄，其中应有怜惜之意。尤其应当看到，"杨花榆荚"不因"无才思"就干脆藏拙，而是能避短用长，有勇气为"晚春"添色的那一份可爱。韩愈是"文起八代之衰"的宗师，又是力矫元和轻熟诗风的奇险诗派的开派人物。故他除了自己在群芳斗艳的元和诗坛独树一帜外，还称扬当时被视为别调的可以以"杨花榆荚"作比的孟郊、贾岛的诗作。由此可见，韩愈对他所创造的"杨花榆荚"形象，是爱而知其丑，嘲戏半假真。甚至可以说，韩愈意在鼓励"无才思"者敢于创造。

在我看来,究竟对"杨花榆荚无才思,惟解漫天作雪飞"两句该如何解读,取决于对最后一句中"惟"字和"解"字怎么释义。

根据《汉语大词典》的释义,如果把"惟"字当"希望"或当"则"讲,把"解"字当"脱落"讲,那么,这两句的意思就应该是:杨花和榆荚没有鲜艳的资质,它们则脱落开去(或希望脱落开去),像雪花一样漫天飞舞。

这样解读,这两句诗就成为作者对"杨花榆荚"的客观描摹,所谓"情景只是如此",不带感情色彩。对于这样的解读,或可称之为客观描摹说。

如果把"惟"字视为"发语词",把"解"字当"能够"讲,那么,这两句的意思就应该是:虽然杨花和榆荚没有鲜艳的资质,但是它们却能够像雪花一样漫天飞舞。

不像其他花卉那样艳丽固然是"杨花榆荚"的缺点,但可以漫天飞舞又是它们的特长。这样解读,作者对于"杨花榆荚"就有了感情色彩,赞赏它们的"避短用长",乃至于鼓励它们"敢于创造"。对于这样的解读,或可称之为赞赏鼓励说。

如果把"惟"字当"只是"讲,把"解"字当"明白"或"能够"讲,那么,这两句的意思,就应该是如我在前边已经解读的那样:柳絮榆荚是没有美艳资质可言的,它们仅仅晓得雪花似的纷纷扬扬、随风飘荡、漫天飞舞罢了。

这样解读,作者对于"杨花榆荚"也有感情色彩,不同之处在于,没有了怜惜、鼓励的意思,恰恰相反,是揶揄,是嘲讽,是贬斥。对于这样的解读,或可称之为揶揄贬斥说。若揶揄贬斥的基调不变,寓意上加以引申,即韩愈是想通过对"杨花榆荚"的揶揄贬斥,劝人引以为戒,珍惜光阴,抓紧时间勤学,以免白首无成。这样的解读,或可称之为引申劝勉说。

是不是还有其他的解读呢?

我不大赞同那种认为韩愈对于"无才思"而"作雪飞"之"杨花榆荚",既揶揄又怜惜还鼓励等多种感情混杂的解读。说韩愈认为孟郊、贾岛有类于"无才思"的"杨花榆荚",恐怕也不大符合实际。

行文至此,想起小时候听爷爷唱过的一首歌。有两句词至今还记着:"你看那苞米的槌头下吊,空谷子扬着头摇。""空谷子"即莠草。

也许与此有关,对于《晚春》,我才比较倾向于认可揶揄贬斥说。

就此而言,韩愈眼里的"杨花榆荚",可以为时下那些唯为个人名利大炒的人,一切心浮气躁的人写照。

未必不真薄世荣
——读韦应物《幽居》

◆原文

幽 居 [1]

贵贱虽异等，出门皆有营。[2]

独无外物牵，遂此幽居情。[3]

微雨夜来过，不知春草生。

青山忽已曙，鸟雀绕舍鸣。[4]

时与道人偶，或随樵者行。[5]

自当安蹇劣，谁谓薄世荣。[6]

◆注释

[1] 幽居：隐居；不出仕。深居。

[2] 贵贱：富贵与贫贱。有营：有所经营。

[3] 外物：身外之物。多指功名利禄。牵：牵累。遂：如愿。

[4] 曙：天亮；破晓。绕舍：环绕屋舍。

[5] 道人：道士。和尚。偶：遇见；碰上。

[6] 自当：自然应当。安：对某种环境事物感到安适和习惯。蹇（jiǎn）劣：
笨拙愚劣。困厄；境遇不好。谓：说；认为。薄：轻视；鄙视。世荣：世俗的荣华
富贵。

人们虽然富贵贫贱不大一样，但凡外出都为某种经营奔忙。

唯有我不再去牵挂功名利禄，隐居在家清闲自在如愿以偿。

夜里下过了一场小小的春雨，不晓得那小草可曾有所生长。

一缕曙光爬上了青翠的山峦，鸟儿们围绕屋舍欢快地鸣唱。

出门去不时能遇见和尚道士，也经常随打柴的人四处徜徉。

自然应安于个人的笨拙愚劣，不是鄙薄富贵像人说的那样。

◆翁斋语语

论者或谓，诗人从十五岁到五十四岁，在官场上度过了四十年左右的时光，其中只有两次短暂的闲居。这首《幽居》大约就写于他辞官闲居的时候。全篇描写了一个悠闲宁静的场景，反映了诗人幽居独处、知足保和的心情。在思想内容上虽没有多少积极意义，但其中有佳句为世人称道，因而历来受到人们的重视。

"贵贱虽异等，出门皆有营。"放眼世间，不论贵贱贫富，人们都在为个人的前程或生计忙碌。"独无外物牵，遂此幽居情。"其中，唯独"我"跟别人不大一样：不为诸般关乎功名利禄的事情操心，满足了想过清闲自在日子的心愿呀。

"我"的清闲日子是怎样一种情况呢？"微雨夜来过，不知春草生。青山忽已曙，鸟雀环舍鸣。时与道人偶，或随樵者行。"一颗心既然不为外物所牵累，不免就关心起天气的阴晴冷暖来了。譬如说吧，夜里下了场小小的春雨，就想到那些应该冒芽的小草冒芽了没有。清晨起来，青山映着曙光，鸟雀四处欢唱，心情很好，出门去遛遛弯吧。常常跟道士和尚相遇，说不定还会尾随打柴的人，这里那里信步游逛。——生活清淡而有趣味。

"自当安蹇劣，谁谓薄世荣。"像"我"这样一个拙笨愚劣的人，就应该躲到一边悄没声息地过日子，谁要认为"我"是鄙薄富贵荣华，那他就错了。

对于这首《幽居》，究竟该怎么解读呢？上述论者所谓反映了诗人幽居独处、知足保和的心情。说此诗在思想内容上没有多少积极意义的看法，自然是有根据的。根据就是诗人自己明明白白地承认："自当安蹇劣，谁谓薄世荣。"

这样的解读对不对呢？至少从表面上看，好像是这么回事。

不过，我更想说的是，也许还可以有另外的解读，而且另外的解读有可能更合乎实际。至少在有些时候，诗人笔下写的不见得就是心里的真实想法。换言之，诗人有时候会说反话，会使障眼法。所谓"自当安蹇劣，谁谓薄世荣"两句，就正是如此。

我在《权力是块试金石——读韦应物〈郡斋雨中与诸文士燕集〉》中曾经谈及：韦应物是一位很值得尊敬的人。第一，为官记着百姓；第二，做人淡化"官念"；第三，识见超越常人。也有论者说，韦应物"对官场的昏暗有所厌倦，想求得解脱，因而辞官幽居。"既然如此，诗人就有可能是"薄世荣"的。他有"薄世荣"的思想基础，尤其是当所谓的"世荣"，同昏暗的官场政治，同百姓的疾苦等联系在一起的时候。元结在他的诗作《贼退示官吏并序》里有句："谁能绝人命，以作时世贤？"韦应物之鄙薄"世荣"，跟元结之鄙弃"时世贤"类似。不同之处在于，一者，笔下写的不是心里想的；一者，心里怎么想的笔下就怎么写了。

事实告诉我们，在某些特定的场合或情况之下，"同流合污"会相对安全，好人反倒被视作另类，成为众矢之的。照我想来，正是出于自我保护的目的，韦应物才心里"薄世荣"，笔下反着写。假如他果真不"薄世荣"的话，又何必画蛇添足说什么"谁谓薄世荣"呢？"谁谓薄世荣"？就是他自己。这叫"此地无银三百两"。

这样说来，《幽居》一诗在思想内容上，还是很有积极意义的。

论者所指诗中的"佳句"，即"微雨夜来过，不知春草生。"以为，这里有一派生机盎然的春天气息，也有诗人热爱大自然的愉快情趣。"比之谢灵运的'池塘生春草，园柳变鸣禽'，更含蓄、蕴藉，更丰富新鲜，饶有生意。"对于这样的意见，不知读者以为如何，反正我也是并不多么赞同。

苟利国家生死以
——读韩愈《左迁至蓝关示侄孙湘》

◆原文

左迁至蓝关示侄孙湘[1]

一封朝奏九重天，夕贬潮州路八千。[2]

欲为圣明除弊事，肯将衰朽惜残年！[3]

云横秦岭家何在？雪拥蓝关马不前。[4]

知汝远来应有意，好收吾骨瘴江边。[5]

◆注释

[1] 左迁：降官，贬职。蓝关：蓝田关，在今陕西省蓝田县东南。示：拿出来给人看。

[2] 朝奏：早晨上书帝王。九重天：指帝王或朝廷。夕贬：傍晚被贬。潮州：旧州、路、府名。隋开皇十一年（591年）置州，治所在海阳（今广州省潮州市），元改为路，明改为府，1911年废。

[3] 圣明：皇帝的代称。弊事：有害的事，坏事。肯：在这里表示反问，犹岂。衰朽：老迈无能。惜：爱惜，吝惜。残年：一生将尽的年月。多指人的晚年。

[4] 云横：云彩横陈。秦岭：山名。又名秦山、终南山。雪拥：积雪阻塞。

[5] 汝：你，多用于称同辈或后辈。有意：有意图。好收：可以收，便于收。吾：我。瘴（zhàng）江：指贬地潮州；或即指瘴气弥漫的水流。瘴，指瘴气，即南部、西南部地区山林间湿热蒸发能致病之气。

　　早晨将一封奏疏上呈给皇帝，傍晚被贬去潮州八千里路远。

　　我是一心想为皇帝纠正错误，哪里还顾惜老迈无能之余年！

　　终南山云横雾遮我的家在哪，蓝田关大雪拥塞马匹行路难。

　　知道你大老远而来有意图在，好收骸骨在瘴气弥漫的水边。

◆ 翁斋语语

　　据载：唐宪宗元和十四年（819年）正月，时任刑部侍郎的韩愈，就唐宪宗派宦官迎佛骨事，上《论佛骨表》以谏，结果触怒了宪宗，几被定为死罪。经裴度等人说情，韩愈被贬为潮州刺史。当韩愈离开京都到达蓝田县的时候，他的侄孙韩湘赶来与他同行。感慨万端之余，他便写下了这首著名的诗篇。

　　"一封朝奏九重天，夕贬潮州路八千。"俗语有谓："天有不测风云，人有旦夕祸福。"照我理解，这里的"旦夕祸福"，侧重点是指祸。对于韩愈而言，当他撰写《论佛骨表》的时候，尽管不能说不曾有着皇帝可能纳谏的希冀，但想的更多的恐怕还是遭受惩处。所以，早晨上书朝廷，晚上遭受贬谪这样一种下场，他在很大程度上是有思想准备的。固系"旦夕祸福"，然非"不测风云"。

　　"欲为圣明除弊事，肯将衰朽惜残年！"一心想做的，就是要改正皇帝的错误认识和错误做法，哪里还顾惜个人老迈无能的残余岁月呀！显而易见，这两句是全诗的核心。那是在"人生七十古来稀"的时代。韩愈是五十六岁去世，这时他已经五十多岁了。换了别人，既已自知老迈，那就"多事不如躲事，有事不如没事"，别人都做没嘴的葫芦，我也不怕被谁当哑巴卖了，唱唱"夕阳红"，作作"黄昏颂"，所谓"老有所乐"，岂不快哉！他韩愈偏就不这样，他是属啄木鸟的，用我家乡的话说，"鸽打母子（即啄木鸟）嘴长（当然也硬）"，但见树上招了虫子，哪怕是神树，也要"梆梆梆"猛一个点儿地狠凿。圣人教诲："朝闻道，夕死可矣。"做应该去做的事情，何惜衰朽残年！

"云横秦岭家何在？雪拥蓝关马不前。"衰朽之残年固然可以不惜，眼下的苦楚却不能不去面对。用现在的时髦话说，"家是心灵的港湾"。对一个遭贬的人而言，就更是这样。朝后看，只见终南山云遮雾罩，不见家的影子，心无依傍，同时，也不免记挂家人的安危。朝前看，蓝田关积雪阻塞，连马也不肯前进，迢迢八千里路，意味着无尽的艰难坎坷和难以预测的凶险。

"知汝远来应有意，好收吾骨瘴江边。"侄孙韩湘来了，想必令韩愈感到了亲情的温暖，但却没有改变韩愈的悲观情绪。知道侄孙你之所以大老远地赶来同行，是为了说不定你爷爷在哪里——很有可能是瘴气弥漫的江流崖畔——倒毙，好随时收拾尸骨……

《左迁至蓝关示侄孙湘》这首诗，是韩愈"言志"的佳作。从该诗所体现的内蕴看，我以为韩愈身上至少有如下几点很值得后人学习。

第一，他有深厚的家国情怀。他之所谓"除弊事"，丝毫没有个人的目的。他心里装着的，是国家和百姓的福祉。用后人的话说："苟利国家生死以，岂因祸福避趋之。"

第二，他有超出别人的谏诤勇气。听取别人的反对意见，是世界上最难的事情之一。对封建皇帝来说，尤其如此。明明是皇帝兴致勃勃在做的事情，"群臣不言其非，御史不举其失"（《论佛骨表》）。他却不避风险，公然激烈反对，大有"虽千万人我往矣"的无畏气概。

第三，他知其不可而为之。说了话人家听不听是一回事，该说的话说不说是另一回事。一事当前，知其可为而为之，这是智慧；知其不可而为之，至少在有些时候和有些事情上面，则既是执着和坚韧，更是一种有担当的精神、气度和境界。

　　韩愈终究没有在"瘴江边"倒毙，而是到达了潮州，还写了篇题曰《鳄鱼文》的文章，讨伐鳄鱼，为民除害。元和十五年（820 年）宪宗驾崩，继位的穆宗召韩愈回到了朝廷。韩愈最后被召回朝廷，应该说乃苍天有眼。

细雨闲花绝妙词
——读刘长卿《送严士元》

◆原文

送严士元 [1]

春风倚棹阖闾城，水国春寒阴复晴。[2]
细雨湿衣看不见，闲花 [3] 落地听无声。
日斜江上孤帆影，草绿湖南万里情。[4]
君去若逢相识问，青袍今已误儒生。[5]

◆注释

[1] 严士元：吴（今江苏苏州）人，曾官员外郎。

[2] 倚棹（zhào）：靠着船桨，犹言泛舟。或谓把船桨搁置起来，意思是停船。阖（hé）闾（lú）城：亦作阖庐城，苏州的别称。水国：犹水乡。复：又；再。

[3] 闲花：野花。或幽雅的花。

[4] 日斜：太阳偏西。草绿：因有"王孙游兮不归，春草生兮萋萋"（《楚辞·招隐士》）句，于是在诗词歌赋中，春草与离别之情就常常联系在一起。

[5] 青袍：青色的袍子。唐贞观四年（630 年），规定八品、九品官服青色，显庆元年（656 年），规定深青为八品之服，浅青为九品之服。误：耽误；妨害。错误。儒生：儒士，通儒家经书的人。此处是诗人自指。

春风吹拂下将船停在苏州城，春寒里的水乡天气阴晴不定。

毛毛细雨湿了衣服而看不见，野花儿轻轻地飘落而听无声。

日头西斜大江上只一片帆影，芳草青青遍布湖南万里牵情。

君前往如果遇见有熟人问询，就说是官职低微误了我前程。

◆翁斋语语

论者或谓，《全唐诗》二零七卷李嘉祐名下也有此诗，诗题《送严员外》。我查《汉语大词典》，在"闲花"条下，曰："唐李嘉祐《赠别严士元》诗：'细雨湿衣看不见，闲花满地落无声。'"在"倚櫂（棹）"条下，曰："唐刘长卿《赠别严士元》诗：'春风倚櫂阖闾城，水国春寒阴复晴。'"既然连《汉语大词典》，都将同一首诗在这里归到刘长卿名下，在那里又归到李嘉祐名下，不能确定究竟系何人所作，我们不去管它也罢。总而言之，此乃一首送别之作。

"春风倚棹阖闾城，水国春寒阴复晴。"在春风的轻拂下，把船停在了苏州城里或者城外，春寒之中水乡泽国的天气一会儿阴一会儿晴没有定准。这是在写作者与朋友相见和送行的地点、节令、天气等方面的有关情况。

"细雨湿衣看不见，闲花落地听无声。"天气忽阴忽晴，阴的时候就下毛毛细雨——细得仅仅能感到身上衣服的潮湿，然而举目看时却一无所见，或者，如果不是去认真细看的话，就不能看见。与此同时，那些因春风摇曳掉落地下的花朵，则没有一点儿动静，任凭怎么认真去听也不能听到。想来，这应该是作者在与朋友交谈时或交谈的间隙中看到的景象。

"日斜江上孤帆影，草绿湖南万里情。"既然是送别，便终究是要告别的。太阳已经偏西了，作者还在遥望，遥望那江浪之上渐行渐远前往湖南——是行政区划的湖南？还是太湖之南？——的一片帆影，一腔诚挚的留恋之情，有如无边无际的萋萋芳草，将会追踪到万里之远。

"君去若逢相识问，青袍今已误儒生。"您在旅途之中，或者到达目的地以后，假如有熟悉的人问及"我"的情况，请您告诉他说：这些年来，"我"这个儒生的前程，都被这一身绿色的袍子给耽误了。朋友已经走了，他又说这样的话，显然是属于倒叙。换言之，这两句话是作者先前在同朋友交谈时或告别时说的。还有一种可能，就是他在朋友走后自言自语。

该诗之"细雨湿衣看不见，闲花落地听无声"两句，是公认的名句。记得若干年前，我第一次读到这两句诗的时候，就深深为作者的观察入微和体味真切所倾倒。

细雨湿衣而看不见也好，闲花落地而听无声也好，一般说来，乃人人都有的体验，可是在刘长卿之前，谁也不曾道出。一者，言人所未言，一者，以诗的形式言出，描摹精到，对仗工整，而且非常浅显易懂，不见雕琢痕迹，以致无须特意铭记，搭眼进入脑髓。此后，每遇到下极细之毛毛雨的时候，就想起并默念或吟咏这两句诗，每看见有花朵从枝端飘落，也想起并默念或吟咏这两句诗。

文学魅力之神奇，于此可见一斑。

或许会有人问，除字面上反映的意象外，这两句诗还有没有其他的意蕴或哲理寄寓其中呢？以我有限的眼界而论，还真没见有论者提及。照我想来，如果说有的话，联系该诗末尾一句的意思，似乎可以用这样的八个字表述：职低功小，人微言轻。

"青袍今已误儒生"一句中的"误"字，也可以当"错误"讲。假如以"错误"的意思解"误"的话，那么这一句的含义就应该是：这些年来，我这个儒生进入了仕途，不啻是误入歧途呀。这样解读令人想起了陶渊明的《归园田居》诗"少无适俗韵，性本爱丘山。误入尘网中，一去三十年。"

不过，作者既然以儒生自许，而儒家是主张用世的，所以进入仕途应该说并不违背他的心愿，违背他心愿的是官小职微，无法实现自己的抱负。

大凡古代的读书人，都有着或大或小的个人抱负，而且还多是有着较大或很大的抱负，所谓"出将入相"。但抱负不等于本事。有的志大才大，有的志大才疏。志大才大者官小职微，既是个人的悲哀，也是人才的浪费；志大才疏者官大职高，个人是高兴了，但却浪费了那个职位。两种情况都会给国家造成损失。一个人们不以为怪的现象是，无论过去还是现在，多见人嫌自己官小，不见谁嫌自己官大。这一点很值得世人深思。这是题外的话，顺便说及。

　　论者指出，刘长卿是个刚而犯上的人，曾两遭迁谪，后官居随州刺史。

　　不知道刺史任上的刘长卿，是不是还兴"青袍误"之类的感叹。

　　我们所知道的是，他有"五言长城"的诗名。照我想来，他这个诗名的获得，应该与两遭迁谪的仕途坎坷不无关系。

大义凛然语惊人

——读元结《贼退示官吏并序》

◆原文

贼退示官吏并序

癸卯岁，西原贼入道州，焚烧杀掠，几尽而去。明年，贼又攻永破邵，不犯此州边鄙而退。岂力能制敌欤？盖蒙其伤怜而已。诸使何为忍苦征敛？故作诗一篇以示吏。[1]

昔年逢太平，山林二十年。[2]

泉源在庭户，洞壑当门前。[3]

井税有常期，日晏犹得眠。[4]

忽然遭世变，数岁亲戎旃。[5]

今来典斯郡，山夷又纷然。[6]

城小贼不屠，人贫伤可怜。[7]

是以陷邻境，此州独见全。[8]

使臣将王命，岂不如贼焉？[9]

今被征敛者，迫之如火煎。[10]

谁能绝人命，以作时世贤？[11]

思欲委符节，引竿自刺船。[12]

将家就鱼麦，归老江湖边。[13]

◆注释

[1] 据载,癸卯岁,即唐代宗广德元年(763年),十二月,广西境内的少数民族"西原蛮"发动了反对唐王朝的武装起义,曾攻占道州(州治今湖南省道县)达一月余。第二年五月,元结任道州刺史。七月,"西原蛮"又攻破了邻近的永州(州治今湖南省零陵县)和邵州(州治今湖南省邵阳市),却没有再攻道州。诗人认为,这并不是官府"力能制敌"的结果,而是"西原蛮"对道州人民"伤怜"使然。相反,朝廷派到地方上的租庸使却不能体恤人民,仍旧残酷征敛。作者有感于此,便写下了这首诗。

[2] 昔年:去年;早年。山林:山与林。在这里借指隐居。

[3] 泉源:水的源头。庭户:庭院。洞壑:深谷;洞穴。当:在。

[4] 井税:田税。据说,古代将九百亩田地分为九区,每区一百亩,中间的一区为公田,其余八区为八家的私田,八家共耕公田。因这样划分的田地其形状为"井"字,故后世习称赋税为"井税"。此指唐代按户口征收的租、庸、调。常期:一定的期限。日晏:天色已晚。犹:仍。

[5] 世变:时代的变迁;时世的变化。这里指安史之乱。亲戎旃(zhān):亲身参与战事。亲,接触。戎旃,军中营帐,借指战事,军队。

[6] 典斯郡:主政此郡。典,掌管,治理。斯,此。山夷:古代对聚集山中的武装力量的贬称。纷然:作乱。

[7] 屠:屠杀,杀戮;毁灭,毁坏。伤:哀怜。可怜:值得怜悯。

[8] 陷:攻陷,占领。邻境:指相邻的永、邵二州。见全:得以保全。

[9] 使臣:皇帝派遣的负有专门使命的官员。将王命:遵奉朝廷的命令。将,遵奉,秉承。王命,帝王的命令、诏谕。

[10] 征敛:征收赋税。迫:强迫;逼迫。

[11] 绝人命:断绝人民的生路。时世贤:被当时统治者视为贤能的官吏。时世,时代。贤,尊崇,器重。

[12] 思:思量,考虑。欲:想要。委:舍弃;丢弃。符节:古代官员、将领受

任的凭证。引竿：执持船竿。刺船：撑船。

[13]将家：带领家人；携挈家小。就：谋求；求取。鱼麦：方言，玉米的别名。此处指归隐田园的生活。归老：辞官养老；终老。江湖：江湖河海。泛指四方各地。旧时指隐士的居处。

◆今译

> 早年赶上了天下太平的岁月，普通百姓的日子过了二十年。
> 清澈的泉水从庭院里涌出来，深邃的岩洞就在大门的前边。
> 那工夫收田税有一定的时候，世道安定夜里睡眠颇感安然。
> 忽然遭遇了安史之乱大变故，若干年里戎马倥偬南征北战。
> 现在我奉命来道州管理政务，啸聚山林的武装又纷扰作乱。
> 道州城小贼人没有攻占屠戮，他们知道百姓贫困值得可怜。
> 就为这攻占了邻境永州邵州，唯独道州颇值庆幸得以保全。
> 奉朝廷使命前来征税的官吏，难道还不如造反作乱的贼顽？
> 眼下那些强行征税的官吏们，逼迫得百姓如遭遇火烧油煎。
> 我怎能黑下心断绝百姓生路，被认作所谓贤能而受到称赞？
> 思来想去我真打算弃官而去，摸起船篙来自个儿行舟撑船。
> 带领一家老小回乡吃家常饭，混迹江湖俗世度过我的晚年。

◆蓊斋语语

鲁迅先生在题为《中国人失掉自信力了吗》的文章中说："我们从古以来，就有埋头苦干的人，有拼命硬干的人，有为民请命的人，有舍身求法的人，……虽是等于为帝王将相作家谱的所谓'正史'，也往往掩不住他们的光耀，这就是中国的脊梁。"

读元结的《贼退示官吏并序》，深为作者的悲悯情怀、无畏精神和高尚人格所感动。元结的这首诗就是在为民请命，元结就是组成中国的脊梁的那些仁人志士、英雄豪杰中的一位。

读元结的这首诗，我想到了柳宗元的著名散文《捕蛇者说》。

《捕蛇者说》也是在为民请命。

柳宗元在《捕蛇者说》中说："孔子曰：'苛政猛于虎也。'吾尝疑乎是，今以蒋氏观之，犹信。呜呼！孰知赋敛之毒有甚是蛇者乎！"

孔子说："苛政猛于虎。"柳宗元说：苛政毒于蛇。元结的说法是："城小贼不屠，人贫伤可怜。""使臣将王命，岂不如贼焉？"如此这般，是不是可以表述为"苛政恶于'贼'"呢？我想是可以的。

在我看来，元结的说法是比孔子和柳宗元的说法更加愤激、大胆和惊人的。他是在把官的"迫煎"同"贼"的"伤怜"对比，痛斥的是官，赞许的是"贼"。这里的所谓"贼"，不是以获得钱财为目的之偷偷摸摸或打家劫舍的贼，而是反对唐王朝的武装起义。在统治者的眼里，这样的"贼"，是王朝的最大威胁，其可怕和可恨的程度，远非任何毒蛇猛兽可比。

唯其如此，我说，元结所说的话，不是随便什么人都能说的话，不是随便什么人都敢说的话。假如给安个"通贼"的罪名，那真是会"吃不了兜着走"的。然而元结不怕。他就是要说，而且要"示"给那些他所痛斥的官吏。在个人的祸福穷通与缓解百姓的疾苦两者之间，他选择的是后者。正所谓"仁者不惧"。

但元结当然也不傻。诗从二十年前写起，所谓"昔年逢太平，山林二十年。泉源在庭户，洞壑当门前。井税有常期，日晏犹得眠。"乍一看，觉得时间探出去太远，仔细想，这样的写法十有八九有着自我保护的深意在：肯定李唐王朝过去的美政，批评李唐王朝现在的弊政，我不否定一切，归根结底是希望李唐王朝江山永固。

论者公认元结是颇有政绩的清官、好官。"文如其人"一语，不是任何一个会作文的人都能当得起的。元结当得起。

对其他许许多多的诗歌，可以仰躺在床上读。对元结的这首《贼退示官吏并序》和其姊妹篇《舂陵行并序》，则至少应该是正襟危坐读。

诗好在于接地气
——读杜甫《赠卫八处士》

◆原文

赠卫八处士[1]

人生不相见，动如参与商。[2]

今夕复何夕，共此灯烛光。[3]

少壮能几时？鬓发各已苍[4]！

访旧半为鬼，惊呼热中肠。[5]

焉知二十载，重上君子堂。[6]

昔别君未婚，儿女忽[7]成行。

怡然敬父执[8]，问我来何方。

问答乃未已，驱儿罗酒浆。[9]

夜雨剪春韭，新炊间黄粱[10]。

主称会面难，一举累十觞。[11]

十觞亦不醉，感子故意长。[12]

明日隔山岳，世事两茫茫[13]。

◆注释

[1] 赠：送给。卫八：杜甫的朋友。处士：隐居不仕的人。

[2] 动如参（shēn）与商："动"，在这里是"往往"的意思。"参"和"商"都是星名。参星在西，商星在东，此出彼没，永不相见。

菊斋赏诗

[3]夕：傍晚，日暮；夜。复：又。在这里起加强语气的作用。共：同用；共同具有或面对、承受。

[4]苍：灰白色。

[5]访旧：询问、打听旧时朋友的境况。为鬼：成为鬼，意思是死亡。热中肠：内心激动。

[6]焉知：哪里知道，引申义即没有想到。载：年；岁。君子：对人的尊称，犹言先生。堂：房屋的正厅。

[7]忽：迅速。

[8]怡然：喜悦貌。父执：父亲的朋友。

[9]乃：助词。无义。未已：没有结束。驱儿：指使儿子。罗酒浆：安排、摆设酒类。

[10]新炊：新煮的饭。间：间杂，夹杂。黄粱：黄小米。

[11]主称：主人说。一举：一次行动。累：连续；屡次。觞（shāng）：盛满酒的杯。亦泛指酒器。

[12]子：古代对男子的尊称或美称。代词，表示第二人称，相当于"您"。指卫八处士。故意：旧友的情意。

[13]世事：世上的人和事。茫茫：渺茫；模糊不清。

◆今译

人生在世相互见面不容易，常常跟那参星和商星一样。

今天晚上是个什么晚上呀？竟然能在烛光下对面相望。

人当少壮能够有多少时候？我们两个都已经鬓发苍苍。

打听老友说一半都不在了，惊呼连连心里头实在悲伤。

真是没想到相隔二十年呀，有幸又相聚在先生的厅堂。

当年告别时您还没有结婚，看如今小子闺女绕膝成行。

他们喜迎恭对父亲的老友，向我问风尘仆仆来自何方。

我答他们的话还没有说完，父亲就指派儿女置办酒浆。

夜里冒雨割来鲜嫩的韭菜，新煮米饭掺小米色白间黄。

主人说这次见面可真不易，频频劝酒一气把十杯喝光。

喝了十杯也没有显出醉意，非常感念老朋友情深意长。

明天又天各一方山岳相隔，相互间不知道对方的情况。

◆ 翁斋语语

论者或谓：这首诗作于唐肃宗乾元二年（759 年）春天。这时，杜甫已经被贬官出任华州司功参军。他在从洛阳回华州的途中，顺路访问故人卫八处士。多年不见，恍如隔世，发为咏叹。前人评此诗为"全诗无句不关人情之至"。

人生乱离世，相见诚不易。竟然有幸一聚，欣喜当何如哉？

双手相牵，四目对视。哎呀！变了，变了。当年都是青枝绿叶的来着，现在都快成老榆木疙瘩头了。你看，鬓发花白，不仔细端详就认不出来了。

坐，快坐，坐下说话。

那个谁谁怎么样了？

他呀，唉，没了。

啊？没了？……

那个谁谁哩？

他也没了。

他也没了？怎么他也没了？……

还有那个，那个什么来着？

我给您这么说吧：当年你认识的那几个乡亲，有一半都不在了。

是吗？哎呀！哎呀！竟然有一半都不在了……

二十年了，哪敢想今天又见面哩！

不该没的没了，该有的可也来了：看看您这帮孩子！当年咱分手的时候，您还是没结婚的毛头小子，如今，喜人呀，儿女都排成行了，还一个个都懂事知礼，将来有福享呀。问我从哪里来吗？——我还没来得及把话说完，孩子们就被支使走了。摆酒的忙去摆酒，割韭菜的去割韭菜。不必这样忙活，何况天还正在下雨……

新米饭煮出来了，黄白相间，又好看，又好吃。您一面感叹，一面相劝，我们共同连连举杯，好家伙，一气干了十杯！心相印，感情深，酒逢知己千杯少，越喝越显有精神……

所谓情深意长。

所谓情真意切。

李白的诗有仙气，杜甫的诗接地气。这首《赠卫八处士》尤其如此。这里，我之所谓地气者，其实就是人气，即人民群众也就是普通老百姓之气。而所谓普通老百姓之气，就是普通老百姓的生活和真实思想感情。

想到了杜甫的《客至》一诗，跟《赠卫八处士》诗写自己做客相反，《客至》诗是写他接待客人——

舍南舍北皆春水，但见群鸥日日来。
花径不曾缘客扫，蓬门今始为君开。
盘飧市远无兼味，樽酒家贫只旧醅。
肯与邻翁相对饮，隔篱呼取尽馀杯。

该诗，特别是最后两句，虽出人意表，异峰突起，堪称神来之笔，但必定又是对于当时真实情况的描摹，充分反映出作者与邻人之间那种和谐融洽的关系和纯朴真诚的感情。换言之，也是接地气的佳作。

杜甫的诗好有多方面的内涵。就中根本之点，照我想来，就是接地气。

杜甫被誉为诗圣，相信其根本原因也是在于他的诗接地气。

白帝彩云费琢磨
——读李白《早发白帝城》

◆原文

早发白帝城[1]

朝辞白帝彩云间，千里江陵一日还。[2]

两岸猿声啼不住[3]，轻舟已过万重山。

◆注释

[1]早：早上；早晨。发：出发；启程。白帝城：古城名。故址在重庆奉节县东瞿塘峡口。

[2]朝：早晨。辞：告别，辞别。江陵：今湖北省江陵县。还：返回。

[3]啼不住：不停地鸣叫。

◆今译

早晨从彩云缭绕的白帝城辞行，一天就回到了千里之遥的江陵。

长江两岸上的猿猴不停地叫唤，水急舟轻抛下高山峻岭千万重。

◆翕斋语语

据载，天宝十四年（755年）安史之乱爆发，作为一个流浪诗人，李白时刻关心着局势的发展，希望能为平定叛乱做出贡献，但却无处效力，只好暂隐庐山屏风叠。唐玄宗在奔蜀途中，令永王李璘领四道节度使，镇江陵，经略南方军事。永王水军东下到达浔阳，征召李白入幕。李白因政治上一再受挫，开始曾有犹豫。永王三次下书相邀，李白终以"誓欲清幽燕"为念，下庐山入了永王幕府，殷切期望永王能完成平乱大任，自己则以谢安相比。此时李亨已即位为肃宗，他令李璘速回蜀中。李璘不从，肃宗遂派兵讨伐。两军交战，永王军队失败。李白便因"从璘"被囚狱中，虽经宋若思等人营救，最终还是被判长流夜郎。经过十五个月的长途跋涉，李白来到白帝城。因关中大旱，朝廷发布大赦令，李白才重获自由。于是有此《早发白帝城》之作。

"朝辞白帝彩云间，千里江陵一日还。"李白早晨在彩云缭绕的白帝城告别，仅仅一天工夫，就返回到千里之遥的江陵了。他是什么时候得闻大赦令的？又是怎么告辞和向谁告辞的呢？这些都没有提及，反正就是调转船头顺流而下了。极度喜悦的心情，像彩云一样灿烂；难以言传的痛快，只有一日千里的飞腾可以比拟。

"两岸猿声啼不住，轻舟已过万重山。"全诗第二句写了已经返回到江陵，这两句又追述一日千里的途中所闻和所见。猿猴鸣叫不已，当然不是说的一只猴子，而是沿岸众多的猴子都在鸣叫。这在诗人听来，仿佛它们是在接力，为诗人的遇赦盛情欢呼。就在猿猴的盛情欢呼声中，诗人的一叶轻舟把重重叠叠的千万重山岳抛到后头去了。这是从实处解读。探寻其中寓意，说是诗人像翻过千万重山岳一样，翻过了"长流夜郎"的苦难，应该也可以吧。

李白素有大志。白帝遇赦，他仍欲有所作为，他的高兴是不言而喻的。明明是写高兴，明明是写欢欣，但于字面上却不着一字。他就是提供典型环境中的典型形象。读者正是从一连串诉诸视觉和听觉的形象中，感受到他的非同一般的惊喜，欢欣，庆幸，激动，也许还有对于未来前程的乐观希冀，这比他说一百个"今儿个我真高兴"所传达的意蕴要丰富得多。王国维先生有谓："昔人论诗词，有景语、情语之别。不知一切景语皆情语也。"《早发白帝城》一诗，句句都在写景，句句都既是景语也是情语，可谓"一切景语皆情语"的不朽典范。

还有一个问题："朝辞白帝彩云间"，"彩云"指的什么？以我有限的眼界为据，人们大都理解为"绚丽的云彩"，也就是"彩霞"。当曙光初灿的时候，李白在白帝城是可以看到彩云的。然而早晨的彩云，一定是在东方的天空，李白既然是辞别白帝城东下江陵，那他当然是前往彩云缭绕的东方。前往彩云缭绕的东方，怎么好说是"朝辞白帝彩云间"呢？如果换一下方向，改朝辞而东行为朝辞而西行，才合乎逻辑。莫非李白掉（转）了向了？

也许"彩霞"一词另有所指？

众所周知，"落霞与孤鹜齐飞，秋水共长天一色"，乃王勃《滕王阁序》中的名句。关于"落霞"一词，我是一向理解为"晚霞"来着。忽见报纸有载，曰："宋人吴曾在其《能改斋漫录·辨霞鹜》一文中写道：'落霞非云霞之霞，盖南昌秋间有一种飞蛾，若今所在麦蛾是也。'原来，当时的南昌地区八九月间，田野里活动着一种飞蛾，数量极多，在江上飞舞时，纷纷坠落水中，引得江鱼群游争食。当地人管这种飞蛾叫'霞蛾'，简称为'霞'。'霞蛾'纷坠如雨，也引得野鸭（鹜）游来争食，于是便出现了'落霞与孤鹜齐飞'的奇异场景和壮观画面。"

这样解读"落霞"，不仅大煞风景，恐怕也很难说就一定符合王勃的原意吧。不过，这毕竟也是一说。尽管我在读到此说之前，曾有幸前往白帝城，还询问了当地的一位人士："白帝城一带有没有什么地方名叫'彩云'？"得到了否定的回答。但在读到此说之后，我又想到：仅凭一位当地人士的否定回答，难道就可以信为定论吗？

愿方家不吝赐教。

才高德隆慕蜀相
——读杜甫《蜀相》

◆原文

蜀　相[1]

丞相祠堂何处寻，锦官城外柏森森。[2]

映阶碧草自春色，隔叶黄鹂空好音。[3]

三顾频烦天下计，两朝开济老臣心。[4]

出师未捷身先死，长使英雄泪满襟。[5]

◆注释

[1] 蜀相：指蜀国的丞相诸葛亮。

[2] 丞相：古代辅佐君主的最高行政长官。祠堂：旧时祭祀祖宗或先贤的庙堂。寻：找寻。锦官城：城名。故址在今四川成都南。成都旧有大城、少城，少城古为掌织锦官员之官署，因称锦官城，后用作成都的别称。森森：树木繁密貌。

[3] 映阶：映照台阶。自：自然；当然。春色：春天的景色。隔叶黄鹂：隐身在树叶后边的黄鹂。黄鹂乃鸟名，身体黄色，自眼部至头后部黑色，嘴淡红色。鸣叫的声音很好听。空：徒然；白白的。好音：悦耳的声音。

[4] 三顾：指汉末刘备三次往隆中访聘诸葛亮。频烦：频繁。天下计：安定天下的计策。两朝：指前后两个君主统治的两代王朝，此处指诸葛亮辅佐刘备和刘禅两朝。开济：开创并匡济。老臣心：老臣的耿耿忠心。

[5] 出师未捷身先死：据载，蜀汉刘禅建兴十二年（234 年），诸葛亮出师伐魏，

由斜谷出据五丈原，不幸病死军中。英雄：这里应该是指无私忘我，为人民利益英勇奋斗的人。

◆今译

 诸葛丞相的祠堂到哪里去访寻？就在锦官城外那片繁密柏树林。
 草青青映台阶春色好无人欣赏，黄鹂鸟树叶间转歌喉寂寞鸣吟。
 刘玄德三顾茅庐得闻天下大计，开国匡济前后两朝显耿耿忠心。
 出征讨敌尚未得胜利以身殉国，永远使仁人志士追怀泪满衣襟。

◆蓊斋语语

 该诗大约是在唐肃宗上元元年（760年）春天，杜甫初到成都拜谒武侯祠后写成。

 我读杜甫的这首《蜀相》，想到作者在其他篇章中对诸葛亮的咏赞。比如，《八阵图》："功盖三分国，名成八阵图。江流石不转，遗恨失吞吴。"比如，《咏怀古迹五首（其五）》："诸葛大名垂宇宙，宗臣遗像肃清高。三分割据纡筹策，万古云霄一羽毛。伯仲之间见伊吕，指挥若定失萧曹。运移汉祚终难复，志决身歼军务劳。"

 显而易见，杜甫对于诸葛孔明先生，有着非同一般的钦敬和仰慕之情。我的视野有限，不知道除诸葛孔明外，杜甫是否对其他人也曾这样反复推崇并推崇到这样的高度。即使还有的话，至少是就其影响力而言，乃相形见绌。

 原因何在？

 其一，诸葛孔明确有光芒四射的人格魅力。

 按照蔡元培先生的解释，所谓健全的人格，应有四育，即体育、智育、德育、美育。就诸葛孔明而言，他的人格魅力中，最为人所乐道的，就是令人望尘莫及的智慧。

想当初——用我小时候一位乡亲的话说——枭雄刘备，"像没头的苍蝇，东也撞崖，西也碰壁，不得烟抽，老是受气"，首要之点，就是缺少一条高瞻远瞩之经营天下的大计策。所幸诸葛亮有，而且告别隆中帮助他具体落实。所以，"三顾茅庐"以后局面就大变了：终成天下鼎足之势。还是用我乡亲的话说，刘备"三顾茅庐哭来了诸葛孔明，就等于哭来了江山"。这样的说法，难免有夸大诸葛亮个人作用之嫌，不去管它也罢。要而言之，诸葛亮的个人智慧起了很大的作用。

在令人望尘莫及的智慧之外，便是令人高山仰止的道德。

白帝城刘备托孤时有言："君才十倍曹丕，必能安邦定国，终定大事。若嗣子可辅，则辅之；如其不才，君可自为成都之主。"诸葛孔明之才较曹丕有十倍之多，较刘禅当然更大大的不成比例了。换了别人，刘禅的陋劣正是天赐良机，没有刘备的"圣谕"，也会编造谣言，假惺惺或气汹汹地取而自代，更况有"圣谕"哉！

诸葛孔明偏就不是这样，尽管"圣谕"在握，刘禅又扶不上南墙，但是他除了忠心耿耿鞠躬尽瘁之外，还是忠心耿耿鞠躬尽瘁。诚然是儒家思想主导的结果。但那是在封建社会，儒家思想是统治思想，我们不能苛求古人。更不要说，"民维邦本"的理念，也是儒家思想的要义。在诸葛孔明的心目当中，忠于君主和胸怀天下苍生，两者统一。

回看历史，才智超拔者不乏其人，但在德的方面不能跟诸葛孔明比；道德高尚者不乏其人，但在智的方面不能跟诸葛孔明比。智高德隆集于一身而达到诸葛孔明这样高度的，真不知还有谁人。"万古云霄一羽毛"，诚哉是言。

其二，杜甫以诸葛孔明为自己的榜样。

杜甫是有着宏大政治抱负的人。如果说他对自己的人生期许有其榜样的话，我相信那就是诸葛孔明。换言之，他非常想做诸葛孔明那样的大智大勇者，那样的忠臣贤相，那样的政治家军事家，建功立业，名垂青史。从这样的意义上讲，他之钦敬和仰慕诸葛孔明，乃惺惺相惜。

中国历史上灿若星河的精英人物，是我们伟大民族各具内蕴的文化符号。其中，诸葛孔明有其独特的亮色。他那令人望尘莫及的智慧，他那令人高山仰止的道德，他那堪称完美的人格形象的光耀，对于我们民族优良文化性格的形成，起着潜移默化的作用。过去是这样，现在是这样，将来也还是这样。

诸葛孔明之完美的人格形象，当然是随着历史的演进，逐步为人所知和深入人心的。在这一过程中，包括《蜀相》在内的杜甫的诗歌咏赞，有其不可磨灭的功绩。

◆原文

塞下曲[1] 六首（其二）

林暗草惊风，将军夜引弓。[2]
平明寻白羽，没在石棱中。[3]

◆注释

[1] 塞下曲：唐朝乐府歌曲的一个题目，出于汉乐府《出塞》《入塞》，歌词多写边塞战事。此诗一题作《和张仆射塞下曲》。塞下，边塞附近，亦泛指北方边境地区。

[2] 林暗：树林里光线暗淡。草惊风：草被风吹动。惊风：猛烈强劲的风。将军：古时官名。这里乃指高级将领，或是对军官的尊称。引弓：拉弓。

[3] 平明：犹黎明，天刚亮的时候。寻：寻找。白羽：指羽箭，尾部装有白色羽毛的箭。没：陷进。石棱（léng）：石头的棱角。也指多棱的石头。

◆今译

树林里黑蒙蒙风吹草摇有声，将军高度警觉连忙搭箭拉弓。
黎明时分前往寻找射出羽箭，竟然射进了多棱的石头之中。

◆翁斋语语

该诗以非常精炼生动的笔著，描摹了边防将士战地生活中有悖常识的一幕——也可以说是一则特异的战地花絮，令人过目不忘。

论者或谓：卢纶《塞下曲六首》，分别写发号施令、射猎破敌、奏凯庆功等军营生活。此诗是组诗的第二首，写将军夜猎，见林深处风吹草动，以为是虎，便弯弓猛射。天亮一看，箭竟然射进一块石头里去了。诗取材自《史记·李将军列传》。汉代名将李广猿臂善射，在任右北平太守时，就有这样一次富于戏剧性的经历："（李）广出猎，见草中石，以为虎而射之，中石没镞，视之石也。因复更射之，终不能复入石矣。"

对于这样的说法，我以为值得商榷。

不妨将《史记·李将军列传》中的有关描述，同《塞下曲六首（其二）》做个对比。

前者，首先，明确点出是李广出猎，时间是在白天，至少没说是在夜间。其次，乃因误石为虎而射，射后随即前往察看，发现箭入石中。再次，李广惊怪于箭射入石，所以引弓又射，无论如何都没能再度把箭射入石中。

后者，"林暗草惊风，将军夜引弓。"时间是在夜里而非白天。将军忽然听见树林里风吹草响，于是引弓劲射，没说以为是虎，更可能是以为遇到了敌情。"平明寻白羽，没在石棱中。"射箭之后，没有随即前往察看，第二天天亮后前往寻箭的时候，才发现射进了石头之中。就此戛然而止。

两者明显不同。

所以，我认为《塞下曲六首（其二）》，对《史记·李将军列传》中有关李广出猎的记载或有借鉴，大约是可信的，但若认定其就是取材于彼，则证据不足。卢纶曾在河中任元帅府判官，是有过军旅生涯的人，作为组诗六首中的一首，为什么不可以认为它就是发生在边防战地的另一个极富于戏剧性的故事呢？难道有了李广射箭入石的戏剧性故事，就不会再有其他人射箭入石的戏剧性故事吗？

早先我读卢纶的《塞下曲六首（其二）》，不相信箭镞真能射入石头当中，以为不过是浪漫主义的文学夸张罢了。现在我则以为，说是现实主义的文学佳作也未尝不可。理由有如下两端。

其一，速度就是力量。速高无坚不摧。在通常情况之下，谁能想象水能切割钢板呢？一次，我在电视上看到，一缕高速喷射的纤细水流，就那么看上去一点也不动声色地从钢板上走过，钢板就断为两截了，正如电锯在木板上走过。同样，假如箭镞的速度达到一定程度，为什么不可以射进石头？

其二，力量就是速度。力大速度必高。人在正常的情况下，力量是有一定的极限的。但如遭遇突然降临的特殊灾变，至少是就有些人来说，会爆发出异乎寻常的超出极限的巨大力量。一般情况下，就是猿臂善射的李广，也不能够射箭入石，所谓"因复更射之，终不能复入石矣。"在此之前，当他 "见草中石，以为虎而射之"的时候，就"中石没镞"了——连他自己也没有想到。

我相信太史公的《史记·李将军列传》中有关李广射箭入石的故事是史。

我相信卢纶《塞下曲六首（其二）》将军射箭入石的故事是实。

飞将能量乃有限

——读王昌龄《出塞》

◆原文

出　塞[1]

秦时明月汉时关，万里长征人未还。[2]

但使龙城飞将在，不教胡马度阴山。[3]

◆注释

[1]出塞：或曰乃乐府《横吹曲》旧题。该诗题目，另有标作《出塞二首》（其一）或《〈从军行〉之三》者。

[2]秦时明月汉时关：意思是说，秦汉时候明亮的月光照耀着秦汉时候的关塞要地。"秦月""汉关"为互文对举。《唐诗别裁集·王昌龄〈从军行〉之三》"秦时明月汉时关"清沈德潜注："备胡筑城，起于秦汉。明月属秦，关属汉，互文也。"长征：远地征戍、征伐。

[3]但使：只要。龙城：汉时匈奴地名，为匈奴祭天之处，后因借指匈奴。论者或谓：乃指卢龙城，在今河北省喜峰口附近，为汉代右北平郡所在地。或指代奇袭匈奴圣地龙城的汉代名将卫青。飞将：飞将军的省称。汉时匈奴对汉将李广的称呼。《史记·李将军列传》："广居右北平，匈奴闻之，号曰汉之飞将军，避之数岁，不敢入右北平。"后亦借指行动神速，骁勇善战者。不教：不使；不让。胡马：指胡人的军队。胡，古时汉民族对西北少数民族的统称。度：过。阴山：山脉名。即今横亘于内蒙古自治区中部、东北连接内兴安岭的阴山山脉。

秦汉时的明月照着秦汉时关，万里远征的军兵没有人回还。

只要飞将军李广在前方御敌，绝不让胡人的军队度过阴山。

◆翁斋语语

对于王昌龄的《出塞》一诗，论者或谓：这是一首名作，明代诗人李攀龙曾经推奖它是唐人七绝的压卷之作。清沈德潜《说诗晬语》说："'秦时明月'一章，前人推奖之而未言其妙，盖言师劳力竭而功不成，由将非其人之故，得飞将军备边，边烽自熄。即高常侍《燕歌行》归重'至今人说李将军'也。"所谓"师劳力竭"，所谓"将非其人"，显然是说该诗寓意乃在讽喻。

另有论者的看法大相径庭：这首诗写得爽朗明快，壮丽豪迈，显示出盛唐时期昂扬奋发的色彩，充溢着为国立功的荣誉感和英雄主义精神。

关于该诗内蕴的上述两种看法，我倾向于后一种。不过，对于所谓"但使龙城飞将在，不教胡马度阴山"的说法，则有不同意见。

根据《史记·李将军列传》的记述，李广个人本领很强，尤其善射。作战勇敢，也有智谋。"广廉，得赏赐辄分其麾下，饮食与士共之。""广之将兵，乏绝之处，见水，士卒不尽饮，广不近水；士卒不尽食，广不尝食。"这都是他的优点。

问题在于，就是他本领再大，优点再多，难道有他在，真就能够"不教胡马度阴山"吗？恐怕远不是这么回事。对于战争的胜负，将帅的优劣固然有重要作用，但归根结底，决定于敌我双方的综合力量对比。李广所处的时代，国家强盛，皇帝英武，将帅得人。正是在这样的情况下，"广居右北平，匈奴闻之，号曰汉之飞将军，避之数岁，不敢入右北平。"

所以，尽管李广堪称名将，也不宜把他一个人的作用估计过高，否则，难免有英雄史观之嫌。何况，李广带兵也有很大的缺点。比如说，行军没有秩序，屯驻不设警卫。以致"其将兵数困辱"。更不要说他还曾经被敌人俘虏，靠装死麻痹敌人，好不容易才跑了回来。"当斩，赎为庶人。"最后，又因在出征匈奴时失道误期自杀。

当然，像《出塞》这样的诗，既不是史，更不是科学论文。如果认为在诗人那里，所谓"但使龙城飞将在，不教胡马度阴山"，只是在运用典型化的手法来表情达意，那么李广已经不是本来意义上的李广，而是一个典型化了的形象，还不仅仅是一个典型化了的边防将领的形象，更是整个国家之强大国防的象征形象。只是，从上述"将非其人"之议来看，似乎并不是这样解读。

顺便说及，就人性而论，我以为李广是有很大缺陷的。一者，他残忍。他曾任陇西太守，羌人造反，他诱而使降。降者八百多人，他"诈而同日杀之"。其二，他阴狠。他在"赎为庶人"当普通老百姓的时候，一次夜出打猎，回来时路过霸陵亭，已经喝醉了酒的霸陵尉不让他走，说的话也不大好听。不久，皇帝召拜李广为右北平太守，李广竟然"请霸陵尉与俱，至军而斩之。"多大点儿事呀，李广竟如此记恨在心，睚眦必报，而且还是采取这样的手段。"李广难封"，理有固然，哪里是什么"数奇"不"数奇"呀。总而言之，我以为不应该对李广过多地大唱赞歌。

奇想突发落银河
——读李白《望庐山瀑布》

◆原文

望庐山瀑布^[1]

日照香炉生紫烟，遥看瀑布挂前川。^[2]
飞流直下三千尺，疑是银河落九天。^[3]

◆注释

[1]庐山：山名。在江西省九江市南，耸立于鄱阳湖、长江之滨。又名"匡山""匡庐"。相传周有匡姓兄弟结庐隐居于此，故名。瀑布：从山壁上或河身突然降落的地方倾泻而下的水流。远看如挂着的白布。

[2]香炉：指庐山香炉峰，奇峰突起，状似香炉，峰顶水气郁结，云雾弥漫，如香烟缭绕，故名。附近多瀑布，为庐山胜景之一。紫烟：山谷中紫色的烟雾。前川：一作"长川"。川，此处指瀑布。

[3]疑：好像是。银河：晴天夜晚，天空出现的银白色的光带。银河由大量恒星构成。

◆今译

太阳照耀香炉峰紫烟冉冉，远望瀑布悬挂在山前平川。
流水飞腾三千尺高空顷泻，好像是九天银河飘落人间。

◆ **蓊斋语语**

　　李白《望庐山瀑布》诗有两首，这是第二首。第一首五言二十二句，远不如七言四句的第二首更为人熟知。

　　"日照香炉生紫烟，遥看瀑布挂前川。"第一句是写瀑布的背景：状似香炉的奇峰，水气郁结，云雾弥漫，阳光照耀，紫烟升腾，仿佛在给上苍敬香。第二句则是点题：作者远望之下，就看见在香炉峰的附近，一条巨大的瀑布悬挂在山前的平川之上，无比瑰丽神奇。这两句都是写实，乃眼前所见之景。"日照"句是动态的实景，"遥看"句是静态的实景——实际情况当然也是动态，远远望去则是一副静态的画图。

　　"飞流直下三千尺，疑是银河落九天。"第三句是对挂在"前川"的瀑布的进一步具体描摹：高空三千尺，飞流往下顷。跟前两句不同，这一句是近望所见的景象。近望所见自然有别于远望，所谓"欻如飞电来，隐若白虹起""仰观势转奇，壮哉造化功"（见《望庐山瀑布》第一首）。于是，感情激荡，悟性高张，灵感降临，奇想突发，就有了"疑是银河落九天"之神来绝唱。"飞流"句也是写实，乃动态的实景。"疑是"句则不是实景，而是作者的虚拟，是想象中的动态之景。

　　该诗境界阔大，气象瑰丽，或动或静，或实或虚，衬托渲染，比喻夸张，烟水交并，天地相接，音节嘹亮，朗朗上口，读一遍两遍就记住了。

　　"诗言志，歌永言。"人们读诗，总要寻求它的内蕴。那么，李白这首《望庐山瀑布》，"言"的是什么"志"呢？

　　小时候我在语文课堂上，听老师讲这首诗，说，诗人热爱祖国的大好河山，表现了他的爱国主义精神。那么，按照老师的说法，该诗所"言"之"志"，就是爱国了。

　　江山多娇，英雄折腰。诗人尤其如此。祖国由河山组成，河山是祖国的河山。生于斯，长于斯，诗人之热爱河山，同热爱祖国理应是完全一致的。这里，我想强调这样一点，即，诗人之为诗人，对于大自然的美好景观和

蓊斋赏诗

人世间的美好事物，有着更强的敏感性，因而更善于发现其中的美，而且能够运用多种多样的艺术手段，集中而精炼地表现出来，使读者有身临其境之感，获得美的享受，受到美的熏陶。

是不是可以这样认为，即，艺术的真谛是真善美。就真和善与美的关系而言，真、善是美的基础和条件，没有真、善就谈不到美，美则是真、善的和谐与统一。唯其如此，我说，美育对一个人健全和美好人格的形成，有着重要的意义。如果说，作为美的极至的唐诗宋词是美育的最佳教材的话，那么，李白的《望庐山瀑布》当然是最佳篇什之一。

推敲委实费推敲
——读贾岛《题李凝幽居》

◆原文

题李凝幽居 [1]

闲居少邻并，草径入荒园。[2]

鸟宿池边树，僧敲月下门。[3]

过桥分野色，移石动云根。[4]

暂去还来此，幽期不负言 [5]。

◆注释

[1] 题：书写；题署。李凝：不详其人。幽居：僻静的居处。

[2] 闲居：闲静的住所，或谓人独居。邻并：邻居。草径：野草遮掩的路径。荒园：荒野之处或偏僻之处的园林。

[3] 宿：住宿；过夜。僧：一般指出家修行的男性佛教徒，通称和尚。

[4] 分：分开。辨别；区别。分明；清楚。野色：原野或郊野的景色。移石：石头移动。云根：深山云起之处。或曰云脚。

[5] 幽期：隐逸之期约；隐秘或优雅的约会。不负言：不背弃约言。

◆今译

一处闲静的住所没有邻居，草掩的小路通向荒凉林园。

僧人轻敲月光照耀的大门，鸟儿栖宿在池塘边的树端。

过了桥是一片原野的景色，云气飘移恍若挪动了山岩。

现在暂时离去我还会再来，不会背弃曾有的隐逸约言。

◆ 翁斋语语

审视诗题，读罢全诗，乃知此诗系作者于走访友人李凝不遇后所作，并且题在居处的墙上或别的什么地方——其实就等于留言。

一条野草遮掩的小路，通向一处僻静的园林。一座宁静的住所，四周没有邻居。诗人——一度为僧——来到这里，举手敲了敲月光照耀下的大门，没人应声，却惊动了树端夜宿的鸟儿。走在返回的路上，过了一座小桥，便是景色迥异的平野，举目远望，恍若山石在动，实乃云脚飘移。现在我离去改日再来，不会违背已经说好的隐居的约定。

从诗题看，既然已经写在了友人住处的墙上或住处的别的什么地方，怎么又说起回来的时候"过桥分野色，移石动云根"来了？照我想来，这两句乃诗人来时所见的景象。另外，诗的首联两句，从诗人的行进过程看，应该是"径"在前，"居"在后；颔联两句，从诗人的行为和观察看，应该是"敲"在前，"鸟"在后。

"鸟宿池边树，僧敲月下门。"是为人们所乐道的名句。这两句之所以为人乐道，是因为造就了一个词语："推敲"。

《汉语大词典》释"推敲"曰：后蜀何光远《鉴诫录·贾忤旨》有谓：一天，贾岛骑在驴上吟得两句诗："鸟宿池边树，僧敲月下门。"开始想用"推"字，又想换成"敲"字，踌躇未定，就在驴上做做"推"的手势，又做做"敲"的手势。路人惊讶，贾岛自己却完全处于忘情的状态之中，以致影响了京兆尹韩愈车驾的行进，被人带到韩愈面前。问其所以，贾岛说道："偶得一联，吟安一字未妥，神游诗府，致冲大官，非敢取尤，希垂至鉴。"韩愈立马思之良久，谓贾岛曰："作'敲'字佳矣。"后因以"推敲"指斟酌字句，亦泛谓对事情反复考虑。

究竟"推"字和"敲"字哪一个更好，不仅贾岛专心琢磨、极度沉浸而至于忘情，就是韩愈也立马思之良久，方才做出判断，可见两个字的佳与不佳或佳大佳小，差别并不明显。韩愈认为"作敲字佳"，可惜没说佳在何处。

为了说明"敲"字比"推"字要好，论者或谓：皎洁的月光下面，僧人的一阵轻微敲门声，就惊动了宿鸟，引起鸟儿一阵躁动，甚或一度从窝中飞出。作者抓住这一瞬即逝的景象，刻画了环境的幽静，响中寓静。倘用"推"字，就没有这样的艺术效果了。

在我看来，这样说或许不无道理，然而也有可推敲之处。敲门当然会有声响，推门难道就没有响声吗？一般说来，那也是有的。在推不开的时候，会因用力大小不同而有或大或小的门与门框及门插与门的撞击声，推得开的时候，则会有"吱扭扭"的响声了，也能惊动宿鸟，响中寓静。还有，人们寻访友人，就"推门""敲门"而言，是不是有这样的区别：凡关系亲密无间的，往往伸手就推，不然，则大抵举手轻敲。所以，如果用"推"字的话，倒更能显得诗人与寻访不遇的友人之间关系更亲密些。

话说回来，当初诗人来到友人的门前，他实际上是伸手推门来着，还是举手敲门来着，或推了又敲，要么敲了又推？要是前两种情况，按说照实写出就行，要是后两种情况，琢磨就不可避免。但作诗总归是作诗，就算实际情况诗人是推门而没有敲门，或者是敲门而没有推门，他也完全可以改"推"为"敲"或改"敲"为"推"，无须拘泥。何况，按照《鉴诫录·贾忤旨》的说法，诗人是骑在驴上吟得"鸟宿""僧敲"两句的。那么，他于李凝居处的题诗，至少是"鸟宿""僧敲"两句，就并非现作而是早有的了。或许，就因为他先有了这两句诗，踌躇未决时由韩愈敲定，自己感觉颇佳，才特意补了其他六句，跑到李凝的居处题了上去。这样的话，诗人是不是真的推门或敲门来着，也是一个问题。凡此种种，实际情况如何，我们不得而知。总而言之，该诗不说别的，单是能让人作上述种种推想，就应该说挺有意思。

如果说还想再说点别的什么的话，那就是贾岛作诗的推敲精神，我以为值得学习。贾岛是有名的苦吟诗人，其骑驴推敲的典故就是例证。就文章诗歌而言，妙手偶得的佳作当然也有，但是不多。一般来说，佳作都是反复琢磨、不厌推敲的结果。由贾岛这个富于推敲精神的典型，我们可以想见唐人对于诗歌的那种非同一般的痴迷。唐诗之所以能成为我国诗歌的高峰，绝非偶然。

山中人正悔读书
——读孟郊《游终南山》

◆原文

游终南山

南山塞天地，日月石上生。[1]

高峰夜留景，深谷昼未明。[2]

山中人自正，路险心亦平。[3]

长风驱松柏，声拂万壑清。[4]

即此悔读书，朝朝近浮名。[5]

◆注释

[1]塞：充塞；充满。生：产生；出现；升起。

[2]景：同"影"，亮光；日光。一作"日"，太阳。昼：白天。

[3]正：直，不弯。平：平和；宁静。

[4]长风：大风；远风。驱：驱赶。拂：掠过；轻轻擦过或飘动。壑：山谷；坑地。

[5]即此：就此；只此。朝朝：天天；每天。浮名：虚名。

◆今译

终南山塞满了天地之间，太阳月亮从石头上跃升。

夜色降临峰巅还有光亮，天已亮深谷仍黑咕隆咚。

蕘斋赏诗

人在山中腰身自然直立，道路险阻心里也很平静。

大风驱赶着松树和柏树，声音清越掠过万千谷峰。

就此我后悔读书求仕进，天天受累于无用的虚名。

◆翁斋语语

在诗坛孟郊与贾岛齐名，两人都以"苦吟"著称，他们的诗风被称为"郊寒岛瘦"。韩愈称赞孟郊的诗，曰："横空盘硬语，妥帖力排奡。"论者以为这首《游终南山》是体现这种特点的代表性作品。

"横空"，即横亘天空。"盘"，即垒；砌。"硬语"，即刚劲有力的语言。"妥帖"也者，稳妥、合适之谓。"排奡"，指刚劲有力。仅仅是刚劲有力，如果不够妥帖，那叫生硬。孟郊的诗则既刚劲有力，又颇为妥帖，这评价不低。顺便说及，在我看来，韩愈的这个赞语，也很有"横空盘硬语"的味道。

就孟郊的《游终南山》而言，所谓刚劲有力，我以为主要体现在前两句里头，或曰以前两句为最。

"南山塞天地，日月石上生。"瞧瞧，广袤空阔的天地之间，竟然被终南山给塞得满满当当了。不是装满的，不是填满的，而是一点缝隙不留地塞满的。太阳和月亮这两个天空中看上去最大的天体，不是人们习焉惯见的所谓从山顶冉冉升起，也不是从山的背后慢慢爬了上来，而是从石头上硬生生地生了出来。

如此这般，是事实吗？当然不是事实。然而，这是作诗，写的是诗人的感觉。诗人来到山中，当他身处四面环绕的绝壁之下，周遭尽皆山体，举目不见天日，便觉得天地之间除了大山而外没有别的。当他在山里经历了晨昏交替，尽管他知道太阳月亮的升起，是在山外十万八千里之遥的什么地方，但是从山的这边望去，却宛然由山峰或峰间的石头上生了出来。总而言之，诗人所作之上述描摹，事实不是这样，作诗可以这样，这就是文学的特点和魅力。

如果说前两句是写终南山的整个山体之巨，那么，"高峰夜留景，谷深昼未明"两句，就是状终南山的峰高与谷深了。由这两句，可以体味诗人的观察入微和造语警策，令人想到了王湾的千古绝唱："海日生残夜，江春入旧年"。至于力度，就难说有多大了。

另外，"长风驱松柏，声拂万壑清"两句里的"驱"字和"拂"字，应该说还是有一定的力度的。

关于"山中人自正，路险心亦平"两句，论者或谓，"中"是"正"的同义语。山"中"而不偏，山中人"正"而不邪；因山及人，抒发了赞颂之情。"险"是"平"的反义词，山中人既然正而不邪，那么，山路再"险"，心还是"平"的。以"路险"做反衬，突出地歌颂了山中人的心地平坦。赞美山中的人正心平，就意味着厌恶山外的人邪心险。

对于这样的解读，我有疑问：所谓"山'中'而不偏"，是就横里下而言，还是就竖里下而言？或既就横里下而言，又就竖里下而言？何以山不偏人就"'正'而不邪"呢？为什么山中人"'正'而不邪"，就"山路再'险'，心还是'平'的"呢？就中逻辑何在？

照我想来，所谓"山中人自正"，"正"者，直也，不弯曲。意思也许是说，诗人来到山中，逃离了官场，无须再低眉顺眼、弯腰曲背地面对上司，可以自由自在地把腰直起来，痛痛快快地喘气了。所谓"路险心亦平"，"平"者，平和也，宁静也。意思也许是说，诗人在山里行走，纵然道路险阻，心情也不忐忑，或者，说得准确一点，是人在山路上行走，纵然道路险阻，怕有危险，也跟身处官场的心情忐忑不同：无须察言观色，忧谗畏讥，患得患失。于是感慨顿生："即此悔读书，朝朝近浮名。""即此"之"此"，就是诗人在山里山外身心感受迥然不同的这种明显的对比。

诗人之所谓"悔读书"，我以为是一句牢骚话，反映的是怀才不遇的愤懑，而不是真的后悔自己读了书。一个读书人，是永远也不会真正后悔自己误入了读书的所谓"歧途"的。

鸡声茅店话早行

——读温庭筠《商山早行》

◆原文

商山[1]早行

晨起动征铎，客行悲故乡。[2]

鸡声茅店月，人迹板桥霜。[3]

槲叶落山路，枳花明驿墙。[4]

因思杜陵梦，凫雁满回塘。[5]

◆注释

[1]商山：山名。在今陕西商洛市。亦名商岭、商阪等。

[2]动：振动。征铎（duó）：远行车马所挂的铃。客行：离家远行，在外奔波。悲故乡：思念故乡。

[3]声：声音；声响。作声；出声。茅店：茅草盖成的旅舍。迹：脚印；足迹。蹈。板桥：木板架设的桥。

[4]槲（hú）：木名。即柞栎。落叶乔木。叶互生，略成倒卵形，可饲养柞蚕。枳（zhǐ）：木名。也称枸橘、臭橘。落叶灌木或小乔木。木似橘而小，茎上有刺，春生白花，至秋成实，果小，味酸苦不能食，可入药。成条种植可做篱笆。明：使……照亮。驿墙：驿舍的围墙。

[5]因：就；于是。因而；因此。思：回想。杜陵梦：指梦中的故乡。凫（fú）雁：野鸭与大雁，有时单指大雁或野鸭，也指鸭与鹅。回塘：环曲的水池。

◆今译

清晨起来车马响铃声，奔波在外满怀故乡情。

鸡鸣不已晓月照茅店，人踏板桥留迹浓霜中。

槲叶落满崎岖山间路，枳花辉映驿舍墙壁明。

不由回想梦中故乡景，凫鸭畅游回塘水清清。

◆蓊斋语语

读温庭筠这首《商山早行》，总能让人想起小时候在农村时晨起早行的类似经历。就中三四两句："鸡声茅店月，人迹板桥霜"，尤其脍炙人口。据载，梅尧臣曾经对欧阳修说：最好的诗，应该"状难写之景如在目前，含不尽之义见于言外"。欧阳修请他举例说明，他便举出"鸡声茅店月，人迹板桥霜"两句，和贾岛的"怪禽啼旷野，落日恐行人"两句，并反问道："道路辛苦，羁旅愁思，岂不见于言外乎？"（《六一诗话》）

论者指出：李东阳在《怀麓堂诗话》中分析"'鸡声茅店月，人迹板桥霜'，人但知其能道羁愁野况于言意之表，不知二句中不用一二闲字，止提掇出紧关物色字样，而音韵铿锵，意象具足，始为难得。若强排硬叠，不论其字面之清浊，音韵之谐舛，而云我能写景用事，岂可哉！"

论者据以指出："音韵铿锵""意象具足"是一切好诗的必备条件。李东阳把这两点作为"不用一二闲字，止提掇出紧关物色字样"的从属条件提出，很可以说明这两句诗的艺术特色。所谓"闲字"，指的是名词以外的各种词；所谓"提掇出紧关物色字样"，指的是代表典型景物的名词的选择和组合。这两句诗可分解为代表十种景物的十个名词：鸡、声、茅、店、月，人、迹、板、桥、霜。虽然在诗句里，"鸡声""茅店""人迹""板桥"都结合为"定语加中心词"的"偏正词组"，但由于做定语的都是名词，所以仍然保留了名词的具体感。例如"鸡声"一词，"鸡"和"声"结合在一起，不是可以唤起引颈长鸣的视觉形象吗？"茅店""人迹""板桥"，也与此相类似。

论者进而指出：古时旅客为了安全，一般都是"未晚先投宿，鸡鸣早看天"。诗人既然写的是早行，那么鸡声和月，就是有特征性的景物，而茅店又是山区有特征性的景物。"鸡声茅店月"，把旅人住在茅店里，听见鸡声就爬起来看天色，看见天上有月，就收拾行装，起身赶路的许多内容，都有声有色地表现出来了。同样，对于早行者来说，板桥、霜和霜上的人迹也都是有特征性的景物。作者于雄鸡报晓、残月未落之时上路，也算得上早行了；然而已经是"人迹板桥霜"，这真是"莫道君行早，更有早行人"啊！

在我看来，这样解读或者也可以吧，但又觉得还可以有别样的解读。

李东阳所谓"闲字"也者，不知究竟何指。比照词典以"无关紧要的文字"解释"闲文"一词，那么，"闲字"一词，应该就是指无关紧要的字眼了。如果这样理解不错，那么，所谓"不用一二闲字"，跟"止提掇出紧关物色字样"是一个意思，即字字都有其不可或缺的实在意义。而上述论者却把"闲字"等同于"名词以外的各种词"，把"提掇紧关物色字样"等同于"代表典型景物的名词的选择和组合"。于是，在名词、动词、形容词、副词、虚词等大家庭里，就只有名词不是"闲字"了。就因为这两句诗都是由名词写就，所以才能够"写早行情景宛然在目，确实称得上'意象具足'的佳句"。

不管论者对李东阳所谓"闲字"的解读，是不是符合后者的原意，我都感到很值得商榷，不去说它也罢，想说的是这样一点，即相较于把诗中的"声"字解读为名词，也就是鸡鸣的声音，我更愿意解读为动词：鸣，就是鸡鸣，或者鸡叫，或者鸡啼；相较于把诗中的"迹"字解读为名词，也就是人行的足迹，我更愿意解读为动词：踏，就是人踏，或者人踩，或者人践。词典解"声"，其义项既有作名词用的"声音""声响"，也有作动词用的"作声""出声";词典解"迹",其义项既有作名词用的"脚印""足迹",也有作动词用的"蹈"等,而"踩"和"践踏"则都是"蹈"的义项。将"鸡声茅店月"解读为鸡鸣(或者鸡叫或者鸡啼)茅店月,鸡鸣(或者鸡叫或者鸡啼)自然有声,将"人迹板桥霜"解读为人踏(或者人踩)板桥霜,人踏(或者人踩)自然有迹,因为有了动词而不是单纯名词的堆叠,无论从词章结构还是从诗的意蕴上看,都显得更为活脱或曰更加灵动些。

另外,我还认为,"人迹板桥霜"一句中的"人",应该解读为诗人自己,"板桥霜"上的"脚印"或曰"足迹",乃是诗人早行所留。这样解读,才与诗题《商山早行》中的"早行"之义吻合。人家的诗题明明是《商山早行》,论者却偏对诗人说:"莫道君行早,更有早行人",岂不是等于说,原题应改一改了?

记得小时候我在农村老家,一个雪后的日子,几个同上小学的院中伙伴在一块论文。一位哥哥吟咏了不知从何处看到的一副对联,曰:"黄狗过雪桥,朵朵梅花落地;乌鸦飞霜院,张张竹叶朝天。"大家都以为很好。这副对联中,也有桥、有霜、有"迹",不知与温庭筠的《商山早行》是否有"化"的关系。

秋光不碍诗情高
——读刘禹锡《秋词二首（其一）》

◆原文

秋词二首[1]（其一）

自古逢秋悲寂寥，我言秋日胜春朝。[2]

晴空一鹤排云上，便引诗情到碧霄。[3]

◆注释

[1] 秋词：关于秋天的诗作。

[2] 逢：遇到。悲：哀伤；悲叹。寂寥：零落萧条。秋日：秋天。春朝：春天的早晨。也泛指春天。

[3] 排云：冲破云层。诗情：作诗的情绪、兴致。碧霄：青天。

◆今译

自古以来人们总哀伤秋天的悲凉，我倒要说秋天的风光比春天更好。

一只白鹤在晴朗的天际排云而上，把人作诗的情怀引向了碧空云霄。

◆翁斋语语

诗人所谓"自古逢秋悲寂寥"，大抵是就古时的知识分子而言。至于广大劳动人民又特别是农民，秋天对他们来说是收获的季节，除非灾荒歉收，何悲之有？在知识分子当中也有并不悲秋的，譬如魏武帝曹操，其《观沧海》一诗曰：

> 东临碣石，以观沧海。
> 水何澹澹，山岛竦峙。
> 树木丛生，百草丰茂。
> 秋风萧瑟，洪波涌起。
> 日月之行，若出其中；
> 星汉灿烂，若出其里。
> 幸甚至哉，歌以咏志。

不去多说也罢。反正逢秋而悲的人确实不少，其中应包括那些为赋新词强说愁者。

诗人接下去写道："我言秋日胜春朝"——别人悲秋，我独不悲。不但不悲，而且觉得秋天比春天还好。其实，诗人也曾悲过。请看他的《秋风引》一诗：

> 何处秋风至？萧萧送雁群。
> 朝来入庭树，孤客最先闻。

论者或谓：这首诗的头一句问，可能暗含怨秋的意思。我说：怨中难免有悲。论者又说：该诗主要表达的是羁旅之情和思归之心。"孤客之心，未摇落而先秋，所以闻之最早。""不曰'不堪闻'，而曰'最先闻'，语义便深厚。"我说：深浅固有差别，但说到底，"最先闻"可视为"不堪闻"的同义语，两者意绪无异。秋风"不堪闻"，悲愁在其中。

话说回来，无论如何，诗人在作这首诗的时候，是并不悲秋的。此一时彼一时。我相信，十有八九是有那么一天，诗人站在了一个视野开阔的地方，秋光澄澈，碧波荡漾，忽见水滨的一只白鹤，振翅腾空，排云而上，俊逸，矫健，豪迈，高蹈。诗人久久地仰望，仰望，不由得心潮涌动，意气奋张，诗情澎湃，随鹤而翔。升腾，升腾，眼前景，胸中情，心中感冲口而出："晴空一鹤排云上，便引诗情到碧霄。"然后，才补上了前边的两句。

　　诗人似乎对鹤格外钟情。他在《昼居池上亭独吟》中有句："静看蜂教诲，闲想鹤仪形。"另外，他在《鹤叹》里有句："徐引竹间步，远含云外情。"所谓"仪形"也者，既当仪容、形体讲，又当典范、楷模讲，还当效法以及行法规、做楷模讲。可见鹤在诗人心中的位置。据说，鹤是君子的化身，那么诗人之钟情于鹤，就应该是表现了他对君子人格的自我追求。《论语》有载："子欲居九夷。或曰：'陋，如之何！'子曰：'君子居之，何陋之有？'"诗人在其广为人知的名篇《陋室铭》里则说："孔子曰：何陋之有？"以此为据，我们完全可以认为，他其实是以君子人格自许的。

　　论者或谓："诗言志"，诗人直达碧霄的"诗情"，就是他的志气。我想进一步说，诗人的"诗情"亦即志气，乃君子之人的宏伟志气。按照我的理解，所谓君子之人的志气，不在乎个人之进退，一己之私利，而在乎社稷之安危，生民之福祉。一言以蔽之，是以儒家的仁德为依归的，而且"君子无终食之间违仁，造次必于是，颠沛必于是"。在时人眼中，诗人是有着宰相之才具的，为人正直，很有抱负，但因属于王叔文革新集团的重要成员，于革新运动失败后，长期遭受打击贬斥。不言而喻，他这首充盈浩然之气的《秋词（其一）》，就是一篇自我励志——君子励志或曰励君子之志——的佳作。

　　顺便说及，人生在世当立志，立志当立君子志。不过，各人具体情况不同，不能以一个标准要求。只要对社会和他人无碍，无论什么样的志向，都应该得到尊重。立志容易坚持难，尤其在受到打击、遭遇困厄或面对诱惑的时候更是这样。前人作诗以励志，后人吟诗可励志。当我们精神委顿志气不张的时候，吟诵一下像《秋词（其一）》这样的诗句，胸间会感到豁然开朗。

◆原文

自　叙[1]

酒瓮琴书伴病身，熟谙时事乐于贫。[2]

宁为宇宙闲吟客，怕作乾坤窃禄人。[3]

诗旨未能忘救物，世情奈值不容真。[4]

平生肺腑无言处，白发吾唐一逸人。[5]

◆注释

[1] 自叙：自述生平阅历志趣等。

[2] 酒瓮：盛酒的坛子，也借指酒。琴书：琴和书籍。熟谙（ān）：熟悉。时事：当时的世情。乐于：安于。

[3] 宁为：宁可成为；宁愿成为。宇宙：犹言天地，犹言天下，犹言时代。吟客：诗人。乾坤：天地。或可引申为人间世界。窃禄：犹言无功受禄。禄，官位俸禄。

[4] 诗旨：诗的意思，意蕴。救物：于世事有所补益。物，人，众人。世情：时代风气。奈值：无奈赶上、遇到。

[5] 平生：平素。肺腑：比喻内心。逸人：犹逸民，遁世隐居的人。

◆今译

　　病衰的身体由酒和琴书相伴，熟悉世态人情安于自身清贫。

　　宁愿当天地之间的清闲吟者，怕做人间世界无功受禄的人。

　　但凡作诗求对世事有所补益，无奈世道对于真话不能容忍。

　　平日里掏心的话语无处诉说，我是大唐一隐居的白发老人。

◆蓊斋语语

　　据载，杜荀鹤四十六岁中进士，出身寒微，长期落魄穷困。其部分诗篇反映了唐末军阀混战局面下的社会矛盾和人民的惨痛境遇，在当时比较突出。论者或谓：这首七律，是诗人写自己身处暗世、有志难伸、怀才不遇、走投无路的困境和内心的烦忧。

　　"酒瓮琴书伴病身，熟谙时事乐于贫。"有酒喝，有琴书做伴，显然是不愁吃穿的，这样还算得上多贫吗？看来，所谓的贫，大概是跟达官贵人相比。作者之《山中寡妇》诗曰——

　　　　夫因兵死守蓬茅，麻苎衣衫鬓发焦。

　　　　桑柘废来犹纳税，田园荒后尚征苗。

　　　　时挑野菜和根煮，旋斫生柴带叶烧。

　　　　任是深山更深处，也应无计避征徭。

　　不言而喻，这就是诗人所谓"熟谙"的"时事"的一个方面。在有着如此穷困潦倒的老百姓的社会现实下面，所谓"比上不足，比下有余"，诗人也应该"乐于贫"也就是"安于贫"了。

　　"宁为宇宙闲吟客，怕作乾坤窃禄人。"这一联的重点应该说在后一句上。照我想来，所谓"窃禄"者，情况是不相同的。别的情况不去说它也罢，这里要说的是：有的人，口念圣贤经典，心想一己富贵，当官就是冲着禄位去的，只要能保住禄位不失，剩下的仅一个字："混"。得过且过，吃喝玩乐，不谋政事，什么报效国家呀，解民疾苦呀，都是当片儿汤吆喝。更有甚者，欺上瞒下，盘剥百姓，贪赃枉法，营私舞弊，窃取禄外之财，谋求位上之位。就像诗人另一首诗《再经胡城县》中所写——

去岁曾经此县城，县民无口不冤声。

今来县宰加朱绂，便是生灵血染成。

这种情况无疑就更可恶了。

要按说，这样的"窃禄人"，只要自己不想去作恶，就可以不去作恶的。但问题是有时候事情并不这么简单。具体来说，当"窃禄人"成为一个群体，形成一种势力，有了一股气场，谁个高标自守，谁就会被视为另类，异己，反叛，眼中钉，肉中刺，必欲除之而后快。此时，唯同流合污可以自保。不然就得快躲，而且躲得越远越好。据我推测，诗人之所谓"怕"者，大概就是怕陷于这样的困境不能自拔。

"诗旨未能忘救物，世情奈值不容真。"怕作"窃禄人"，宁为"闲吟客"，好像解决了一个安身立命的矛盾。无奈又不得不面对另一个矛盾，即他之所以吟诗，虽然说是"闲吟"，实则不忘"救物"，因而也就不能无视社会的黑暗和人民的苦难，不能当没嘴的葫芦或吹歪嘴的喇叭，换言之也就是要说真话，现实却偏就是不容他说，并且竟至于不容到"众怒欲杀之"（《唐诗三百首译解》引《唐才子传》）的程度。"诗言志"，本是天经地义的事情，有时候竟成为十恶不赦的罪行，岂非咄咄怪事。王朝末世怪事多，这是其中之一。

"平生肺腑无言处，白发吾唐一逸人。"世情不容真话，肺腑之言难吐。对于诗人而言，尤其是像杜荀鹤这样的正直诗人而言，大唐再大，也差不多等于没有立身之地了——只好遁世隐居。

杜荀鹤还写过一首题为《春宫怨》的诗——

> 早被婵娟误，欲妆临镜慵。
> 承恩不在貌，教妾若为容。
> 风暖鸟声碎，日高花影重。
> 年年越溪女，相忆采芙蓉。

论者指出：此诗以"风暖""日高"二句饮誉诗坛。故谚云："杜（荀鹤）诗三百首，唯在一联中，'风暖鸟声碎，日高花影重'是也。"

我看，"风暖""日高"两句，描摹传神，确实很好。但就思想意义而言，就不如"任是深山更深处，也应无计避征徭"，以及"宁为宇宙闲吟客，怕作乾坤窃禄人"了。

燕飞呢喃感沧桑
——读刘禹锡《乌衣巷》

◆ 原文

乌衣巷[1]

朱雀桥边野草花，乌衣巷口夕阳斜。[2]
旧时王谢堂前燕，飞入寻常百姓家。[3]

◆ 注释

[1] 乌衣巷：地名。在今江苏省南京市秦淮河南。三国吴时在此置乌衣营，以士兵着乌衣而得名。东晋时王谢等望族居此，因著闻。

[2] 朱雀桥：即朱雀桁，亦称朱雀航。六朝都城建康（今江苏省南京市）南城门朱雀门外的浮桥，横跨秦淮河上。桁为连船而成，长九十步，广六丈。东晋时王导、谢安等豪门巨宅多在其附近。花：花朵。亦指开花。夕阳：傍晚的太阳。斜：斜照。

[3] 旧时：过去，昔日。王谢：六朝望族王氏、谢氏的并称。堂：房屋的正厅。寻常：平常；普通。

◆ 今译

傍晚萧瑟的太阳斜照乌衣巷，朱雀桥边的萋萋野草开了花。
往昔栖居王谢高堂前的燕子，现在只能飞进普通百姓人家。

◆荛斋语语

据载，《乌衣巷》是刘禹锡最得意的怀古名篇之一，令白居易十分欣赏，所谓"掉头苦吟，叹赏良久"。

"朱雀桥边野草花，乌衣巷口夕阳斜。"秦淮河上的朱雀桥边长满了野草，寂寞地开着花朵。再看那相距不远的乌衣巷，夕阳斜照，冷落萧索。

"旧时王谢堂前燕，飞入寻常百姓家。"呢喃往返的燕子，过去是在王导、谢安这些名门望族之高堂前檐上栖居，现在却只能飞进普通老百姓家做巢育雏了。

就是这么简单的几句，先是朱雀桥边的花花草草，再是乌衣巷口的夕阳斜照，然后，眼光投向了飞来飞去的燕子，就像一首儿歌唱的那样，"小燕子，穿花衣，年年春天来这里"。值得注意的是，燕子飞进飞出的人家大不相同了。如此而已。

的确，就作者所写从朱雀桥边到乌衣巷口一带的景物而言，对于不了解过去情况的人们来说，真也就不过如此。对于多少了解一点过去情况的人们来说，寻常话语的背后，有着大量可以钩沉的东西。朱雀桥呀，那曾经是怎样的一座桥呢？车水马龙，冠盖相望，贩夫走卒，摩肩接踵。乌衣巷呀，那曾经是怎样的一条巷呢？深宅大院，高堂华屋，逸闻趣事，才子风流。时间的威力之大，实在无与伦比。在它面前，什么东西都经不住消磨，什么东西都不可能永驻，不过就几百年呀，当初的那些富贵威严和锦绣繁华，全都烟消云散。这就是世界，这就是历史，这就是沧桑。一切都在变化，有别之处，仅仅在于变化的方向不同罢了。

一个十分厚重的主题，就这样含而不露地表现在似乎是非常随意的几笔轻描淡写之中。

这就是炉火纯青的艺术。

这就是臻于至境的没有技巧的技巧。

诗贵含蓄。含蓄之所以贵者，乃在于难。难就难在含蓄得恰如其分亦即恰到好处。在我看来，《乌衣巷》就是含蓄得恰到好处的一个范例。

说得具体一点，虽然作者所表达的是对于世事沧桑的感慨，但其笔著却于此不着一字，而是去扫描那些与所抒之感似乎毫无关系的朱雀桥边的"野草花"，乌衣巷口的"夕阳斜"，以及更为抢眼的归飞之燕，已如上述。

如此这般，有遮掩，不直白，旁敲侧击，逶迤迂绕，"犹抱琵琶半遮面"，"烟笼寒水月笼沙"，就是我所认为的含蓄了。

而所谓含蓄得恰如其分者，就是作者将"王谢堂前"和"寻常百姓"两语对举，分别置于"燕"字和"家"字之前，遮而不严，掩而留隙，启人回忆，引动联想，使唖摸体味，得洞见底蕴，依稀曲径通幽处，"白云生处有人家"。

感怀是深沉的。文字是清淡的。语云"四两拨千斤"，此之谓也。这是含蓄的玄机。这是艺术的高妙。

就此而言，建议那些诗作太过直白，充斥标语口号，以及诗作太过朦胧，令人不知所云的作者，把《乌衣巷》当作范式，好好研究体会。

人老要活夕阳红
——读刘禹锡《酬乐天咏老见示》

◆原文

酬乐天咏老见示 [1]

人谁不顾老？老去有谁怜？ [2]

身瘦带频减，发稀冠自偏。 [3]

废书缘惜眼，多灸为随年。 [4]

经事还谙事，阅人如阅川。 [5]

细思皆幸矣，下此便翛然。 [6]

莫道桑榆晚，为霞尚满天。 [7]

◆注释

[1] 酬：诗文赠答。咏老：关于年老的咏叹。见示：给我看；告诉我。

[2] 不顾：不理会，不在意。怜：喜爱；怜悯。

[3] 带：衣带。频：屡次。冠：帽子的总称。偏：倾侧。

[4] 废书：放下书。谓中止阅读。缘：缘故。惜眼：爱护眼睛。灸：艾灸，一种中医治疗方法。此处指晒太阳。随年：随着年龄的增加而采取某种措施，此处指延长寿命。

[5] 经世：经历世事。承受，经受。谙事：熟悉事理；懂事。阅人：观看人；观察人。与人交往，结识。阅川：年华。

[6] 幸：庆幸。下此：指改变对衰老的忧虑心情。翛（xiāo）然：从容闲适。

[7] 莫道：不要说。桑榆：日落时光照桑榆树端，因以指日暮，也比喻人的垂老之年。为霞：营造彩霞。尚：犹；还。

◆今译

人谁能够不理会衰老哩，老态龙钟还有哪个喜欢？
身子消瘦衣带一减再减，头发稀疏帽子自个歪偏。
书不看了因为眼不加力，晒太阳多因为年龄增添。
经历的事多也熟悉事理，结识的人岁数一样升攀。
仔细想想应该感到庆幸，感到庆幸就能从容淡然。
不要说人老什么都晚了，有所为还可使霞光满天。

◆翁斋语语

该诗是作者在读了白居易的《咏老赠梦得》诗后所作。白诗如下——

与君俱老也，自问老何如？
眼涩夜先卧，头慵朝未梳。
有时扶杖出，尽日闭门居。
懒照新磨镜，休看小字书。
情於故人重，迹共少年疏。
唯是闲谈兴，相逢尚有馀。

显而易见，白诗所写全都是实情。就对年老的看法而论，相较于白居易，刘禹锡是更为坦然和更显积极的。

大体说来，白诗所写都是负面的感受。刘诗的前六句是对白诗的回应，所谓"人谁不顾老？老去有谁怜？身瘦带频减，发稀冠自偏。废书缘惜眼，多炙为随年。"

人到老年，固然失去了年轻时候的诸多优势，同时，也积累了年轻时所没有的阅历和经验等，所谓"经世还谙事，阅人如阅川"。

既然如此，人难道不应该对于自己的老年感到庆幸吗？难道不应该以从容坦然的心态度过老年吗？何况，老年人并非百无一用，假如愿意的话，是仍然可以有所作为的。于是，作者最后以昂扬乐观的笔调写道："细思当幸矣，下此便翛然。莫道桑榆晚，为霞尚满天。"

"细思当幸矣"这句话，说得非常之好。

从自然生理的角度着眼，没有老年阶段的经历，不是完整意义上的人生。人来世上，七灾八难，曲曲折折，并不是所有的人都走完了应走的全部人生阶段。以大家熟知的唐朝诗人为例，王勃活了二十六岁（也有说二十七岁的），陈子昂活了四十一岁，柳宗元活了四十六岁，孟浩然活了五十一岁，韩愈活了五十六岁，杜甫活了五十八岁，李白活了六十一岁。以今天的标准衡量，除李白刚沾了点老年的边外，其他几位都没有进入老年。刘禹锡比这些人享寿都高：七十岁。白居易更是享寿到七十四岁。

记得在别处我说过这样的话：人从孩童至少年，历青壮达于老境，这样一个阶段一个阶段地前进，与爬山，比如说爬泰山吧，很有点相似。凡是到了"回马岭"就回的，不晓得到达"快活三里"有怎样的快活。假如到了"南天门"停下，"玉皇顶"上的风光和到达"玉皇顶"的感受，就无从领略。现在我又想到，人生的每一个阶段，都是成长历练的学校。如果说少年好比小学，青壮年好比中学的话，老年就是大学。仅仅从体会人生况味的角度着眼，一个人没机会上老年这所大学，就是莫大的遗憾。

相比而言，"莫道桑榆晚，为霞尚满天"两句，说得更好。

不知道刘禹锡是不是第一个把无比灿烂的满天霞光，同人生老年的美丽联系在一起的。这种联系准确而又警策。"自古英雄出少年"，这是一

蕺斋赏诗

种说法，有其事实依据。"大器晚成"也是一种说法，也有其事实依据。白居易之巨大诗歌成就的取得，就与他直到老迈都创作不止有关。

照我想来，"为霞尚满天"的说法，应该主要是从做人的角度而言的。"七十而从心所欲，不逾矩"，是圣人做人的潇洒，也是他"为霞"的美丽。环顾左右，许多人活到老，学到老，简朴生活，高尚灵魂，也是"为霞"的美丽。所谓高尚灵魂，指的是提升道德境界。正是随着他们年龄的递增，我们看到了更多的淡定，更多的宽容，更多的通达，更多的自重，诸如此类。的确，人在老迈之后，纵令许多其他事情做不动了，提升自我道德境界的事情还是能够做的。"太上立德，其次立功，其次立言。"道德之光的灿烂，是无与伦比的美丽。

《酬乐天咏老见示》，是作者与老朋友的共勉之作，无疑也值得所有老年人用以自勉。

古原红日正好看

——读李商隐《乐游原》

◆原文

乐游原[1]

向晚意不适，驱车登古原。[2]

夕阳无限好，只是近黄昏。[3]

◆注释

[1]乐游原：古苑名。亦名"乐游苑"。故址在今陕西省西安市南郊。本为秦时宜春苑的一部分，汉宣帝时改建为乐游苑。唐时，为长安士女游赏的胜地。

[2]向晚：傍晚。或谓接近傍晚。意不适：心情不愉快。驱车：赶车。登：升；上。古原：指乐游原。

[3]夕阳：傍晚的太阳。只是：仅仅是；不过是，就是。只：同"衹"。衹：适，恰。但，只。黄昏：日已落而天色尚未黑的时候。

◆今译

傍晚心情不舒展，赶车登上乐游原。

夕阳一轮多美丽，黄昏之前最好看。

◆翁斋语语

"向晚意不适，驱车登古原。"临近傍晚的时候，诗人心里不是多愉快——至于为什么，诗人没有说。"不如意事常八九，能与人言无二三"，也许是不好说，也许是不愿说，另外，更有可能的是觉得无须说。总而言之，就是想到外边散散心。哪里去呢？前往乐游原。

"夕阳无限好，只是近黄昏。"天宽地阔，风光宜人，乐游原的确是个散心的好去处。尤其是那轮悬挂天边的红日，实在太美丽了，当此黄昏之前，又正是无比雄浑、绚丽和娇艳的时候。

论者或谓，此诗写作者傍晚登乐游原，触景伤情，在眺望一派美好景色之时，怅然惋惜时近黄昏，好景不长在了。诗中寄寓了诗人无可名状的时光流逝、身世坎坷、国运衰微等沉痛的感受，如同纪昀所说，乃"百感茫茫，一时交集"。

周汝昌先生不是这样看。他说，诗人驱车登上古原，是为排遣他"向晚意不适"的情怀。知此前提，则可知"夕阳"两句乃是他出游而得到的满足，至少是一种慰藉——这就和历来的纵目感怀之作的说法有所不同了。所以，诗人接着说的是：你看，这无边无际、灿烂辉煌、把大地照耀得如同黄金世界的斜阳，才是真正伟大的美，而这种美，是以将近黄昏这一时刻尤为令人惊叹和陶醉！

周汝昌先生接下去说，可惜，诗人此诗久被前人误解，他们把"只是"解成了后世的"只不过""但是"之义，以为诗人是感伤哀叹，好景无多，是一种"没落消极的心境的反映"，云云。殊不知，古代"只是"原无此义，它本来写作"祇是"，意即"止是""仅是"，因而乃有"就是""正是"之意了。

我查《汉语大词典》，其在"只是"一词后面，列有"仅仅是""不过是"，以及"就是"等多个义项。关于"只"字，则有"同'祇'"的解读。关于"祇"字，则曰"适""恰""但""只"等。关于"适"字和"恰"字，则都列有"正好"的义项。以此为据，我的看法是：一方面，上述两种解读都有道理，不妨两论并存；一方面，两相对比，我更喜欢周汝昌先生的意见。

按照前一种解读，诗人因心情不快而登上了乐游原，原上固然夕阳艳丽，风景美好，令人心神一振，然而随即想到了时近黄昏，好景短暂，不免触景伤情，转而又复百感交集，愁眉紧锁了。如此这般，用我老家乡亲的话说，就是"一绳子没吊死，松死了"。

按照周汝昌先生的解读，诗人为排遣"向晚意不适"的情怀而登上乐游原，望着那黄昏之前最为辉煌灿烂的红日一轮，触景生情，心胸豁然，眉宇舒展，沉浸陶醉了。如此这般，诗人如愿以偿了。

李商隐一生官小位卑，志不得伸，愁苦的时候居多。我愿意他多一点如愿以偿的事情，多一些心情舒展的时候，哪怕只是片刻。

一声浩叹在耳边
——读刘禹锡《竹枝词九首（其七）》

◆原文

竹枝词^[1]九首（其七）

瞿塘嘈嘈十二滩^[2]，人言道路古来难。
长恨人心不如水，等闲平地起波澜。^[3]

◆注释

[1] 竹枝词：乐府《近代曲》名。本为巴渝（今重庆）一带民歌，刘禹锡据此改作新词，歌咏三峡风光和男女恋情，盛行于世。后人所作也多咏当地风土或儿女柔情。其形式为七言绝句，语言通俗，音调轻快。

[2] 瞿塘：指瞿塘峡。为长江三峡之一，也称夔峡。西起重庆市奉节县白帝城，东至巫山县大溪。两岸悬崖壁立，江流湍急，山势险峻，号称西蜀门户。峡口有夔门和滟滪堆。嘈嘈：形容声音嘈杂。十二滩：盖言滩多。滩，江河中水浅多沙石而流急之处。

[3] 长恨：犹言遗恨千古，亦指千古之遗恨。恨，遗憾。等闲：无端；平白。波澜：波涛。江河湖海中的大波浪。在这里乃喻指事端。

◆今译

瞿塘滩多流急声嘈喧，人说自古以来行路难。

永远遗憾人心不似水，平地无端陡然波浪翻。

◆ 翁斋语语

读刘禹锡的这首诗，耳畔震响痛彻肺腑的一声叹。

"瞿塘嘈嘈十二滩，人言道路古来难。"

水之为性，在坦荡处平和，在逼仄处汹涌，遇洼陷灌注，受阻碍绕行或者翻越。唯其如此，由于瞿塘峡滩多沙石堆积，长江水流就湍急而嘈嘈有声了。

水之为路，多有风险。世路也是这样，而且古来如此。乐府杂曲歌辞有名《行路难》者，内容即多写世路艰难和离情别意。李白曾经慨叹："行路难，行路难，多歧路，今安在？"杜甫曾经吟咏："风尘荏苒音书绝，关塞萧条行路难。"白居易说得更加直白："行路难，不在水，不在山，只在人情反复间。"人情反复无常，世路无法不难。

"长恨人心不如水，等闲平地起波澜。"

人情的反复无常，决定于人心的变化多端。所谓"居心叵测"，所谓"空穴来风"。就此而言，同水在坦荡处波澜不惊相比，人心的无事生非以至于掀起滔天巨浪，无疑是可怕多了。

论者或谓：刘禹锡参加永贞革新失败以后，屡受小人诬陷和权贵打击，两次被放逐，达二十三年之久，痛苦的遭遇使他深感世路维艰，凶险异常，故有此愤世嫉俗之言。

不过，在我看来，这不仅是愤世嫉俗而已。换言之，作者所"恨"的对象，也就是抱有遗憾者，也许还包括自己在内。

据载，刘禹锡于永贞元年（即贞元二十一年，805年）被贬为朗州司马，直到元和十年（815年），朝廷才有人想要起用他以及和他同时被贬的柳宗元等人。于是，刘禹锡得以回到长安。他肯定是心里有气，就写了首《元和十年自朗州至京，戏赠看花诸君子》——

> 紫陌红尘拂面来，无人不道看花回。
> 玄都观里桃千树，尽是刘郎去后栽。

这首诗明显是讽刺当时朝廷的一班新贵，刘禹锡就因为这一首诗而再度被贬。十四年后，才又回到长安。想是旧事未忘，乃重游玄都观，再题二十八字如下——

> 百亩庭中半是苔，桃花净尽菜花开。
> 种桃道士归何处，前度刘郎今又来。

两首诗中，作者都是以桃花喻指新贵。前者，说这些新贵都是自己被排挤后发迹的后辈小子。后者，说一切在变，曾经的新贵眼下也不在了，自己这个长期遭受排挤打击的人反倒又回来了。

这样的诗作，诚然有解气的作用，但除了解气外，能解决什么问题呢？不妨设想，假如回到长安以后，他没写《元和十年自朗州至京，戏赠看花诸君子》一诗，他和柳宗元等多人的处境，会不会有可能是另一种情况？不写那首诗不等于放弃自己的主张，更不等于屈服，写了也仅仅是逞一时之快而已。正是从这样的意义上审视，当一切都成为过去，作者回视来路，总结人生，在解剖别人的时候也解剖自己，解剖别人多一些宽容，解剖自己多一些自责，作为以君子人格自许的儒家知识分子，并不是多难理解和没有可能的事。

顺便说及，一个事变或者事件的发生，究竟是"心不如水"致"平地起波"，还是其来有自，势所必然，由于人们的立场不同，理念有别，利益冲突，等等，看法是不一样的。譬如历史上风起云涌的农民起义，封建王朝之或血腥或狡诈的易姓换主，以及包括永贞革新在内的成功或不成功的变法改革，等等，无不如此。要而言之，凡是符合历史前进方向、有利于促进社会进步和提升生民福祉的事变或者事件，不管是否有人以"心不如水"致"平地起波"看待，都应该加以肯定。

学会旷达不容易
——读柳宗元《溪居》

◆原文

溪　居[1]

久为簪组累，幸此南夷谪。[2]

闲依农圃邻，偶似山林客。[3]

晓耕翻露草，夜榜响溪石。[4]

来往不逢人，长歌楚天碧[5]。

◆注释

[1]溪居：据载，元和五年（810年），柳宗元在零陵西南游览，发现了曾为冉氏所居的冉溪，因爱其风景秀丽，便迁居是地，并改名为愚溪。

[2]簪组：冠簪和冠带。这里当指做官。累：连累；妨碍。或可引申为羁绊。幸：庆幸。南夷：旧时指南方的少数民族，又指南方边远地区。谪：古代官吏因罪而被降职或流放。

[3]依：倚，靠；亲近。农圃：农田园圃，亦指农家。邻：邻居，亦作亲近解。偶：偶然；偶尔。山林：借指隐居。客：指从事某种活动的人。

[4]晓：天明。耕：耕地，亦泛指从事农作。翻：翻越；跨越。翻转；倾侧。露草：沾露的草。榜：船桨，亦代指船；又作划船解。

[5]长歌：放声高歌。楚天：南方楚地的天空。碧：青绿色。

◆今译

好久以来受到做官羁绊，被贬南来边远感到庆幸。

闲暇里常依傍农田园圃，偶尔像个隐居山林的人。

清晨耕作踏着带露野草，夜乘船行碰擦溪石有声。

独自往来路上不遇行者，放声高歌楚天高远碧青。

◆蓊斋语语

柳宗元因"永贞革新"失败被贬为永州司马。不言而喻，他是很痛苦的。按照我的想法，他当然很想排遣痛苦。怎么排遣呢？那就是学习旷达。他这首《溪居》，应该就是他学习旷达的一个记录。

遗憾的是，旷达并不是很容易学得会的。此前我曾说过，所谓旷达也者，就是笑对无奈。现在，我说，只有真正能把无奈看得很轻，不以为意，笑得出来，笑得由衷，至少是不太勉强，才可以称得上旷达。但我们读柳宗元的这首《溪居》，却觉得它的底色，或者说它所笼罩其中的氛围与透露的情绪，是凄清，孤独，寂寥，落寞，诸如此类。总而言之，不大能够让人感受到真正舒心畅意的轻松。

请看陶渊明的《归园田居五首（其一）》——

少无适俗韵，性本爱丘山。

误落尘网中，一去三十年。

羁鸟恋旧林，池鱼思故渊。

开荒南野际，守拙归园田。

方宅十余亩，草屋八九间。

榆柳荫后檐，桃李罗堂前。

暧暧远人村，依依墟里烟。

狗吠深巷中，鸡鸣桑树颠。

户庭无尘杂，虚室有余闲。

久在樊笼里，复得返自然。

这里，也有个"久为簪组累"的问题。显而易见，陶诗字里行间洋溢着欣喜，欢畅，舒展，惬意，对于柳诗而言，适成鲜明对比，充分彰显出柳诗的所谓"幸此南夷谪"者，不过是强不幸以为幸罢了。

这也是没有办法的事。柳宗元是个有着远大抱负的人。一般说来，抱负远大是有利于学会旷达的。然而世界上的事情是复杂的。如果把抱负看得太重，情况就不同了：一旦遭遇挫折，必然创巨痛深，抱负成为包袱，曾有的抱负越大，心头的包袱越重。因而也就越难以学会旷达。也许可以这样认为：倘然柳宗元能够比较容易地学会旷达，他就不是原来意义上的柳宗元了。

顺便说及，如果说柳宗元在第一次被贬期间就难以学会旷达的话，那么，当他十年后再度被贬，就越发学不来了。这有他的《与浩初上人同看山寄京华亲故》为证——

海畔尖山似剑芒，秋来处处割愁肠。

若为化作身千亿，散向峰头望故乡。

竟然看海畔的山峰也成了割肠的剑芒，比照杜甫"感时花溅泪，恨别鸟惊心"的吟咏，我想，这或许可以说是"痛谪山如剑"了。然而较杜甫的吟咏更加使人震撼。所谓痛彻肺腑，所谓锥心刺骨。

就学会旷达而言，柳宗元好像比不过刘禹锡。刘柳两人，同年进士及第踏上仕途，都是"永贞革新"的重要成员，一齐被贬。十年之后，同时被召回京城。不料又因刘禹锡写了《元和十年自朗州至京，戏赠看花诸君子》

一诗讽刺新贵，又一齐再次被贬。按照柳宗元的说法，两人是"二十年来万事同"。我之所以认为就学会旷达而言好像柳宗元比不过刘禹锡，是根据这样一点：刘禹锡后来又回到朝廷，享年七十一岁；柳宗元则死在任所，享年仅四十七岁。

旷达再难，终究应该学会。

或曰：怎么学会旷达？我说：说学也行，说不用学也行——把心放开就是了。从这样的意义上讲，说难也行，说不难也行——不就是把心放开吗？

所谓取笑未必然

——读杜牧《赤壁》

◆原文

赤　壁[1]

折戟沉沙铁未销，自将磨洗认前朝。[2]
东风不与周郎便，铜雀春深锁二乔。[3]

◆注释

[1]赤壁：山名。指汉献帝建安十三年（208年）孙权与刘备联军大破曹操军处。一说在今湖北嘉鱼县东北长江南岸。或谓今湖北蒲圻县西之赤壁山。

[2]折戟（jǐ）沉沙：断戟沉埋在沙里。通常用以形容惨败。戟，古代兵器。铁：指制戟的原料。销：销蚀。自将：自己带着，自己拿着。将：取；拿。或谓捡起。磨洗：摩擦冲洗。前朝：过去的朝代。

[3]周郎：指三国吴将周瑜。便：便利，方便。铜雀：指铜雀台。汉末建安十五年（210年）冬曹操所建。铸大孔雀置于楼顶，故名。故址在今河北省临漳县西南古邺城的西北隅。春深：春意浓郁。锁：拘系；束缚。二乔：指三国吴乔公的两个女儿大乔、小乔。《三国志·吴书·周瑜传》："策欲取荆州，以瑜为中护军，领江夏太守，从攻皖，拔之。时得乔公两女，皆国色也。策自纳大乔，瑜纳小乔。"亦用以泛指两姊妹。

◆今译

一柄断戟沉埋在沙里铁还未销蚀尽，我打磨冲洗认出是赤壁大战的武器。

假如当年天公不刮东风给周瑜方便，大乔小乔就被曹操幽禁在铜雀台里。

◆蓊斋语语

据载，这首怀古咏史之作是作者经过赤壁古战场，有感于三国时代的英雄成败写下来的。

"折戟沉沙铁未销，自将磨洗认前朝。"一截锈迹斑斑的断戟被诗人从沙里挖掘出来，经过亲手打磨和清洗，由尚能辨识的某些特征，知道乃是六百多年以前赤壁大战的遗物。究竟是真的发现了断戟，还是诗人的想象假托，我们没法知道。要而言之，这两句是作者兴感的缘由，也就是由头。

"东风不与周郎便，铜雀春深锁二乔。"在那场惨烈的大战中，孙、刘联军用诈降和火攻的计策，打败了实力雄厚的曹军，从而奠定了三国鼎立的局面。然而，火攻之能够得手，关键还在于老天爷刮东风帮了周瑜的忙，不然的话，东吴将家国不保，连孙权的嫂嫂大乔和周瑜的夫人小乔，都会被曹操掳去，成为后者的姬妾。这两句是作者的感慨，或曰议论。

后人对此诗议论颇多。

或曰：作者过分强调了东风的作用，"有不足周郎处"的意思在内。

或曰：作者年轻时博览群书，好谈兵。虽然在此诗中他讥讽周瑜侥幸成功，实际上对于周瑜在这场战争中的重要作用还是知道的。故他取笑周瑜，只不过是宣泄自己抱负不能施展的牢骚罢了。

或曰：作者有经邦济世之才，通晓政治军事，对当时中央与藩镇、汉族与吐蕃的斗争形势，有相当清楚的了解，并曾经向朝廷提出过一些有益的建议。他之于诗中这样评论，原因乃在于自负知兵，借史实以吐胸中抑郁不平之气。其中也暗含阮籍登广武战场时发出的"时无英雄，使竖子成名"的慨叹。

我以为上述论者的看法值得商榷。

一者，我不认为作者对东风的作用强调过分。

战争是实力的对决。就当时的实力看，孙、刘联军显然不是曹军的对手。故战争的结果应该是曹军取胜。不过，同任何其他事情一样，战争态势的发展变化及其最终结局，在通常情况下是必然性起决定作用，在特殊的情况或曰一定的条件下，偶然性也会起决定作用。赤壁大战中孙、刘联军能够胜利，正是有赖于"东风助火攻得手"这个偶然性的因素起了决定性的作用。一句话，作者强调东风的作用，不是特为渲染，而是用诗的语言陈述了事实。

一者，既然是陈述事实，那就不存在什么讥讽取笑周郎的问题，因而也不好说借以吐胸中抑郁不平之气。

如上所述，在对于东吴命运具有决定意义的赤壁大战中，还有一个既定的事实是周瑜胜了。作为全军统帅，他可说是居功至伟。正如大家都知道的，偶然性与必然性是一对矛盾，两者之间是对立统一的关系。尽管偶然性的因素在赤壁大战中起了决定性的作用，但是不能对这个决定性的作用作绝对化的理解。换句话说，就像在必然性的因素起决定作用的时候，不能排除偶然性的因素也起作用一样，在偶然性的因素起决定作用的时候，不能排除必然性的因素也起作用。赤壁大战孙、刘联军之胜，当然有其必然性的因素。就中一端，就是周瑜的妥帖谋划和正确指挥。作者诚然年轻时就博览群书好谈兵，诚然有经邦济世之才，通晓政治军事，问题在于，他有什么理由于失败者只字不提，却偏偏去讥讽取笑胜利者呢？胜利了还要被嘲讽和取笑，那你让周瑜怎么着才好？

那么，作者究竟意欲通过此诗抒发什么样的情怀呢？在我看来，既然他对当时中央与藩镇、汉族与吐蕃的斗争形势有相当清楚的了解，并曾经向朝廷提出过一些有益的建议，那么，他这是在用诗的形式，又一次向朝廷提出建议：一定要励精图治，富国强兵，将克敌制胜的希望，放到有着必然性依恃的基点上，任何以弱胜强的战例，都有或大或小的偶然性。

人生云深亦不知
——读贾岛《寻隐者不遇》

◆ 原文

寻隐者不遇 [1]

松下问童子，言师采药去。[2]
只在此山中，云深不知处。[3]

◆ 注释

[1] 寻：寻访，拜访；探望。隐者：隐居不仕的人。不遇：不曾相逢，没有见到。

[2] 童子：僮仆。言：说。师：老师，先生。采药：采集药物。亦指隐居避世或求仙修道。

[3] 只：就。处：处所，地方。

◆ 今译

我在青松树下面向童子请教，童子告诉我他先生采药去了。

反正就在这座巍峨大山之中，云深雾罩究在何处却不知道。

◆ 蓊斋语语

言简义丰是该诗的显著特点。如果把这首诗编一幕短剧，仅就诗人与童子的对话写来，大体应是这样——

诗人：请问这位阿哥，你们先生在吗？

童子：不巧，我们先生不在。

诗人：先生去了哪里？

童子：先生采药去了。

诗人：到哪采药去了？

童子：到山里采药去了。

诗人：什么时候回来？

童子：抱歉，我不知道什么时候回来。

诗人：如果去找他的话，他可能在山里的什么地方？

童子（用手一指）：反正就在这座云深雾罩的山里，至于什么时候具体在什么地方，我还是真不知道。

请看，诗人用二十个字写就的东西，我用了一百多字。此所谓言简义丰。不仅如此，两相对比，至少是就我的感觉而言，原本浓郁的诗味，经我这样一写，就寡淡了不少，从而原有的诗美也就损失了不少。这里，我愿粗浅地探究一下就中原因何在。

按照我的想法，诗歌这种文体，话是不可以说得太过透底的。太过透底，一览无余。一览无余的东西，是难以令人兴味盎然的，正所谓诗贵含蓄。一定程度的含蓄，意味着有那么一点朦胧，一点隐约，一点迷离，诸如此类。如此这般，才能够调动读者的想象力，参与作者的创造，在参与创造中感受和体会其间的味和美。

所以，我说，是不是可以这样认为：含蓄有赖于言简，诗味有赖于含蓄，诗美有赖于诗味，或曰诗味也就是诗美。譬如电视镜头，明明是一个非常美丽的形象，假如镜头拉得太近，以致纤毫毕露，连汗毛孔都放得老大，恐怕就谈不到美丽反有些吓人了。不是说距离产生美吗？含蓄就是距离。由含蓄而来的朦胧等，就是距离。

不言而喻，我之所谓含蓄，所谓朦胧等，当然是恰到好处的含蓄，恰到好处的朦胧，换言之，即不可以太过，太过就走向反面，置人于五里雾中，所谓过犹不及。就是因为《寻隐者不遇》有着恰到好处的含蓄，从而有着恰到好处的朦胧，当我捧读吟咏的时候，思绪就总会跟随诗人的笔触，在大山的云深处寻觅。

我在别处曾说过这样的话：人生命运的曲线，是必然性与偶然性的相合。偶然性就是不确定性。唯其如此，无论何人，不管头脑多么聪明，也不能预知自己和别人的人生曲线的具体走向。既然如此，假如把社会比作绵延的大山的话，那么，人生在世，就其命运的轨迹而言，也是"只在此山中，云深不知处"。

这是人生的无奈。

也是人生的趣味所在。

金谷坠楼颇不值

——读杜牧《题桃花夫人庙》

◆原文

题桃花夫人庙[1]

细腰宫里露桃新，脉脉无言几度春。[2]
至竟息亡缘底事？可怜金谷坠楼人。[3]

◆注释

[1]题：书写，题署。桃花夫人庙：即息夫人庙，故址在今湖北省黄陂县东。桃花夫人：即息夫人，春秋时息侯的夫人息妫。据《左传》载，因为蔡哀侯向楚文王称赞息夫人美貌，致楚文王"灭息，以息妫归，生堵敖与成王"。

[2]细腰宫：楚王宫。据说，春秋时楚灵王喜爱杨柳细腰，宫中的女子为博得宠幸，竞相节食，有许多宫女因节食过度而死。息夫人是楚文王时人，早楚灵王一百多年，那时的楚王宫还不能称细腰宫，这里作者只是借代而已。露桃：语本《乐府诗集·相和歌辞三·鸡鸣》："桃生露井上，李树生桃旁。"后因用"露桃"称桃树、桃花。新：新鲜；清新。脉脉：犹默默。传说，息妫被掳去楚宫，终日不与楚文王通言语，楚文王问其故，息妫答道："吾一妇人而事二夫，纵弗能死，其又奚言。"几度春：多少年。春，年，岁。

[3]至竟：究竟。缘：因为。底事：何事。可怜：值得怜悯。亦指怜悯。可爱；可羡；可惜；可怪。金谷：指晋石崇所筑的金谷园。坠楼人：跳楼自杀的人。这里乃指绿珠。据《晋书·石崇传》载：（石）崇有妓曰绿珠，美而艳，孙秀使人求之。

崇时在金谷别馆，登凉台，临清流，妇人侍侧。使者以告，崇勃然曰：绿珠吾所爱，不可得也。竟不许。秀怒，乃矫诏收崇。崇正宴于楼上，介士到门，崇谓绿珠曰："我今为尔得罪。"绿珠泣曰："当效死于君前。"因自投于楼下而死。

◆今译

楚国细腰宫里的桃花多么鲜艳，息夫人默默无言已历几个春天？

息国被楚国灭亡究竟原因何在？金谷园跳楼殒命绿珠实在可怜。

◆蒹斋语语

关于杜牧的这首《题桃花夫人庙》，论者或谓，诗的前两句既写景又喻人，语义双关。后两句将息夫人和绿珠对比，表明诗人的观点：息国因桃花夫人而亡，桃花夫人不应苟且偷生，为灭国仇人生儿育女。另有论者指出，息亡不正为夫人的颜色吗？息夫人忍辱苟活，纵然无言，又岂能无咎无愧？还有论者说，以绿珠之死，形息夫人之不死，高下自见而词语蕴藉，不显露讥刺，尤得风人之旨耳。云云。

对于这样的解读，我想说以下几点意见。

其一，息国因何而亡。

一个人导致国家的灭亡，罪莫大焉。女人貌美是一种罪过吗？恐怕没有人会这样认为。认为息国是由于桃花夫人的貌美而亡，岂不是等于说桃花夫人貌美就是一种罪过吗？所以，我不赞同息亡乃因为桃花夫人的貌美的说法。

譬如有一株树，盛开美丽的鲜花。有人喜欢那鲜花的美，就把那树刨倒，将鲜花尽皆采去，插在自己家里的花瓶里欣赏，那树因而死亡。请问，树的死亡是应该归罪于鲜花呢，还是刨树窃花的人？难道不是后者，而是跟

蒹斋赏诗

树一道受害的鲜花吗？质言之，息亡的原因是楚文王的荒淫无道和恃强凌弱，归罪于息夫人没有道理。

其二，怎么看待息夫人的活。

息国灭亡了，息夫人活下来了而没有死，叫作"忍辱苟活"。按照"主辱臣死"的说法，息国的臣民不是应该都死吗？相信他们并没有都死，而是成了楚国的臣民。为什么没人说他们"忍辱苟活"呢？别人活着不被称为"忍辱苟活"，息夫人活着则被称为"忍辱苟活"，说到底，还是因为她是妇人，症结就像她自己说的，在于"吾一妇人而事二夫"。古人这样看待或情有可原，我们是不是就不应该再这样看待了？既然到唐朝还有桃花夫人庙，足见老百姓至少是并不鄙弃她的。

其三，怎么看待绿珠的死。

首先，绿珠的坠楼是不是就完全心甘情愿？心甘情愿的可能性是有的，但也不能说肯定无疑。想起另一个女子：虞姬。楚霸王项羽不是在四面楚歌的窘境中作了首诗且一唱再唱吗？曰："力拔山兮气盖世，时不利兮骓不逝。骓不逝兮可奈何，虞兮虞兮奈若何！"对于虞姬来说，项羽的一唱再唱，就是在催命。作为文学家的石崇，当他将被逮时，理应是更有可能作诗的，但却没有作，而只是对绿珠说："我今为尔得罪。"这对绿珠而言，作用跟项羽冲虞姬唱诗类似。所以，绿珠泣曰："当效死于君前"，遂投于楼下而死。

其次，绿珠为石崇而死，我以为很不值得。一者，石崇豪富乃劫掠得来，他是个明火执仗的强盗；二者，石崇腐化堕落，穷奢极欲，是个暴殄天物的混蛋；三者，石崇饮宴时让侍女劝客饮酒，客不饮便杀侍女，是个视人命为草芥的恶魔。绿珠为这样的人而死，实在是太"可怜"、可叹与可悲了。

因为"用意隐然"，也就是含蓄的缘故，我不敢说上述论者的解读是不是符合作者的原意。不言而喻，我愿意我的看法跟作者的一致。

心态阳光叶比花
——读杜牧《山行》

◆**原文**

山 行[1]

远上寒山石径[2]斜，白云生处有人家。
停车坐爱枫林晚，霜叶红于二月花。[3]

◆**注释**

[1] 山行：在山中行走。

[2] 寒山：冷落寂静的山；深秋的山。石径：山间的石路。

[3] 坐：因为；由于。枫林：枫树林。晚：日暮；黄昏。接近终了；一个时期
的后一段。霜叶：经霜的叶子。于：犹过。

◆**今译**

一条石路歪歪斜斜伸向远处寂静的山，在那白云生出的地方住着有几户人家。

因为爱这傍晚时分的枫林我把车停下，经霜的枫叶红艳欲滴胜过二月的鲜花。

◆**翁斋语语**

"远上寒山石径斜，白云生处有人家。"

诗人驱车在崎岖不平的山路上行进，左顾右盼之中，各种景色应该是观不胜观的吧，但诗人的笔触没有也不可能面面俱到，就只写了一条歪歪斜斜通向远山的小路，以及小路末端白云缭绕之处的几户人家的住所。初读首句，以为"远上寒山"的主语是诗人来着，再一琢磨：诗人驱车行进，恐怕是上不了山的，故主语应该是那条歪歪斜斜的有如挂在山上的"石径"。"人家"与白云共居，一方面，可见所处位置之高；一方面，也多多少少予人以缥缈虚幻的感觉，所谓"仙界"，所谓"天上人家"。总而言之，颇能引发想象就是了。

至于"寒山"一词，我以为，既可以解读为寂静之山，也可以解读为秋寒之山。秋寒当然不是大寒、严寒，而是轻寒、薄寒。

这两句诗是诗人在山行中对远望所见景象的描摹。

"停车坐爱枫林晚，霜叶红于二月花。"

诗人于行进中忽然把车子停了下来，因为他来到了一片枫树林边。正是这片晚霞映照下的枫林，使得他再也不想离去。是枫林的什么最吸引他？原来是枫林的霜叶，那些由于经霜而红艳欲滴的枫叶。秋天的山野，早已没有了花朵，然而有叶，经霜之后的枫叶，还是好大一片的枫林形成了规模的枫叶，比二月的花更红，比二月的花更美，而且与晚霞辉映，或者也许正好与晚霞相接，连在一起，浑然一体，晚霞有似枫叶，枫叶有似晚霞，嫣然迷离，灿烂至极。如此这般，字里行间充盈着诗人的欢欣与陶醉。

关于"枫林晚"一语，我以为，既可以解读为枫林的傍晚或傍晚的枫林，似乎也可以解读为秋晚也就是秋末的枫林。

这两句诗是诗人在山行中对于个人行为和山间近景的描摹。

诗以《山行》命题，重点落在"停"上。车"停"枫林边，眼"停"枫叶红。以我有限的阅读视野为据，诗人这样以叶比花，视叶胜花，拓展了诗的境界，不啻是一个创造。

生活中并不缺少美，大自然尤其如此，甚至可以说大自然无所不美。

关键在于是否善于发现、体会和解说。按照我的想法，如果说是否善于发现也有个关节点的话，那就是以何种心态去实施关照。具体而言，倘然心态是积极的，乐观的，敞亮的，一句话，是较比阳光的，所见必多富亮色。换言之，就是比较易于从凡俗中发现和挖掘出美。相反，则熟视无睹，甚或以美为丑。我相信《山行》一诗的作者，至少在山行的当时，心态是阳光的，所以，他才遇枫林而停车，看枫叶胜花朵。换了别人，或者作者心态变化，实在难说不会由枫叶的经霜而红，想及其不久以后的摇落与飘零，哪里会跟二月的花朵沾上边？唯其如此，我说，枫叶的灿烂，乃是诗人心态阳光的外化和写照。

　　顺便说及，美能养眼，尤能养心，让我们以阳光的心态，去到自然、社会、生活中发现美吧！我们的心态愈阳光，我们就愈能够更多地发现美；我们愈能够更多地发现美，我们的心态就会愈阳光。在我看来，这是心态阳光与美之发现的辩证法。

天意其实是人意

——读李商隐《晚晴》

◆ 原文

晚　晴[1]

深居俯夹城，春去夏犹清。[2]

天意怜幽草，人间重晚晴。[3]

并添高阁迥，微注小窗明。[4]

越鸟巢干后，归飞体更轻。[5]

◆ 注释

[1] 晚晴：谓傍晚晴朗的天色。亦比喻人晚年的处境优裕。

[2] 深居：幽居，不跟外界接触。俯：低头，面向下。夹城：犹夹寨。正规城外设置的曲城墙，与正规城墙形成夹层，又称瓮城。犹清：仍然清爽。

[3] 天意：上天的意旨。怜：喜爱，疼爱。幽草：幽僻地方的草。重：看重；重视。

[4] 并添：即又加之的意思。并，有"更"的意思。高阁：高大的楼阁。迥（jiǒng）：高。微注：比较微弱柔和的目光的投注。

[5] 越鸟：南方的鸟。古诗"胡马依北风，越鸟巢南枝"句，乃其所本。巢：鸟类及蜂蚁等的窝。归飞：往回飞。

从幽深的居处往下俯视夹城，春刚去初夏的天气仍然爽清。

上天怜爱幽深偏僻处的小草，世间珍惜傍晚时分雨过天晴。

本就高大的阁楼愈显得高峻，柔光投注西向小窗一派光明。

曾经淋湿了的鸟巢渐渐晾干，回归的鸟儿们飞得格外轻盈。

◆蓊斋语语

据载，唐宣宗大中元年（847年）春天，宣宗李忱和执政者牛僧儒党成员白敏中合谋，进一步打击武宗朝得势的李德裕党，李党成员、给事中郑亚出朝为桂州（今广西桂林）刺史、桂管防御观察使。李商隐一直因就婚于王氏而被牛党骂作"背恩""无行"，故他自知命运堪虑，遂放弃朝官，跟随郑亚南下桂州，任郑亚幕府的掌书记，并一度代理昭平（今广西乐平县）郡守。该诗即作于这一时期。

"深居俯夹城，春去夏犹清。"想来是久雨天晴，诗人心情比较好的缘故，所以他在自己的住处朝下往夹城观看。时当春去夏初的傍晚，加以雨后初晴，天气是清爽宜人的，思绪、诗兴也因而昂扬起来。

"天意怜幽草，人间重晚晴。"旱天盼雨，正如雨季盼晴。看到金灿灿的阳光撒播在幽深偏僻地方的小草身上，诗人觉得这是上苍的格外垂怜，小草们应该是有所感知的吧。至于世人，则大抵也都是很珍惜这久雨之后的晴朗的。不言而喻，这是诗人触景生情的一点感悟。

"并添高阁迥，微注小窗明。"诗人于俯视之后将目光收了回来，觉得自己所居住的高阁由于天朗气清而愈显高峻，和煦的阳光投注，高阁的窗户一改阴雨绵绵中的阴暗而明亮了。

"越鸟巢干后，归飞体更轻。"诗人远视晴空，看到了归巢的飞鸟。草喜晴，人喜晴，鸟儿也不例外。想到久日潮湿的巢因晴而干，变得温暖，鸟儿们的飞翔就更轻盈了。

李商隐命途多舛，一生坎坷困顿，愁眉不展的时候居多。这首《晚晴》则是诗人的心情于久阴之中偶一晴好的生动写照。

下面，我想对"天意怜幽草"一句多写几行。

古语有谓："天视自我民视，天听自我民听。"故所谓"天意"也者，其实就是民意，或曰天意和民意一致。幽草即幽处偏僻之地的野草，可以视为包括自然和人类社会中一切弱势群体的代名词，就像那首普及率很高的歌唱的那样："没有花香，没有树高，我是一棵无人知道的小草。"如果这样的解读成立，那么，"天意怜幽草"的意思，就可解读为上天，或曰世人对于弱势群体是心存怜惜疼爱之意的。

或许有人不以为然，那我们来看事实。譬如，电视屏幕上有一只豹子在追逐一头麋鹿。我们明知道豹子和麋鹿跟自己都没有任何关系，然而，我们却总是希望麋鹿能侥幸逃脱而不是被豹子吃掉，甚至于异想天开地希望，麋鹿能回过头来猛力一抵，将凶恶的豹子置于死地。再譬如，我们看篮球比赛时，我们跟比赛双方都没有利害关系。若一支球队百战百胜，一支球队相形见绌或不堪一击，我们明知道比赛结果毫无悬念，然而，当后者进球的时候，我们却总是报以较前者进球时更多的掌声，甚至非常希望后者能侥幸取胜。诸如此类。我不敢说绝对没有人会有相反的心态，但我相信多数人会是这样。

孟子所谓"人皆有不忍人之心"或与此相通。

在我看来，世人的这种"怜幽草"情愫，有其不可小觑的重大意义。回视人类文明的发展轨迹，至少就有些方面而言，其每一个进步都是对于弱势群体的眷顾和扶持，相对而言，也就是对于强势群体的疏淡和抑制。如此这般，难道那最初的动力之芽，不就是深植于世人心田的一点"怜幽草"情愫吗？此正所谓"恻隐之心，仁之端也"。

"天意怜幽草"，文明不止步。照我想来，命途多舛的诗人是把自己视为"幽草"的。他在写这首诗的时候，一定非常希望得到上天的怜悯和眷顾。

洪福齐天狗食肉

——读张籍《野老歌》

◆原文

野老[1]歌

老农家贫在山住，耕种山田三四亩。

苗疏税多不得食，输入官仓[2]化为土。

岁暮锄犁傍空室[3]，呼儿登山收橡实。

西江贾客珠百斛，船中养犬长食肉。[4]

◆注释

[1] 野老：村野老人。

[2] 官仓：官府的仓廪。

[3] 岁暮：年末，一年将终时。傍：倚放。橡实：橡树的果实。含淀粉，可食，味苦。也叫橡子，橡果。

[4] 西江：江名。珠江干流，古称郁水，在广东省西部。贾客：商人。珠：珍珠。斛（hú）：量词。多用以量粮食。古代一斛为十斗，南宋末年改为五斗。长食肉：经常吃肉。

◆今译

贫穷的老农夫在山里头居住，耕种着瘠薄的山田地三四亩。

苗稀税多收成很少没有饭吃，缴入官仓里的粮食霉烂变土。

年底锄头犁耙放入空闲屋子，招呼儿子去到山上采摘橡实。

西江的商人拥有上百斛珍珠，在船上养的宠物狗经常吃肉。

◆ 翁斋语语

论者有谓，张籍是新乐府运动的健将之一，其乐府诗之精神与元稹、白居易相通，具体手法略有差异。白居易的讽喻诗往往"意激而言质"，篇幅也长，故不免有尽、露之疵累。张籍的乐府诗，如这首《野老歌》，则作法不同。

怎么个不同法呢？或者说得更准确一点，张籍的这首《野老歌》有什么特点呢？我以为有这样两点：一者，白描；一者，对比。

《野老歌》四联八句，自始至终平铺直写，通俗易懂，只见客观叙述，好像是讲与己无关、远在天边的故事，没有一个略带感情色彩的字眼。没有略带感情色彩的字眼，不等于作者无动于衷，恰恰相反，乃有满怀的愤懑在涌动，只是不在词语上表露罢了。如此这般，就是我所理解的白描了。

至于对比，可以说乃贯穿全篇。其最彰明较著、令人触目惊心者，一是"苗疏税多不得食，输入官仓化为土"，一是"呼儿登山收橡实""船中养犬长食肉"。除此以外，像"老农家贫在山住"与"西江贾客珠百斛"，"苗疏"与"税多"，"锄犁傍空室"与"登山收橡实"等，也都有着显而易见的对比关系。就中，有官民之比，有农商之比，有人器（农具）之比，有人犬之比。比，就要选材，就要剪裁，就要集中，加以典型化。作者不用表态，就可以使读者对统治者横征暴敛、民不聊生，贫富悬殊、人不如狗的社会现实得以明晰的了解，收到"不比不知道，一比吓一跳"的效果。

"西江贾客珠百斛，船中养犬长食肉"一句，读来感到突兀，仿佛天外飞来。之所以如此，我以为乃缘于诗人对"狗食肉"现象超乎寻常的深恶痛绝和极度反感与惊骇。

诗人的深恶痛绝和极度反感与惊骇，一方面是针对贫富差距的社会现实，已如上述。一方面，怎么说呢？就说是针对有违"天道"的对于"兽道"的干预吧。

所谓"兽道"，便是"丛林法则"，叫做"弱肉强食"。狗是兽类，狮呀，虎呀，牛呀，羊呀，猪呀，等等，也都是兽类。假如它们都处于野生状态，各自作为生物链上的一环，为了生存而"弱肉强食"，就像狮虎的捕杀牛羊猪狗等果腹，尽管人类对于后者怀有恻隐之心，却也只能听之任之。现在的情况是狗与牛羊猪之属，都是人类已经驯化的家畜，久矣乎脱离了丛林，叵耐那西江贾客竟然把牛呀，羊呀，猪呀等等杀掉，拿它们的肉喂狗！这难道是可以容忍的吗？更不要说，按孟子的说法，人七十者可以食肉；武周时代则有不得食肉的禁令。

"天人合一"和"民胞物与"是中华民族文化的重要内涵。作为儒家知识分子的张籍，宜乎对这样那样的违背行径怀有满腔的愤懑。

一语天外飞来，扩大深化了主题。类似情况其他诗歌中少见，或者也可以看作该诗的一个特点。

诗圣最苦无知音
——读杜甫《南征》

◆原文

南　征[1]

春岸桃花水，云帆枫树林。[2]

偷生长避地，适远更沾襟。[3]

老病南征日，君恩北望心[4]。

百年歌自苦，未见有知音。[5]

◆注释

[1] 南征：南行。

[2] 桃花水：亦作"桃华水"，即春汛。《汉书·沟洫志》："来春桃华水盛，必羡溢，有填淤反壤之害。"唐颜师古注："《月令》：仲春之月始雨水，桃始华。盖桃方华时，既有雨水，川谷冰泮，众流猥集，波澜盛长，故谓之桃华水耳。"云帆：白色的船帆。

[3] 偷生：苟且求活。长：常常；经常。避地：谓迁地以避灾祸。适远：谓到远地去。沾襟：浸湿衣襟。多指伤心落泪。

[4] 君恩：指唐代宗之恩。代宗曾对诗人两次授官。北望心：当指北望朝廷意欲效忠之心。

[5] 百年：终身。歌：作歌；写诗。自：虽；即使。苦：辛勤；刻苦。知音：指能对作品深刻理解、正确评价的人。

◆ 今译

　　桃花夹岸春水波浪滚，白帆高悬船过枫树林。

　　苟且偷生避祸常辗转，前去远地尤令泪沾襟。

　　人老多病今日往南行，感恩北顾怀揣报国心。

　　虽然一生刻苦吟诗歌，遗憾从来不曾遇知音。

◆ 翕斋语语

　　据载，大历三年（768 年）正月，杜甫因思念家乡而乘船出峡，抵湖北江陵，又转公安，到岳阳，一直在船上漂泊，过着"饥借家家米，愁征处处杯"的穷苦生活。大历四年（769 年）春，杜甫继续南行入洞庭湖，抵达衡州（今湖南衡阳市）。此后，又"南北逃世难"，在潭州（今湖南长沙市）和衡州之间往返漂泊了一年多。这时，杜甫已耳聋，右臂因风痹而不能转动，全家长年居住在船上。论者指出，《南征》一诗乃诗人于大历四年春天由岳阳往长沙途中所作。

　　全诗四联八句，首联写春令春景，桃花流水，云帆枫林，灿烂明媚，随即急转直下，时令好而时局乱，春景美而处境糟，前后对比强烈，明暗相差悬殊，无句不愁，无句不苦，就中最苦者，则是最后一联所写："百年歌自苦，未见有知音。"

　　早年读诗人的《登岳阳楼》一诗——

　　昔闻洞庭水，今上岳阳楼。

　　吴楚东南坼，乾坤日夜浮。

　　亲朋无一字，老病有孤舟。

　　戎马关山北，凭轩涕泗流。

觉得诗人真有剜心剔骨之痛。现在读这首《南征》，又感到其痛苦之深，较前者有过之而无不及了。

诗于诗人，至少就他们当中的有些人而言，就是命，就是天。如果说，诗人最大的幸福，就是自己的诗作得遇知音的话，那么，诗人最大的痛苦，就是自己的诗作不遇知音了。《吕氏春秋》所载之"钟子期死，伯牙破琴绝弦，终身不复鼓琴"的故事，就是一个证明。

杜甫是谁？唐代现实主义的伟大诗人，跟诗仙李白齐名的诗圣。他的诗被称为"诗史"，千百年来脍炙人口，堪称诗歌王冠上的明珠。按照韩愈的说法是："李杜文章在，光焰万丈长。"可惜，这是在杜甫身后。杜甫在世的时候，竟没有引起诗坛的重视。这就不难想象，他的"未见有知音"的苦楚，又非一般诗人之不遇知音的苦楚可比了。

杜甫的诗歌之所以在当时没有受到重视，照我揣测，原因或许有这样几点。其一，那时不比现在，信息传递困难，杜甫的诗歌得不到广泛流传，尤其在长期兵荒马乱的情况下更是如此。其二，杜甫的诗歌，见着的人没那个欣赏水平，有那个欣赏水平的人没有见着。或者，有那个欣赏水平的人见着了也觉得好，偏因心存嫉妒，故作没嘴葫芦。其三，这也许是最重要的一条，即，并不是没有人对杜甫的诗歌说好，而是说好的人人微言轻，舆论影响力不足。唯其如此，我说，杜甫所谓"未见有知音"也者，实际上是说没有遇到真正具有舆论影响力的知音为他说话。至于为什么没遇到真正具有舆论影响力的知音为他说话，原因大抵不外乎上述其一、其二两条所示。

由杜甫诗歌前后悬殊的两种命运，作为后人，一方面，我觉得我们应感到庆幸；另一方面，也有理由感到后怕。所谓应该感到庆幸，当然是因为杜甫的诗歌终于得以流传，成为中国文学的瑰宝。故我们的庆幸，既是为杜甫，更是为中国文学和中华文化。所谓也有理由感到后怕，则是在我看来，当杜甫诗歌不被重视或不妨就说是受到冷落的时候，是有可能因被埋没而至于湮灭的。所谓"是金子总会发光"，不能从绝对的意义上去理解。假如杜甫的诗歌不幸湮灭，其非同一般的空白无法填充。

　　总而言之，杜甫之"未见有知音"，不是杜甫的问题。什么时候应该发光的东西被遮掩，不该发光的东西就可能正在人为发光。反过来说也行。此所谓一体两面。以此为鉴，我说，对于时下文坛上的某些咋呼，人们可不必太过在意。

一语出口惊绝伦

——读元稹《离思五首（其四）》

◆原文

离思[1]五首（其四）

曾经沧海难为水，除却巫山不是云。[2]
取次花丛懒回顾，半缘修道半缘君。[3]

◆注释

[1] 离思：离人之思。

[2] 曾经：表示从前经历过或有过某种行为或情况。沧海：大海。为：算是；算作。除却：除去。巫山：山名。在重庆、湖北两地边境，北与大巴山相连，形如"巫"字，故名。长江穿流其中，形成三峡。

[3] 取次：随便，任意。花丛：丛集的群花。懒：没兴趣，不愿意。回顾：回头看。缘：因为。修道：犹行道。谓实践某种原则或思想，亦特指道家修炼以求成仙。

◆今译

在经历过浩瀚大海以后难以再有其他看得上眼的水，除去巫山神女幻化的云外再没有别的看得上眼的云。

信步走过那姹紫嫣红的花丛没有一点兴致回头张望，一半是因清心寡欲的修道一半是因君占满了我的心。

◆ 翁斋语语

据载：元稹的原配妻子韦丛，字茂之，出身名门，美丽而又贤惠，少元稹四岁，死时年仅二十七岁。此诗乃作者为悼念亡妻韦丛而作。

有的话，有人一说出来，就好像树起了一根标杆，控制了一个制高点，简练、精粹、警策、优美、典雅，别人再难以超越，于是，在有相同或类似的意思需要表达的时候，大抵是引用了。这样的话数量不是很多，而元稹的"曾经沧海难为水，除却巫山不是云"两句，就是如此。

论者或谓，元稹的这两句诗，前一句是从《孟子·尽心》篇"观于海者难为水，游于圣人之门者难为言"变化来的，后一句则是受了宋玉《高唐赋》中关于巫山之云的描写的启发，所谓"其始出也，睥兮若松樯，其少进也，晰兮若姣姬，扬袂鄣日，而望所思。忽兮改容……"。

不言而喻，两句如此非同一般的警策，就是元稹站在了前人又尤其是巨人的肩头的结果。

两句之前一句里的沧海之水和后一句里的巫山之云，都是韦丛的比喻形象。对于这样的比喻，既可以作比较笼统的解读，也可以作比较具体的解读。作比较笼统的解读，就是说韦丛的好，有如沧海之水和巫山之云的无与伦比。作比较具体的解读，则是说沧海之水之喻，偏重于韦丛的人格品行等内在形象——有着大海一样的深情、涵养、包容、通达，诸如此类；巫山之云之喻，偏重于韦丛的外在形象，也就是她的姿容——有着巫山神女一样的靓丽、娉婷、婀娜、妩媚，诸如此类。

俗语有谓："情人眼里出西施。"照我理解，这个话应含有这样的意思：感情有时候会在一定程度上蒙蔽理性。唯其如此，我说，我们不知道真正的韦丛究竟是怎样一个人，不知道元稹眼里的韦丛究竟在多大程度上符合韦丛的实际。然而我们知道，除了元稹之外，好像没有多少人也如元稹这样，把自己的妻子看得如此不可替代。关于元稹，论者或说韦丛死后，他终身没有再娶，也有说他又娶了的，这个不管也罢。总而言之，至少从这首诗看，他对妻子是有真感情的。不然的话，如同刘备那样，视妻子如衣服，哪里说得出像元稹所说的这样刻骨铭心的话来。

有人质疑"除却巫山不是云"一句逻辑不通："巫山"是山，怎么除却"巫山"就不是"云"了？岂非混淆了两种根本异质的事物？这是用作文的标准来要求作诗了。按照作文的标准，这句须写作"除却巫山之云不是云"才算通顺，可是这样写来，就不像诗了。诗贵简练、含蓄、语音铿锵，等等。有些在作文时不能省略的语言成分，作诗就可以省略，这是作诗与作文的不同。

另外有人认为，悼亡而曰"半缘君"，是薄情的表现。有论者辩驳，说"半缘修道"和"半缘君"所表达的忧思之情一致，因为对元稹来说，尊佛奉道也好，修身治学也好，都不过是心失所爱、悲伤无法解脱的一种感情上的寄托。按照这样的说法，元稹之所以"取次花丛懒回顾"，就是百分之百的"全缘君"而不是白纸黑字的"半缘君"了。其实，作诗不同于写科学论文。说"半缘君"与说"全缘君"没什么质的差别，既不可以因那个"半"字便指摘元稹薄情，也不必替元稹辩护，说两个"半"字都是"缘君"。

作者另有《遣悲怀三首》，也是因韦丛去世而作。现抄在下面，供读者参阅，以为对理解《离思五首（其四）》会有帮助——

谢公最小偏怜女，自嫁黔娄百事乖。
顾我无衣搜荩箧，泥他沽酒拔金钗。
野蔬充膳甘长藿，落叶添薪仰古槐。
今日俸钱过十万，与君营奠复营斋。

昔日戏言身后意，今朝都到眼前来。
衣裳已施行看尽，针线犹存未忍开。
尚想旧情怜婢仆，也曾因梦送钱财。

诚知此恨人人有，贫贱夫妻百事哀。

闲坐悲君亦自悲，百年都是几多时！
邓攸无子寻知命，潘岳悼亡犹费词。
同穴窅冥何所望？他生缘会更难期！
惟将终夜长开眼，报答平生未展眉。

　　我想把元稹在《离思五首（其四）》中表现的情思，称为"曾经沧海"或"除却巫山"情结。就爱情而言，这种情结令人感佩。如果在工作和广泛的生活领域也有这种情结，恐怕就不大好了。譬如说吧，因曾遇到过一位很好的领导，以后看任何领导都不顺眼，这肯定不利于把工作干好。又譬如说，曾经交往过一位很好的朋友，以后看任何人都以为不值得交往，这等于自我封闭。凡此种种，不一而足，是个值得注意的问题。这是题外话，顺便说及。

歌诗合为事而作

——读白居易《宿紫阁山北村》

◆原文

宿紫阁山北村

晨游紫阁峰，暮宿山下村。[1]

村老见余喜，为余开一尊。[2]

举杯未及饮，暴卒[3]来入门。

紫衣挟刀斧，草草十余人。[4]

夺我席上酒，掣我盘中飧。[5]

主人退后立，敛手反如宾[6]。

中庭有奇树，种来三十春。[7]

主人惜[8]不得，持斧断其根。

口称采造家，身属神策军。[9]

"主人慎勿语，中尉正承恩！"[10]

◆注释

[1] 紫阁峰：终南山的支峰，在今陕西户县东南。暮宿：天黑住宿。

[2] 村老：村中父老。余：我。尊：同"樽"，酒器。

[3] 暴卒：突然进犯之士卒。

[4] 紫衣：唐制三品以上官员服紫，下级胥吏亦服紫，但为粗紫，此处指神策军士兵。挟：携带。草草：纷乱嘈杂状。

[5]席：席位。掣（chè）：拿。飧（sūn）：饭食。

[6]敛手：缩手。宾：宾客。

[7]中庭：庭院；庭院之中。奇树：佳树。春：年；岁。

[8]惜：爱惜。

[9]口称：口说；口头宣称。采造家：或谓乃负责采办木材、营造建筑的人。左神策军属下有采造机构。属：归属；隶属。神策军：亦称"神策"。唐禁军名之一。或谓本为西部地方军的名称，因护驾有功，成为皇帝的禁卫军。唐德宗时分左、右神策军，设护军中尉，由宦官担任。

[10]慎勿语：千万不要说什么。中尉：官名。唐后期为宦官领禁兵的专职。承恩：蒙受恩泽。

◆今译

　　　　　早晨出游紫阁山峰，天黑投宿山下村庄。
　　　　　村中父老高兴见我，以酒待客为我开樽。
　　　　　举杯还没来得及饮，一帮兵卒闯进家门。
　　　　　穿着紫衣带着刀斧，呼呼噜噜十多个人。
　　　　　夺去我席位上的酒，拿去我盘子中的饭。
　　　　　主人退后一边站立，缩手缩脚倒像客宾。
　　　　　庭院之中有树颇佳，树龄不下卅个年份。
　　　　　主人不舍没有办法，人家抡斧砍断树根。
　　　　　声称俺是管采造的，还说属于神策之军。
　　　　　"主人千万别说别的，他们头目正受皇恩！"

◆翁斋语语

据载，该诗大约作于元和四年（809年），当时作者在长安做左拾遗。

一天傍晚，作者于游览紫阁山后，投宿在山下一个村庄的一户人家里。主人热诚，置酒置饭。举杯将饮之际，一帮子穿紫衣持刀斧的家伙闯进门来，气势汹汹，横眉立目，又是夺酒，又是抢饭。主人无可奈何，吓得躲在一边。院中有棵大树，抢斧断根刨倒。主人或想说点什么，人家亮出身份：老子有采造公务在身，俺是神策军人！诗人知道，这是些惹不起也躲不起只好逆来顺受的灾星，便悄悄告诉主人：认倒霉吧，啥也不要说了，这些人的上司，背后有皇帝撑腰。

不仅目击而已，还是亲身经历。

类似白居易看到和经历的事情，相信其他有些能够诉诸文字的人，也曾看到或经历过了，何以别人不写就白居易写呢？

推究原因，是不是就在于他有别人没有或别人虽有却达不到他那个程度的东西：其一，或可称为境界；其二，应该说是爱好，或者叫做兴趣。

他在《与元九书》中这样自白："自登朝来，年齿渐长，阅事渐多。每与人言，多询时务。每读史书，多求理道。始知文章合为时而著，歌诗合为事而作。……仆当此日，擢在翰林，身是谏官，月请谏纸。启奏之外，有可以救济人病，裨补时阙，而难于指言者，辄咏歌之，欲稍稍递进闻于上。上以广宸聪、副忧勤，次以酬恩奖、塞言责，下以复吾平生之志。"

按照我的理解，他是在说，他读圣贤之书，得明兴亡之理，关心国运民瘼，践行"文以载道"，一旦遇到看不下去的事情，必欲笔墨挞伐，不然就过意不去，感到对不住国家、朝廷、人民。这就是我之所谓的"境界"的作用。

至于他对诗歌爱好的不同寻常，他在《与元九书》中也曾提及："偶同人当美景，或花时宴罢，或月夜酒酣，一咏一吟，不知老之将至。虽骖鸾鹤、游蓬瀛者之适，无以加于此焉。"唯其如此，我们简直可以认为，诗歌是他的幸福，是他的最乐，不啻他的生命。以致一旦遇到可以入诗的事情，他就必须形诸笔墨，不然也会过意不去，觉得对不住自己。

白居易之所以能成为大诗人，我以为主要也是靠境界和爱好两条。

"今仆之诗，人所爱者，悉不过杂律诗与《长恨歌》已下耳。时之所重，仆之所轻。"这还是他在《与元九书》中所说的话。那么，他看重的是自己的哪些诗呢？是篇幅和文采不能跟《长恨歌》相比的那些讽喻诗，其中就包括《宿紫阁山北村》。如果认同白居易这样的看法，那我们就应该有这样的共识：没有艺术性的作品，固然不成其为文学，然而，就文学作品而言，其所体现的道，也就是思想性的东西，比如家国情怀，比如民族大义，比如志行节操，等等，永远比艺术性的东西更加重要些。

读了白居易的《宿紫阁山北村》一诗之后方才知道，原来还有既不趁月黑风高，也不屑于乔装打扮，反而公开亮出名号，有恃无恐为非，明目张胆作歹，兵与匪彻头彻尾统一的兵匪，或曰匪兵。这样的兵匪就算不比通常意义上的匪更具有祸害性和破坏性的话，至少是更令老百姓无奈。

当神策军的横行霸道被大诗人白居易碰上，他们的丑恶行径就被永远定格在《宿紫阁山北村》一诗里了。

一 "望"情深人变石

——读王建《望夫石》

◆原文

望夫石[1]

望夫处，江悠悠[2]。化为石，不回头。
山头日日风复雨，行人归来石应语。[3]

◆注释

[1] 望夫石：古迹名。各地多有，多属民间传说，谓妇人伫立望夫日久化而为石。《初学记》卷五引南朝宋刘义庆《幽明录》："武昌北山有望夫石，状若人立。古传云：昔有贞妇，其夫从役，远赴国难，携弱子饯送北山，立望夫而化为立石。"后用以喻女子怀念丈夫之坚贞。

[2] 悠悠：遥远。

[3] 风复雨：又是风又是雨。行人：出征的人，指女子的丈夫。

◆今译

那遥望丈夫的地处，江水向着远方奔流。
分明已经成了石人，一直遥望不曾回头。
山头日日夜夜风又吹雨又淋像浑然不觉，
出征丈夫回来时想那石头定会大声倾诉。

◆翁斋语语

这首《望夫石》是诗人根据古代传说写成，显而易见的是在传说的基础上升华了。

"望夫处，江悠悠。"

这是望夫人所处的自然环境。"江悠悠"三字的出现，不但极大地开拓了诗域和读者的视野，而且会自然而然地使人将望夫之人的情感波澜同滚滚江流联系起来，从而，"江悠悠"就成为"情悠悠"的形象化的写照或衬托（我们从电影、电视里看到，每当感情戏达于高潮的时候，往往便电闪雷鸣，风雨交加，倘故事发生在江海之畔，则必是波连浪涌，惊涛拍岸，兴许正是受了该诗的启发也未可知）。

"化为石，不回头。"

为什么连头都不回一下呢？是怕一错眼珠，还归的行人会从自己的身边走过，还是担心会晚一瞬看见行人的还归？或者，所谓"不回头"，就是不放弃，一往情深，一望到底。同时，也许正是由于她的一直遥望，永不回头，年深日久，所以才化而为石。

"山头日日风复雨，行人归来石应语。"

望夫之人既然已经质化为石头伫立于山头，那日夜相伴的就只有风雨了。问题在于，日月轮回，年复一年，行人到底有没有回来的那一天呢？望夫之人是相信总会有这一天的，不然，她就不会因望久而成石了。

诗人最富感情，于是诉诸假设：一旦行人归来，石头就会说话。这是神来之笔，含义极为丰赡，是对传说内容的延伸和创造。

面对归来的行人，石头究竟会说和先说什么？一声惊呼？一通埋怨？一句"恨"语？反正无论说啥都注定要惊天地而泣鬼神，而且一定是声泪俱下——活剥杜甫的诗句：望夫山上雨翻盆。还有一种可能：当她终于看清走上前来的正是当年送走的行人的时候，一声惊呼未了，突然瘫倒在地……

传说把人变成了石头，诗人把石头变回了人。——石而说话，岂非人哉？

话说回来，那山顶的石头真的是望夫之人变成的吗？当然不是。伫立于山顶的石头有可能说出话吗？没有可能。虽则如此，望夫石的传说却世代流传，人们也不去质疑诗人的假设有没有可能。换句话说，人们宁愿相信事情会是这样，非常希望事情就是这样。归根结底，这是人们相信或希望坚贞爱情的存在，或者也可以认为是赞同并推崇爱情神圣的理念，而且，古往今来，也确实不乏视爱情为神圣的实例。

爱情不仅是两性之间的爱慕和卿卿我我，它还意味着付出，责任，义务和包容等。唯其如此，也就不能不意味着对于道德的秉持。这是爱情之所以神圣的根据。

一个有着爱情基础的家庭是幸福美满的，一个社会这样幸福美满的家庭越多就越是稳定和谐。所谓爱情也者，绝非仅只男女之间两个人的事情。人们在多大程度上秉持爱情神圣的理念，就会在多大程度上拒斥在恋爱婚姻问题上重色轻德与贪财弃爱的错误做法，以及这样那样不负责任的轻率儿戏态度。话到此间，不由兴叹：时下有些所谓"新潮"的人，大概会觉得我之所谓爱情神圣云云，实在太陈腐、太可笑了。

刘禹锡有《望夫山》一首，据说其所指之山，在今安徽当涂县西北，唐时属和州，乃作者于和州刺史任上所作，借以寄寓政治上遭受打击，长流远州而思念京国的情怀——

终日望夫夫不归，化为孤石苦相思。
望来已是几千载，只似当时初望时。

如果有兴趣的话，可以将该诗同王建的《望夫石》一诗对比着读。不知道别人的看法如何，我是更喜欢王建的这首。

行宫不营活棺材
——读元稹《行宫》

◆**原文**

行　宫[1]

寥落古行宫，宫花寂寞红。[2]

白头宫女在，闲坐说玄宗。[3]

◆**注释**

[1] 行宫：古代京城以外供帝王出行时居住的宫室。

[2] 寥落：冷落；冷清。衰败。宫花：行宫庭院中的花木。寂寞：冷清；孤寂。

[3] 宫女：被征选在宫廷里服役的女子。玄宗：唐朝皇帝李隆基。

◆**今译**

在那衰败冷落的皇帝昔日行宫里，庭院中的花木孤寂开放绿绿红红。

白发苍颜青春不再的健在宫女们，闲坐无聊谈说唐玄宗当年的事情。

◆**蓊斋语语**

论者或谓，该诗表现了作者对唐由盛而衰的感慨。

我倒觉得，此诗更多地反映了作者对白发宫女悲惨命运和凄凉境遇的同情，以及对于封建帝王摧残女性之罪恶行径的愤懑。

"寥落古行宫，宫花寂寞红。"

春天来了，是铺天盖地地来的，当然也来到了一个冷落衰败的皇帝的往昔行宫，这是就自然界的时令物候而言。至于对幽禁在行宫里的宫女们来说，则简直可以认为，春天不属于她们，她们没有春天，因为她们只有生存，没有或差不多没有生活，没有人生，没有未来，今天跟昨天一样，明天与今天无别，所以也就差不多没有时间的流变。庭院中的花儿开了，乃是秉承自然的意旨，同宫女们没有关系，如果说有关系的话，只不过引起伤心罢了，因而就只能是诗人所谓的"寂寞红"了。所谓花木寂寞，实是宫女寂寞。

"白发宫女在，闲坐说玄宗。"

尽管宫女们差不多已经没有了对时间流变的感受，然而时间的流变一刻也不曾忽略过对她们年华的销蚀。于是，曾经的青春少女，差不多就是在日复一日年复一年的"闲坐"中，变成了白发苍苍的老妇。

这里，我想荡开去多说几句。我曾作打油诗一首，曰："人生大概其，忙闲两事体。忙闲当有度，过则犹不及。忙里偷闲乐，闲里偷忙喜。两端共一比：天堂过日子。"我的意思是说，人生在世，所谓"生活"也者，大体说来，就是"忙""闲"两件事情。人不能光忙，光忙那是机器；人也不能光闲，光闲那是报废的机器。有忙有闲，忙闲有度而且其度适宜，才是正常的人生和生活。假如我们要从生活中选取那些最有趣味最感到享受的时段的话，一者，是由忙中偷出的闲；一者，是从闲中偷出的忙。世人都说神仙好，神仙无处去寻找。忙里偷闲之闲和闲里偷忙之忙，最令人感到乐意、惬意和适意，差不多就等于是在过神仙的日子了。

可悲的是诗中的宫女，偏偏就单是有闲，唯闲是具，无边无际，而且是那种几乎等同于空洞与虚无的闲。这就不是人过的正常日子了，重复地说就是只有生存而没有生活。如果一定说她们也还有别的什么的话，那就是无聊。无聊至极，寻找话题。多年幽禁宫中，跟外边的世界绝缘，又哪里有什么值得一聊的话题呢？只好再聊玄宗，唯有玄宗可聊。不言而喻，那都是不知已经聊过多少遍了的那点有关玄宗的陈谷子烂芝麻故事。

"闲"是埋葬宫女们的坟墓。

行宫则是她们的一口活棺材。

从另一个角度来说，虽然事实上她们早已死去，但作为控诉者的角色，却至今并将永远活着，当然是活在元稹的诗里。

不说其他方面的弊端，仅从以天下奉一人之封建帝制摧残女性的罪恶来看，封建帝制也应该被彻底打倒。

另有论者指出，元稹的这首《行宫》，可以同白居易的《上阳白发人》参互并观。《行宫》诗中的"古行宫"，就是洛阳行宫"上阳宫"，"白发宫女"就是"上阳白发人"。故特将《上阳白发人》抄录在下边——

> 上阳人，红颜暗老白发新。
>
> 绿衣监使守宫门，一闭上阳多少春。
>
> 玄宗末岁初选入，入时十六今六十。
>
> 同时采择百余人，零落年深残此身。
>
> 忆昔吞悲别亲族，扶入车中不教哭；
>
> 皆云入内便承恩，脸似芙蓉胸似玉。
>
> 未容君王得见面，已被杨妃遥侧目。
>
> 妒令潜配上阳宫，一生遂向空房宿。
>
> 宿空房，秋夜长，夜长无寐天不明。
>
> 耿耿残灯背壁影，萧萧暗雨打窗声。
>
> 春日迟，日迟独坐天难暮。
>
> 宫莺百啭愁厌闻，梁燕双栖老休妒。
>
> 莺归燕去长悄然，春往秋来不记年。

唯向深宫望明月，东西四五百回圆。

今日宫中年最老，大家遥赐尚书号。

小头鞋履窄衣裳，青黛点眉眉细长；

外人不见见应笑，天宝末年时世妆。

上阳人，苦最多。

少亦苦，老亦苦，少苦老苦两如何？

君不见昔时吕向《美人赋》；又不见今日上阳白发歌！

各呈精彩咏西湖
——读白居易《钱塘湖春行》

◆原文

钱塘湖[1]春行

孤山寺北贾亭西，水面初平云脚低。[2]

几处早莺争暖树，谁家新燕啄[3]春泥。

乱花渐欲迷人眼[4]，浅草才能没马蹄。

最爱湖东行不足，绿杨阴里白沙堤。[5]

◆注释

[1] 钱塘湖：即西湖。亦称钱湖。宋赵彦卫《云麓漫钞》卷五：“盖自前古以来，居人筑塘以备钱湖之水，故曰钱塘。”

[2] 孤山寺：古代杭州孤山上的寺院。唐元稹《永福寺石壁法华经记》：“永福寺，一名孤山寺，在杭州钱塘湖心孤山上。”贾亭：贾公亭。贞元年间贾全任杭州刺史时所建。初平：刚平，才平。云脚：低垂的云。

[3] 新燕：春时初来的燕子。啄：鸟用嘴取食或物。

[4] 乱花：纷繁的花。渐欲：行将。迷人眼：形容花开繁多难以分辨或使人眼花。

[5] 不足：不尽；不够。白沙堤：堤名。在西湖断桥与孤山之间，又称断桥堤。相传为白居易在杭州任刺史时所筑，故又称白公堤、白堤。或曰，白居易在杭州时，曾修堤蓄水，灌溉民田，其堤在钱塘门之北。后人误将白堤混为白氏所筑之堤。西湖三面环山，白堤中贯，在湖东一带，总揽全湖之胜。

放眼孤山寺北贾公亭以西，湖水才刚涨平堤岸云垂低。

早莺争向几处朝阳树枝落，谁家初来的燕子正忙衔泥。

花开纷繁行将使人眼发迷，青草浅浅刚能没过马蹄子。

最喜欢杨柳树阴下踱方步，在那条位于湖东的白沙堤。

◆翁斋语语

据载，该诗是白居易于长庆三年或四年（823 或 824 年）春天在杭州任刺史时作。

在我的印象中，就写西湖的诗而言，有两首知名度最高。其一，是白居易的这首《钱塘湖春行》；其二，是苏轼的《饮湖上初晴后雨》——

水光潋滟晴方好，山色空濛雨亦奇。

欲把西湖比西子，淡妆浓抹总相宜。

不言而喻，两首诗都非常好。

在我看来，苏诗的精彩之处，是在描摹了西湖晴日水光潋滟之好与雨中山色空濛之妙以后，把西湖比作历史上春秋时代著名的美女西施，而且用"淡妆浓抹总相宜"概括，可谓水到渠成，妙笔神来。

谁都知道西施非常美丽。然而，对于包括苏轼在内的后人来说，西施的美丽乃是个概念，换言之，谁也没见过和不知道西施究竟怎么个美法。何况，就算知道西施是怎么个美法，人跟湖泊又毕竟大相径庭。所以，我说，苏诗的好处是可以启发读者展开想象的翅膀，就像随便任何人无论怎么想象西施的美丽都不受限制一样，无论任何人怎么想象西湖的美丽也不受限制。只是，有一利必有一弊，其弊在于总难免有些抽象。

相比而言，白诗就具体了。

"孤山寺北贾亭西，水面初平云脚低。"

论者或谓，孤山在后湖与外湖之间，峰峦耸立，上有孤山寺，是湖中登览胜地，也是全湖一个特别突出的标志。贾亭在当时也是西湖名胜。有了第一句的叙述，第二句的"水面"，自然指的是西湖湖面了。

湖者，积水之大泊也。诗人来到西湖，不知是站在哪里放眼一望，首先关注的是孤山寺北贾公亭西的水面：春水上涨，与岸初平，浩浩荡荡，波光粼粼，波光之上则是天空低垂的云。如此这般，山色、水光与云影交互辉映，重点是写湖水——云是水的陪衬——从而也带出了两处游览胜地。

"几处早莺争暖树，谁家新燕啄春泥。"

接下来的两句，应该是写西湖岸边的景色。再具体也不可能面面俱到，故诗人选取最具代表性的对象描摹。想是早春又是早晨的缘故，天不是多暖和，所以，赶早飞来的莺鸟，争向这里那里几处首先被阳光照射到的树端聚拢。与此同时，不知谁家的新来乍到的燕子，掠过湖面，落在水边，忙着衔泥。正所谓莺歌燕舞。

"乱花渐欲迷人眼，浅草才能没马蹄。"

这两句还是在写湖岸（也有论者认为是写湖堤的）。既是早春时节，这样那样杂七杂八的花朵开了，不是最盛却正趋于最盛。它们沐浴着阳光，越来越令人眼花缭乱。青草当然也没有长得多高，可是在使劲上蹿，刚刚没过了行走其间的马的蹄子。在我看来，全诗这两句最好。其中又以"渐欲""才能"二词最富意蕴：它们予人以动感，生动展现出欣欣向荣、春意勃发的趋势和气势。

"最爱湖东行不足，绿杨阴里白沙堤。"

湖水、湖岸之后，就是湖堤了。沙堤中贯湖面，是湖堤也是湖岸，位于湖东一带。行走其上，左顾右盼，满眼风光，可总揽全湖之胜，无疑很惬意了，"行不足"理有固然。前边是"几处早莺争暖树"，这里又"最爱""绿杨阴里"走，看来，这一篇《钱塘湖春行》，就时间而言是从早晨写到了午间。

西湖美，怎么个美法？读过白诗，该有个大体轮廓、粗略印象了。

白诗苏诗对比读，是不是更有趣呢？

春隐大林捉迷藏

——读白居易《大林寺桃花》

◆原文

<h2 style="text-align:center">大林寺[1]桃花</h2>

人间四月芳菲尽，山寺桃花始盛开。[2]

长恨春归无觅处，不知转入此中来。[3]

◆注释

[1] 大林寺：寺名。在庐山香炉峰顶。

[2] 人间：俗世。这里指跟山寺相对而言的其他地方。芳菲：香花芳草。山寺：山中寺院。始：才，刚。

[3] 长恨：常常惋惜。春归：春去；春尽。不知：知，晓得，了解，也作省悟解。故"不知"于此可引申为"没想到"。转：转移。

◆今译

时届四月别处鲜花都已衰败，山上寺院里桃花却刚刚盛开。

一直遗憾春归去没地方寻找，没有想到它往这里转了过来。

◆蓊斋语语

据载，该诗作于元和十二年（817年）初夏，当时白居易在江州（今江西九江）司马任上。

"人间四月芳菲尽，山寺桃花始盛开。"

"飞雪迎春到"，春天多么好！春风送暖，春水荡漾，春草泛绿，春鸟欢唱。倘说春也有它的代表的话，那应该就是花了。所谓"春在溪头荠菜花"，所谓"万紫千红总是春"，所谓"春花秋月"——月是秋之魂，花是春之神（精神之神）。然而，花无百日红，四月尽凋零，一度轰轰烈烈、热热闹闹的春天，悄悄隐去了。

常识告诉我们，地域不同，比如，南方与北方，山巅与平原，其物候节令的迟早是不一样的。诗人被贬江州，初夏攀登庐山，忽见寺院里的桃树竟然其花灼灼，开放正盛。许是太过出乎意料，或者过去不曾见识过此类情况，总而言之，诗人惊喜异常，灵感飘然而至，禁不住要挥动他的诗笔了。

"长恨春归无觅处，不知转入此中来。"

春天隐去，杳无踪迹。它到哪里去了？年复一年，寻寻觅觅，东张西望，仰天俯地，惜乎迄无所得，唯有遗憾罢了。今日不期而遇，始得探获"秘密"：原来它登上山巅，原来它进入寺院，原来它"藏"在这里！

诗人明明是写时光推移，节令变化，夏天到来，春天过去，百花已经飘零，然而当他登上庐山，看见寺院里的桃花还正在开放的时候，他不说这地方地势高峻，气温偏低，所以桃花比山下的迟开了不少日子，而偏偏要说，好一个可爱的春呀，就那么悄无声息地走了，我找得好苦，今天可找到了……

请看，作为大自然物候之一的春季，本来是一种现象，到了诗人的笔下，则被赋予灵性，有着人的行踪，称之为"春姑娘"也未尝不可。按照通常的说法，就是把春给拟人化了。正是这样的说法，读来令人觉得，"春姑娘"一直在这儿那儿地奔走，走到哪里，哪里就是万紫千红的春天。——别开生面，境界焕然，趣味盎然。

孔夫子有谓："言之无文，行之不远。"反过来说，就是"言文行远"。所谓"文"者，词典以"文采"解之；所谓"文采"者，词典以"词藻雅丽；文章华美"解之；所谓"词藻"者，乃指"诗文中的藻饰，即用作修辞的典故或工巧有文采的词语"。

可是苏轼却说："大凡为文，当使气象峥嵘，五色绚烂，渐老渐熟，乃造平淡。"

于是来了问题：如果说诗文只有有文采才能行之而远的话，那么，超越"文采"之后的"平淡"，就应该更能够行之而远了。像白居易的《大林寺桃花》这样的诗，像贾岛《寻隐者不遇》等等许许多多可称之为"渐老渐熟，乃造平淡"的诗之能够行之而远，就是证明。

所以，我想，孔夫子之所谓"言之无文，行之不远"一语当中的那个"文"字，也许可以以"美，善"解之。"美，善"也是词典为"文"作解的义项之一。是不是可以认为，简而言之，"美，善"就是"好"。 文采丰赡，当然是诗文"好"的内涵之一，然而不止于此。诗文"好"，还有诸多其他方面的内涵。

那么，如何解读诗文的"美，善"，也就是"好"呢？我的说法是：其一，一样的话不一样说；其二，话说出了高水平。举例如下——

把话说得极具概括性，例如"朱门酒肉臭，路有冻死骨。"（杜甫《自京赴奉先县咏怀五百字》）

把话说得出人意表，例如"三山半落青天外，一水中分白鹭洲。"（李白《登金陵凤凰台》）

把话说得格外传神，例如"细雨湿衣看不见，闲花落地听无声。"（刘长卿《送严士元》）

把话说得格外别致，例如"海日生残夜，江春入旧年。"（王湾《次北固山下》）

把话说得极其警策，例如"曾经沧海难为水，除却巫山不是云。"〔元稹《离思五首（其四）》〕

把话说得蕴含哲理，例如"潮平两岸阔，风正一帆悬。"（王湾《次北固山下》）

把话说得极度夸张或极度缩小，例如"燕山雪花大如席，片片吹落轩辕台。"（李白《北风行》）"遥望齐州九点烟，一泓海水杯中泻。"（李贺《梦天》）

把根本不可能的事说得活灵活现，例如"知章骑马似乘船，眼花落井水底眠。"（杜甫《饮中八仙歌》）"南风吹归心，飞堕酒楼前。"（李白《寄东鲁二稚子》）

正话反说，例如"自当安蹇劣，谁谓薄世荣。"（韦应物《幽居》）

反话正说，例如"避贤初罢相，乐圣且衔杯。"（李适之《罢相》）

把静的说成动的，例如"山舞银蛇，原驰蜡象。"（毛泽东《沁园春·雪》）"过桥分野色，移石动云根。"（贾岛《题李凝幽居》）。

用动来衬托静，例如"蝉噪林逾静，鸟鸣山更幽。"（王籍《入若耶溪》）

用闲来衬托忙，例如"妇姑相唤浴蚕去，闲着中庭栀子花。"（王建《雨过山村》）

这边的心思从对过落笔，例如"遥知兄弟登高处，遍插茱萸少一人。"（王维《九月九日忆山东兄弟》）

将来的情景现在描摹，例如"何当共剪西窗烛，却话巴山夜雨时。"（李商隐《夜雨寄北》）

把直话说绕，例如"在我的后园，可以看见墙外有两株树，一株是枣树，还有一株也是枣树。"（鲁迅《秋夜》）。

等等。

综上可知，我之所谓一样的话不一样说而且说出了高水平，就是所说的话有创造性，富意蕴，耐琢磨，具有审美价值。

十年一剑是精神
——读贾岛《剑客》

◆**原文**

剑　客 [1]

十年磨一剑，霜刃未曾试。[2]

今日把示君，谁有不平事？ [3]

◆**注释**

[1] 剑客：精于剑术的人。

[2] 霜刃：明亮锐利的锋刃，亦指明亮锋利的刀剑。试：检验；检试。初次使用。

[3] 把：将。示：把事物摆出来或指出来给人看。不平事：指冤屈不公正的事情。

◆**今译**

我用十年工夫磨这一把剑，它霜雪般的利刃还不曾使。

今天特意拿来请先生过目，请问谁人有冤屈不平的事？

◆**蓊斋语语**

据载，贾岛该诗的诗题一作《述剑》。

论者或谓，"剑客"是诗人自喻，而"剑"则比喻自己的才能。诗人没有描写自己十年寒窗刻苦读书的生涯，也没有表白自己出众的才能和宏大的理想，而是通过巧妙的艺术构思，把自己的意想含而不露地融入"剑"和"剑客"的形象里。托物言志，抒写自己兴利除弊的政治抱负。

我认为这样解读是有道理的。不过，终归是绕了个弯儿，或曰，是从字面的后头去揣摩。我们的古人于文章特别是诗歌，有着从字面后头揣摩的传统，目的是求其微言大义。我们随便翻一翻《诗经注疏》，就知道有些篇目的解读与我们一眼望去的字面含义相差十万八千里之远。这是顺便说及，下面回到《剑客》。显而易见的是，我们不去绕弯，就从明处着眼，也是完全使得的。

按上述论者的解读，"剑客"是诗人自喻，以"剑"来比喻自己的才能。这就是说，"十年磨一剑"和"今日把示君"的，都是诗人自己，而所谓"君"者，则是另外的什么人。所"把示"之有着不曾一"试"的"霜刃"的"剑"，当然是代指诗人的治国才能。至于所说的"不平事"，就应该是朝廷在治国理政方面存在的弊端了。

按我从明处解读的想法，可以有两种解读。

其一，"十年磨一剑"和"今日把示君"的，都是诗人自己，所谓"君"者，是另外的什么人。这跟上述解读没有不同。所不同者，"十年磨一剑"之"剑"，就是一把"霜刃未曾试"的钢铁之剑，不是用剑来比喻经过寒窗苦读所增长起来的治国才能之类。"把示"于"君"的，当然也就不是诗人的治国才能之类，而是那把"霜刃未曾试"的钢铁之剑。所说的"不平事"，应该就是存在于现实当中这样那样的伤天害理、恃强凌弱、冤屈被欺之事了。

其二，"十年磨一剑"和"今日把示君"的，都不是诗人自己，而是另外的一个人。"今日把示君"的"君"，才是诗人。具体来讲，这位不是诗人的另外一个人说，他用十年工夫磨了一把剑——可能磨的是同一把剑，钢好难磨，磨了又磨，所谓"磨刀无法，按住死擦"。也可能是磨了不止一把剑，这把不行磨那把，磨剑的过程也是选剑的过程，磨来磨去，好容易磨出来一把。总而言之，是说磨剑下了很大的气力。另外，把诗人所谓磨剑，理解为精练剑术，应该也说得过去——可是还没有派过用场或验试过它的锋利程度。"今天我拿来给先生您过目，证明我不是空口说白话，并且请您告诉我：谁人他有冤屈不平之事，我愿前往伸张正义。"在我看来，这样解读与诗题《剑客》最相吻合。

按我这样的解读，这位指称为"剑客"的人，无论是诗人自己还是另有其人，其抱打不平、见义勇为的精神，是实施法治的重要思想基础，非常可贵，然而也有个问题值得注意，就是在伸张正义的行动中，不可以超越法律允许的界限。鲁提辖三拳打死镇关西（《水浒传》），痛快是痛快了，解恨是解恨了，却也不得不躲去五台山当了和尚。在封建社会尚且如此，时下就更不用说了。当然，就这个问题而言，更令人忧虑的是见义勇为的精神萎靡不振。

读《剑客》一诗，我最感兴趣的是它的头一句。

"十年磨一剑"，可贵是精神。其所体现的，是对于某种既定意向的坚定、坚守和坚持。百折不挠，艰苦卓绝。耐得住寂寞下得力，不达目的不罢休。世界上的事情，易者难好，好者难易。唯肯"十年磨"，始有高精尖！

令人遗憾的是，时下浮躁之风所在多有。慕虚名而轻实干，多招摇而少坚守。夜眠梦抱摇钱树，晨起思捡聚宝盆。做事总想一蹴而就，谋生总想一夜暴富。顾眼前弃长远，以数量代质量。搞形式主义，玩弄虚作假，干一锤子买卖。等等。凡此种种，危害性尽人皆知。那么，提倡向诗人笔下的"剑客"学习，发扬"十年磨一剑"的精神，就具有显而易见的现实意义了。

古道热肠标格高
——读杨敬之《赠项斯》

◆原文

赠[1]项斯

几度见诗诗总好，及观标格过于诗。[2]

平生不解藏人善，到处逢人说项斯。[3]

◆注释

[1] 赠：送给。

[2] 几度：几次，几回。观：观察；察看。标格：风范，风度。品格。

[3] 平生：一生；此生；有生以来。不解：不懂，不理解。藏：隐藏，掩遮。善：
美好；优点。说：夸奖；讲述；介绍。

◆今译

好几回读项斯的诗都觉得诗很好，及至观察人格风范又以为好过诗。

我这人一辈子不懂掩盖别人优长，所以走到哪里见了熟人就夸项斯。

◆翁斋语语

据载，杨敬之，字茂孝。元和进士，累迁屯田、户部二郎中。后因事贬连州刺史。文宗时，为国子祭酒，兼太常少卿。项斯，字子迁，江东人。会昌进士，官丹徒县尉。"始，未为闻人。……谒杨敬之，杨苦爱之，赠诗云云。未几，诗达长安，明年擢上第。"

"几度见诗诗总好，及观标格过于诗。"

看来，杨敬之与项斯没有什么特殊的私人关系，而且，在项斯拜见之前，杨敬之也不认识他。不知通过什么途径，杨敬之读到了项斯的诗。所谓"谒杨敬之"，可以有两种解释：一者，是项斯给杨敬之写信，附上自己的诗篇。一者，是项斯登门拜见，同时带去自己的诗篇。不言而喻，杨敬之当然是在见到项斯之前，先看到了极可能是项斯随信附去的诗。一读就觉得好。以后又一读再读，也都觉得好。一读觉得好，其好有偶然性。几度读来都觉得好，就见出水平来了。

在这种情况之下，项斯登门拜见。见到项斯其人的杨敬之，觉得项斯的人品风貌之好，比起他的诗来，是更有过之而无不及了。这评价非常之高。

有人问：人的标格怎么可以跟诗相比呢？我想，这是拐了个弯的说法。意思或可这样理解：项斯的诗好过一般人的诗，项斯的标格好过一般人的标格，虽然都是"好过"，但标格所"好过"一般人的程度，超过了诗所"好过"一般人的程度。总而言之，项斯第一是标格好，第二是诗好。

"平生不解藏人善，到处逢人说项斯。"

前两句是作者就项斯落笔，这两句就是写自己了。

以我的观察为据，世界之大，"藏人善"者和不"藏人善"者都不乏其人。但像杨敬之这样，既"不解藏人善"，又着意到处说"人善"，也就是走到哪里，见了人就主动介绍、夸赞项斯的诗好人品更好者，则不多见。

作者所谓"不解藏人善"者，不是真就不懂得怎么"藏人善"或不理解有些人为什么"藏人善"，而是说他不肯"藏人善"，决不做"藏人善"之事。于"不解藏人善"之前又加"平生"二字，更起强调作用。这是对于"藏人善"者和"藏人善"之行的批判，就中或寄寓着对一种"乐道人善"

之良好社会风气的期盼。

照我想来，一个人要能做到"不藏人善"和"乐道人善"，需要有两个条件。

一个是有识。就是有眼力有水平，能及时发现善。显而易见，这里的所谓"善"，基本上是就人才而言。大量事实说明，辨识人才的优劣，是一件难度很大的事。所谓"千里马常有，而伯乐不常有"。

一个是有德。所谓有德，在这个问题上又有两个方面的内涵。一个方面，是对于别人的善不嫉妒。一个方面，是有那份古道热肠，关心别人的成长，希望别人才得其用，并愿意具体、实际地施以援手。

这就是圣人所谓"知贤智也。推贤仁也。引贤义也。"

识才而且爱才，爱才而且助才——杨敬之"说项"，虽然目的全无个人考虑，结果却是在帮助了别人的同时，也展现了自己标格的高迈。想来这也是一种双赢乃至于多赢。

圣人还有个说法："益者三乐"。三乐之一，就是"乐道人之善"。如果说，世界上有一种双赢乃至于多赢是最美丽的话，那大概就是助人了。

关于项斯，论者或谓，《全唐诗》收其诗一卷，此外也未见有何突出成就，只是因为杨敬之的这首诗，他才为后人所知。

在我看来，项斯有诗流传下来，也就是成就了。现将他的《山行》诗一首抄在下面，应该说确实不错——

> 青枥林深亦有人，一渠流水数家分。
> 山当日午回峰影，草带泥痕过鹿群。
> 蒸茗气从茅舍出，缲丝声隔竹篱闻。
> 行逢卖药归来客，不惜相随入岛云。

武帝成仙不升天
——读李贺《马诗二十三首（其二十三）》

◆原文

马诗二十三首（其二十三）

武帝爱神仙，烧金得紫烟。[1]

厩中皆肉马，不解上青天。[2]

◆注释

[1]武帝：汉武帝刘彻。爱：喜欢，爱好。神仙：神话传说中的人物，有超人的能力，可以超脱尘世，长生不老。烧金：指方术之士炼丹砂为黄金。黄金：铜。道教仙药名。《史记·孝武本纪》："少君言于上曰：'祠灶则致物，致物而丹砂可化为黄金，黄金成以为饮食器则益寿，益寿而海中蓬莱仙者可见，见之以封禅则不死，黄帝是也。'"就此而言，黄金乃指做饮食器皿的材料，也许就是指铜。紫烟：紫色烟雾。

[2]厩（jiù）：马房。也泛指牲口棚。肉马：平凡的马。不解：不懂，不理解。

◆今译

汉武帝不明智希望自己长生不老，烧金炼丹得到的仅是紫色的雾烟。

可惜他马厩里全都是些肉胎凡马，不能驮他乘风驾云飞上天去成仙。

◆ 翁斋语语

"武帝爱神仙，烧金得紫烟。"

人生苦短，故假如长生不老可以成为一种人生选项的话，我想世界上绝大多数的人会将其作为首选。遗憾的是，假如不等于事实，所以人们就降格以求，力争长寿。

一般人，又特别是那些小小老百姓，不要说不相信人可以长生不老，就是相信的话，也知道再怎么轮也轮不到自己头上，干脆就不去想了。

皇帝跟一般人不同。至少是在有的皇帝看来，别人没份儿的事情，只要他想有份儿就一定有份儿。因为他是所谓"真龙天子"，掌握着至高无上的权力。即使老天爷只给下界一个长生不老可以升天的指标，那也非他莫属。唯其如此，对于长生不老这件事，皇帝是最容易宁可信其有、不可信其无的。信其有而积极争取却终于没有，固然也很遗憾；可以有却因为不信而不积极争取致终于没有，那个遗憾可就比前者大得多得多了。

汉武帝就是这样的皇帝。如果《史记·孝武本纪》的记述基本属实，那汉武帝简直就是一辈子都在忙活这事，或曰没忘下忙活这事。然而，他之"烧金"——关于"烧金"，一者，可以解读为经过烧炼得到"黄金"，也就是道教所谓的仙药；一者，可以解读为经过烧炼得到可做饮食器皿的物质；一者，也可以解读为烧掉了也就是花掉了大量的金钱——没有得到原本想得到的，所得到的不过是缭绕升腾的"紫烟"而已。

"厩中皆肉马，不解上青天。"

武帝不能乘"紫烟"上天成仙，"烧金"是白忙活了。能不能骑马升天成仙呢？假如他有神马或曰天马可骑，或者是可以的吧。但他没有这样的神马或曰天马。他的马棚里都是些凡俗的"肉马"，不具备上天的本事。所以他只能徒唤奈何了。

《史记·孝武本纪》有载，一个叫做公孙卿的人向汉武帝转述了一个叫申功的人的说法："黄帝采首山铜，铸鼎于荆山下。鼎既成，有龙垂胡髯下迎黄帝。黄帝上骑，群臣后宫从上龙七十余人，龙乃上去。"这是讲黄帝成仙升天时的情况。汉武帝听了这话竟然说道："嗟乎！吾诚得如黄帝，吾视去妻子如脱躧耳。""躧"者，草鞋之谓。意思是说，假如有一天他也能如黄帝那样有条龙垂下胡须带着升天成仙，他对于妻子儿女的态度，就像脱掉草鞋也似置之不顾。如此这般，可见此人是何等自私！

"卑贱者最聪明，高贵者最愚蠢。"至少是就"武帝爱神仙"即蒙蔽于长生不老这件事而言，高贵者显得委实太过愚蠢了些。还是以汉武帝为据，我想再说一句：高贵者也最自私——也许自私本身就是一种愚蠢。

按照我的猜想，像汉武帝这样的人，不能长生不老便罢，倘能长生不老，十有八九他就不上天了。作为皇帝的行为准则，一切的一切，他都是以自我为圆心。他应该知道，如果他到了天上，不过是众多神仙中的一个。他在人世，则可以千秋万代地永做皇帝。反正都是长生不老，他哪能舍得下皇帝的威福，去改做清心寡欲的仙家呢？

论者或谓，"厩中"两句，除暗示武帝求天马上青天的迷梦破灭外，还隐喻当时有才、有识之士被弃置不用，而平庸无能之辈一个个受到拔擢，窃据高位，挤满朝廷。如此所用非人，国家前途可虑。

我以为此说有些牵强。在我看来，如果说该诗有它的现实针对性的话，那就是当朝皇帝也"好神仙，求方士"，以致上行下效地形成了追求长生不老的风气，故诗人以鲜明的态度加以针砭。

心绪无事惜无诗
——读李商隐《日日》

◆ 原文

日　日 [1]

日日春光斗日光，山城斜路杏花香。 [2]

几时心绪浑无事，得及游丝百尺长？ [3]

◆ 注释

[1] 日日：每天。

[2] 春光：春天的风光、景致。斗：比赛；争胜。山城：依山而建的城市。斜路：歪斜的小路。

[3] 几时：什么时候。心绪：心思，心情。浑：全，整个。得及：赶上。游丝：飘动着的丝絮，用以形容春光荡漾。

◆ 今译

明媚的春光天天跟阳光争胜，山城小路旁的杏花开放正香。

什么时候心绪安宁清闲无事，就像那百尺之长的游丝一样。

◆ 翁斋语语

"日日春光斗日光，山城斜路杏花香。"

春天到来，暖阳照耀。姹紫嫣红的春光非常骄傲地认为，自己的绚烂是无与伦比的。如果说还有什么可以与之一比的话，那就是日光了，尤其是早间与晚间的漫天霞光，有着格外炫目的美丽色彩。于是，春光一天比一天更用心用意地装扮自己，必得将日光比赢才意舒心畅。显而易见，诗人是把春光给拟人化了。

虽然把春光拟人化了，也许尚嫌有点抽象或不够具体，诗人便进而将山城斜路两边的杏花推了出来。杏花的艳丽与芳香，是完全有资格作为春光的代表的，故后人有所谓"红杏枝头春意闹"之咏。朝霞诚然美丽，晚霞诚然美丽，然而都仅仅诉诸人们的视觉。杏花却除了有着跟霞光一样美丽的色彩诉诸人们的视觉外，又有着霞光所没有的诉诸人们嗅觉的花香。如此这般，就春光的自我感觉而言，它把日光给比下去了。但这是暂时的现象，止于一时一地罢了，随着夏季的到来，春光将无可奈何地悄然归去，而日光却更加强烈了。

"几时心绪浑无事，得及游丝百尺长？"

诗人于大好春光中，又看到另外一景：游丝在空中飘荡（小时候我在农村老家，每到春天，常见游丝在空中飘荡，成年进城以后，很少看得到了），无牵无挂，无忧无虑，无求无争，无怨无悔，大概就想到了自己夹在牛李党争之间的困顿无奈、仕途坎坷，以及由此而生之诸多萦回心头不得排遣的负面情绪，不由发一浩叹出来，曰：什么时候自己才没有这样那样的烦心事情在心头缠绕，就像眼前这百尺游丝一样自由自在、轻松愉快？

又记起那首极具启迪意义的好诗来了——

> 春有百花秋有月，夏有凉风冬有雪。
>
> 若无闲事挂心头，便是人间好时节。

翁斋赏诗

这是说心绪之于看待季节物候的影响。恰恰由于李商隐有着"闲事"，也就是烦事在心头，以致即使是在"山城斜路杏花香"的大好季节里，他想到的是"春光"与"日光"的"斗"，从而，对于春光的欣赏兴趣不免打了折扣，结果竟注目且羡慕起游丝来了。这当然值得同情。

话说回来，没有矛盾就没有世界，没有矛盾就没有感情，没有矛盾就没有思想。合感情思想两者而言之，或者也可以认为就是情志了。情志，感情志趣之谓。"诗言志"，在这里，"志"就包含志趣与感情两重意思在内。唯其如此，我说，没有矛盾也就没有诗歌了。具体到李商隐来看，作为后人，我们非常希望当年的他一切遂顺、万事如意，但那样的话，他就没有了有别于他人的感情奔突，愁肠百结，意气郁结乃至于思想升华，一言以蔽之，就没有他那些脍炙人口的诗歌佳构了。从这样的意义上说，他的诗歌就来自他的不幸。

忽然想到了这样的问题：一者是诗人人生的遂顺，一者是诗人人生的坎坷，假如由今人两者中任选其一，人们将如何选取？

好在这不是需要我们选择的事情。我们同情诗人的遭遇，只消喜欢他的诗歌，相信他就很高兴了。

闲逸稀缺温馨多
—— 读王维《渭川田家》

◆原文

渭川田家 [1]

斜光照墟落，穷巷牛羊归。[2]

野老念牧童，倚杖候荆扉。[3]

雉雊麦苗秀，蚕眠桑叶稀。[4]

田夫荷锄至，相见语依依。[5]

即此羡闲逸，怅然吟《式微》。[6]

◆注释

[1] 渭川：即渭水，亦泛指渭水流域。田家：农家。

[2] 斜光：傍晚的阳光。墟（xū）落：村落。穷巷：冷僻简陋的小巷；深巷。

[3] 野老：村野老人。倚杖：拄着手杖。荆扉：柴门。

[4] 雉（zhì）雊（gòu）：雉鸣叫。雉：鸟名，通称野鸡。秀：禾类植物开花抽穗。蚕眠：蚕在生长过程中要蜕皮数次，每次蜕皮前有一段时间不动不食，如处于睡眠状态，故称。

[5] 田夫：农夫。荷锄：扛锄。依依：留恋不舍。

[6] 即此：就此。羡：羡慕。闲逸：闲静安逸。怅然：失意不乐貌。吟：吟咏，诵读。式微：衰微，衰败。《诗·邶风·式微》："式微式微，胡不归？"朱熹《诗经集传》："式，发语辞。微，犹衰也。"又，《诗·邶风》篇名。《诗序》说，黎侯流亡于卫，

随行的臣子劝他归国。后以赋《式微》表示思归之意。

◆今译

傍晚时分阳光斜照着村落，放牧的牛羊回到简陋小巷。

村上的老人心中惦念牧童，手拄着拐杖在柴门旁候望。

蚕休眠时桑树叶被采稀疏，野鸡叫田野小麦穗抽花杨。

农夫们肩扛锄头回到村里，邻里见面情依依拉呱话长。

由此羡慕农民的闲静安逸，意惆怅吟咏起了《式微》诗章。

◆蓊斋语语

据载，自开元二十五年（737 年）宰相张九龄被排挤出朝廷之后，王维政治上失去依傍，感到进退两难。正是怀抱这样一种心绪，他在乡野农村有所见而有所思，于是有此一篇诗作问世。

全诗十句可分三个层次解读。

"斜光照墟落，穷巷牛羊归。野老念牧童，倚杖候荆扉。"这是第一个层次。

天色向晚，夕阳斜照，袅袅炊烟从村里升起来了。在外放牧的牛呀羊呀，被牧童的响鞭所驱赶，叫声"咩咩"，三三两两或者呼呼噜噜的一群进入胡同。应该是牧童的爷爷吧，老态龙钟，手拄拐杖，心里惦念着孙子，正站在柴门边张望。——家庭和睦，祖孙情深。

"雉雊麦苗秀，蚕眠桑叶稀。田夫荷锄至，相见语依依。"这是第二个层次。

野鸡声声鸣叫，据说意在求偶。麦苗抽穗杨花，时令当届初夏。蚕妹静卧休眠，桑叶已被采摘得很显稀疏了。下坡锄地的农夫肩扛锄头回到村里，遇见了久日未见或者也许是天天都碰头打脸的乡邻，驻足交谈，扯天拉地，其情依依，久久不去。——乡邻友好，关系和谐。

"即此羡闲逸，怅然吟《式微》。"这是第三个层次。

目睹上述情景，诗人想到了自己的处境，两相对比，非常羡慕农民生活的闲静安逸，不禁吟咏"式微式微，胡不归"的诗句——他觉得自己应该"归园田居"了。

诗人之所谓农民的"闲逸"，在我看来，其实是不确的。

大体说来，农民是一年到头，一天到晚，都处于忙碌状态。大忙季节不用说了，那叫"争秋夺麦"。即使相对于大忙季节的"农闲"季节，农民也得积肥，也得喂牲口，拾柴、搂草、挖沟、拉土、修缮房屋等等，大多都有忙不完的活计。所谓"俩眼一睁，忙到掌灯"，乃就男人们而言。至于女人，则除了白天推磨赶碾烧锅做饭而外，又大多"三更灯火五更鸡"地纺线、织布、缝衣衫。"闲逸"也者，真是太少了。

或许有人会问：诗人是不是仅就农民的心态而言呢？我说，就心态而言，农民所多的乃是惆怅。不要说雇农、佃农，就是自己有田有土的人家，因为靠天吃饭，既怕旱，又怕涝，还怕风、雹、虫、蝗各样灾害，年年烧香拜佛，祈求风调雨顺，惜乎风调雨顺的年景偏也是太少。以致夏愁单（衣），冬愁棉（衣），青黄不接愁三餐。如此穷苦日月，心又怎么能"闲逸"得起来呢？

如果说农民的生活状态有什么确实值得羡慕的话，那应该就是家庭亲情的温馨和乡里关系的和谐了。

存在决定意识，需求引发情感。因为生活艰难，一家人之间就更懂得相互关照，相濡以沫，携手抵御生活中的风风雨雨。因为经济情况困顿，无论生产工具还是生活用具，邻里之间必须互通有无，今天我借你家的这个家伙什用，明天你借我家的那个家伙什使，尤其车呀耙呀等大农具和牲口是如此（记得小时候我在农村老家，每到夏天，一个砸蒜的蒜臼，也是在东邻西舍间借来借去），谁也无法自个关起门来朝天过。事实上，该诗最打动人的地方，也正是其所描摹的家庭亲情的温馨和乡里关系的和谐两个方面。

人到老来不妨狂
——读杜甫《狂夫》

◆原文

狂　夫[1]

万里桥西一草堂，百花潭水即沧浪。[2]

风含翠篠娟娟静，雨裛红蕖冉冉香。[3]

厚禄故人书断绝，恒饥稚子色凄凉。[4]

欲填沟壑唯疏放，自笑狂夫老更狂。[5]

◆注释

[1] 狂夫：放荡不羁的人。

[2] 万里桥：桥名。在四川省成都市南。草堂：茅草盖的堂屋。旧时文人常以草堂名其所居，以标风操高雅。百花潭：潭名。在今四川省成都市西郊。潭北有杜甫的草堂。沧浪：古水名。有汉水、汉水之别流、汉水之下流、夏水诸说。《孟子·离娄上》："有孺子歌曰：'沧浪之水清兮，可以濯吾缨；沧浪之水浊兮，可以濯吾足。'"这里之沧浪即指孺子所歌之沧浪。

[3] 含：置物于口中，既不咽下，也不吐出。容纳。翠篠（xiǎo）：绿色细竹。娟娟：飘动貌。美好貌。雨裛（yì）：细雨润湿。裛：通"浥"。沾湿，润湿。红蕖（qú）：红荷花。冉冉：柔弱下垂貌。

[4] 厚禄：优厚的俸禄。故人：旧交；老友。书：书信。恒饥：经常挨饿。稚子：幼子；小孩。凄凉：犹凄惨。

[5]欲：将要。填沟壑：谓埋尸于沟壑，指死。唯：独；仅；只有。疏放：放纵，不受拘束。

◆ 今译

万里桥西有我的一处草堂，百花潭水就好比歌中沧浪。

柔风爱拂翠竹摇纤尘不染，微雨润娇弱荷花流溢芬芳。

俸禄丰厚的老友断了书信，经常挨饿的幼子脸色青黄。

频死人无所顾忌自我放纵，自笑我一向狂放老而更狂。

◆ 翁斋语语

据载，该诗作于上元元年（760 年）杜甫卜居成都草堂的时候。

诗题命曰《狂夫》，乃是诗人对自己的写照。或者也不妨说是诗人把自己当作了典型人物，所以一上来先写所处的典型环境。

"万里桥西一草堂，百花潭水即沧浪。""草堂"是居所，"万里桥"和"百花潭"就在"草堂"附近，是诗人生活中具有标志性意味的景点，或曰风物。

"风含翠篠娟娟净，雨裛红蕖冉冉香"，则是从所处环境大体轮廓的介绍，进入对于环境细部景象的描摹。"翠篠"，竹也，可能就生长在"万里桥"边。"红蕖"，荷也，当然亭亭玉立于"百花潭"中。"风含"句中的"含"字，与"雨裛"句中的"裛"字，极好。前者令人想到 "顶在头上怕摔着，含在嘴里怕化了"的俗语，后者令人想到"好雨知时节""润物细无声"的佳句，分别表现了对于"翠篠"和"红蕖"的似乎是特意而为的关照、温存和爱抚，以致"翠篠娟娟静""红蕖冉冉香"，呈现非同一般的绝佳风致。尤其是那个"含"字，比"窗含西岭千秋雪"中的"含"字用得更出人意料，真是奇思妙想。

"厚禄故人书断绝，恒饥稚子色凄凉。"仅从字面着眼，好像还没有写到主人公。事实是主人公，即诗人自己已经登场了。"厚禄故人"是诗人的"厚禄故人"，"恒饥稚子"是诗人的"恒饥稚子"。诗人就在他们旁边。这两句所写的内容，与前四句反差很大，可谓急转直下。生活仰仗于他人的接济就已经够困难了，他人的接济竟又断绝，状况便可想而知——连"稚子"都"恒饥"了，诗人一家中的别人就更不待言了。

　　"欲填沟壑唯疏放，自笑狂夫老更狂。"承接五六两句，这最后两句把题点了出来。"欲填沟壑"，来日无多，唯"狂"可以一如既往。岂但一如既往而已，且是"老更狂"了。所谓"自笑"也者，应该是正话反说，即并非真就耻笑或讥笑自己的"老更狂"，而恰恰是对于自己之一向"狂"和"老更狂"的肯定、欣赏与坚持。因为诗人之"狂"，是"狂直"之"狂"，"狂放"之狂，"狂逸"之狂，"狂达"之狂，诸如此类。这是对于艰难困厄的蔑视，对于坎坷命运的抗争，就中昂扬着豪气。

　　现在，回过头去再看，我们就会发现，上述对典型环境和生活困窘的叙写，固然是在叙写环境和困窘，但又不止于此。所谓"万里桥"者，是由三国时费祎的一句话而来："万里之路，始于此行。"如此不同寻常的"万里桥"，理应对诗人的"狂夫"形象有其烘托作用。将"百花潭"与"沧浪"相提并论，自然让人想及《孟子·离娄上》所载之孺子所歌："沧浪之水清兮，可以濯吾缨；沧浪之水浊兮，可以濯吾足。"这是一种随遇而安无可无不可的人生态度，也正是"狂夫"所应有的旷达。至于"风含翠篠娟娟净，雨裛红蕖冉冉香"两句，则表现了诗人在"厚禄故人书断绝，恒饥稚子色凄凉"的困窘处境之下，依然不失其雅，不失其趣，更非一般"狂夫"所能做到。总而言之，粗粗看去，该诗对于环境和困窘的叙写，好像同《狂夫》的命题相去甚远，事实是每一句都紧扣住了题旨。杜甫诗歌的艺术性之高，确实有"诗圣"的水平。

　　人生在世，有些时候不妨狂上一把，有些时候则不可以。一者，春风得意的时候不可以狂。春风得意而狂那是张狂，张狂是忘乎所以，是走下坡路的开始。一者，年轻的时候也不可以狂。年轻的时候狂那是轻狂，轻狂是不谙世事的表现，对成长上进不利。与此相反，人在困窘的时候不妨一狂。这个时候狂是自我振作，自己给自己打气，有利于摆脱困窘。另外，人到老来也不妨一狂。人到老来，吃的盐多知道了生活的咸淡，走的路远知道了人生的坎坷，应该达于"随心所欲不逾矩"的境界了，而实际情况却是，精神偏多不振，思想偏多保守，甚或息交绝游，自我封闭。如此这般，很不利于身心健康和提高生活质量。有鉴于此，我说，老来狂上一把，不啻是自我解放，自我张扬，自壮声威，自我欣赏。一言以蔽之，曰：不教云遮月，要活夕阳红。

人家诗圣杜甫不是公然宣称自己"老更狂"吗？这值得老年人学习。

言简意赅励世箴

——读李群玉《放鱼》

◆原文

放　鱼[1]

早觅为龙去，江湖莫漫游。[2]

须知香饵下，触口是铦钩！[3]

◆注释

[1] 放鱼：将捕获的鱼放生。

[2] 觅：求取。为龙：古代传说黄河鲤鱼跳过龙门，就会变化成龙。《埤雅·释鱼》："俗说鱼跃龙门，过而为龙，唯鲤或然。"清李元《蠕范·物体》："鲤……黄者每岁季春逆流登龙门山，天火自后烧其尾，则化为龙。"由此可知，所谓"为龙"意思即成为龙。或以之比喻人的飞黄腾达。江湖：江河湖海。漫游：随意游玩。

[3] 须知：必须知道。应该知道。香饵：渔猎所用之诱饵。触口：撞，碰。接触。铦（xiān）钩：锋利的钓钩。

◆今译

争取及早地变化成龙去吧，不要贪恋在江湖四处漫游。

应该知道那藏在香饵里的，吞下口就是锋利的钓钩呀！

◆ **翁斋语语**

　　放生乃慈悲为怀者的一种善举，各朝各代多有之。《列子·说符》："邯郸之民，以正月之旦献鸠于简子，简子大悦，厚赏之。客问其故，简子曰：'正旦放生，示有恩也。'"宋沈括《梦溪补笔谈·药议》："予尝见丞相荆公喜放生。每日就市买活鱼，纵之江中，莫不洋然。"就是我小的时候，还听我爷爷说过，我老爷爷曾买鱼放生过。不知李群玉这首《放鱼》诗所写的放鱼者，是他自己还是别人，我认为是他自己的可能性较大。令人感到有趣的是，整个一首题曰《放鱼》的诗歌，竟然没有涉及哪怕一点如何放鱼的细节，全都是放鱼者在放鱼时对于所放之鱼的殷切嘱咐。

　　"早觅为龙去，江湖莫漫游。"按照我的想象，诗人将鱼儿捧在手里，将放未放之际，口中念念有词：不是说跳过了龙门就能够变化为龙吗？愿你尽早跳过龙门化而为龙。水流湍急，逆行而上，跳过龙门决然不是件容易的事情，注定需要勇往直前的精神和百折不挠的努力，千万不可以贪图玩耍，这儿那儿漫无边际地游荡玩耍。

　　"须知香饵下，触口是铦钩！"诗人在指给鱼儿一个堪称光辉灿烂的奋斗目标且嘱其不可贪玩之后，进而想到了前进道路上隐伏的凶险，于是又特为提醒：那些处心积虑意欲将你捕获的人们，这里那里垂下了香饵。香饵固然香，就中有钓钩，万勿吞食之，否则必被捉。假如又被捉住的话，鱼且做不成，遑论"觅为龙"。

　　如此这般面对鱼儿嘱咐，鱼儿哪里晓得，也可以说是"言之谆谆，听之藐藐"。不过，在诗人看来，鱼儿你听不听和听得懂听不懂是一回事，放鱼人我嘱咐不嘱咐是另一回事，我嘱咐了就是心到了。——我们看世人行善的动因，有的是出于获得好报的考虑，所谓"积善余庆"，所谓"积德裕后"。有的则纯粹出于恻隐之心，或助人为乐，不然就过意不去，就心中不安或心中不乐，总之是并无个人所求。如果说有的话，那就是求得一个心安，求得一个心乐。但是，换一个角度来看，求得一个心安或求得一个心乐，岂非也是个人之所求？只不过是在更高层次上的个人所求罢了。由此可见，在一定情况下，为人（包括为公）可以是为己，为己可以是为人（包括为公）。在这里，为人和为己（为公和为私）融合统一了。这合乎唯物辩证法。——这样的放生，较比别人那种仅仅放一条活路给鱼的放生，其关怀体贴的程度自然又深了一层。

或者，诗人所以这样嘱咐，压根就是借嘱咐鱼儿来嘱咐世人。这样理解的话，就完全可以把这首小诗当作一篇言简意赅的励世箴言来读了。另外，看成是诗人自我励志的箴言大约也说得过去。

分析此一箴言的要点，有这样三个方面：其一，要树立远大的志向，就像鱼儿的"早觅为龙去"。其二，要懂得有所失方才有所得的道理，付出应有的努力，就像鱼儿的"江湖莫漫游"。其三，要经得住这样那样诸多诱惑的考验，就像鱼儿的"须知香饵下，触口是铦钩"，不让贪欲惑乱了心性。显而易见，这样的嘱咐、劝勉，或曰建议，是有其现实的参考价值的。

话说回来，人生在世，怎么样都是过一辈子。在奉公守法做一合格公民的前提下，只要自己愿意或不去计较，目标高点低点都无可无不可，倒并不一定非得怎么怎么不行，比如，出人头地呀，飞黄腾达呀，名官显宦呀，青史留名呀，光宗耀祖呀，或者什么腕儿，什么款儿，什么家，等等。人民创造历史。世界上什么时候都是世俗凡人、普通老百姓占"人民"的绝大多数。

但有一点值得注意，就是也有这样的同志：年轻时人生目标不高、努力不够却心安理得来着，然而到得老来竟又感到后悔。

唯其如此，我说，对差不多尽人皆知的"少壮不努力，老大徒伤悲"这两句诗，既可以解读为年轻时目标不高、努力不够，到得老来再想努力也努力不动，以致徒然悲伤；也许还可以拿来作年轻时目标不高、努力不够，到得老来又感到后悔悲伤的同志的写照。

这样看来，一般而言，人在年轻的时候还是将目标适当定高一些，多努一把力为好。一方面，就个人来说，当然是不至于老来后悔；另一方面，就整个世界来说，将自我人生目标适当定高一些因而努力也多一些的人越多，人类文明就能进步得越快一些。

读诗想起故事来
——读陆龟蒙《别离》

◆原文

别　离^[1]

丈夫非无泪，不洒离别间。^[2]

杖剑对尊酒，耻为游子颜。^[3]

蝮蛇一螫手，壮士即解腕。^[4]

所志在功名，离别何足叹。^[5]

◆注释

[1] 别离：离别。

[2] 丈夫：犹言大丈夫。指有所作为的人。间：一定的空间或时间里。

[3] 杖剑：持剑。尊酒：犹杯酒。耻为：羞于做出。游子：离家远游的人。颜：面容；脸色。神态。

[4] 蝮（fù）蛇一螫（shì）手，壮士即解腕：比喻面临危急，当弃小以全大。语本《史记·田儋列传》："蝮螫手则斩手，螫足则斩足。何者？为害于身也。"《三国志·魏书·陈泰传》："古人有言：'蝮蛇螫手，壮士解腕。'"谓勇士手腕被蝮蛇咬伤，就立即截断，以免毒性扩散全身。比喻做事要当机立断，不可迟疑、姑息。蝮蛇，蝮蛇科，头呈三角形，体色灰褐而有斑纹，口有毒牙，生活在平原及山野，以鼠、鸟、蛙等为食，也能伤人畜。螫，毒虫或蛇咬刺。壮士，意气豪壮而勇敢的人。即，当即。

[5]志：志向；志愿。功名：功业和名声。旧指科举称号或官职名位。何足：犹言哪里值得。叹：叹息；叹气。

◆今译

大丈夫并不是没有眼泪，但不在亲朋离别时轻弹。

持剑在手面对美酒一杯，为一副凄惶态感到赧然。

倘一旦被毒蛇咬伤了手，勇士就毅然将手腕斩断。

把功名作为自己的追求，相别离哪里还值得叹惋。

◆翁斋语语

古人写离别诗的很多，然而写到像陆龟蒙这样非常不以离别为意的程度的情况，就我有限的视野而论，是很少见的。照我想来，他这是为自己写照。

"丈夫非无泪，不洒离别间。"大丈夫并不是没有眼泪，只是不在离别的时候抛洒而已。头一句是大实话：丈夫也是人，人岂无泪哉？第二句承上启下，乃全诗的中心议题。"杖剑对尊酒，耻为游子颜。"把剑在手，面对美酒。不言而喻，这是写聚会时也许就是友人为诗人饯行或诗人为友人饯行时的情况，之后就要告别了。在诗人看来，当此之时，唯一应该关注的，是前路，是未来，因此各人都应呈一副壮志凌云的英雄气概，而以现一副凄凄惶惶的游子神态而感到羞耻。这是说离别之时不应该洒泪。"蝮蛇一螫手，壮士即解腕。"事情有大小轻重之分，每每有所失才有所得。古时的豪勇之士手被毒蛇咬伤，为防毒性扩散，保全生命，就毫不犹豫地抽刀断腕。这是拿"壮士解腕"的典故对照，说明看轻离别不流眼泪，体现了理性，是正确、明智的选择。"所志在功名，离别何足叹。"人生在世，贵在有所追求。"我们"志在博取功名。将离别与功名相比，轻重乃不成比例。既然如此，离别流泪就实在不值得了。

作为封建时代的读书人，矢志不渝地谋求功名，可以说乃天经地义的事情。从这首《别离》诗看，陆龟蒙之谋求功名，真可谓心坚意决，志在必得。我以为这没有什么不好。但同时我又觉得，即令心坚意决地谋求功名，好像也没有必要这么尖锐地同对友情的留恋对立起来。想想王勃的诗句："城阙辅三秦，风烟望五津。与君离别意，同是宦游人。海内存知己，天涯若比邻。无为在歧路，儿女共沾巾。"也是讲谋求功名，也惋惜离别，但话说得非常温暖。难道这样的劝勉，不也是一种自励和励人的力量吗？要而言之，只要不是太过婆婆妈妈，以至于有损奋进的锐气，看重友情和惋惜别离，完全值得肯定。此所谓"无情未必真豪杰"。另外，我还认为——没有事实根据，纯然个人揣摩——一个重情的人谋求功名，功名一经谋得，可能会更多些地去考虑国家和百姓的利益，一个太不重情的人谋求功名，功名一经谋得，可能会更多一些地考虑自己的利益。

终其一生，陆龟蒙好像没有谋得什么功名，这有其小传为证。就谋求功名这类事情——不止是谋求功名这类事情——而言，一方面，当然要有个人的努力；一方面，还得看机遇是不是垂青。在许多情况下，机遇之是否垂青——用我乡亲的话说，是"命里有没有，福分够不够，耳刀（朵）垂子厚不厚"——较个人之是否努力更为重要。本来志在必得，终于没有得到，诗人所受打击的沉重就可想而知了。不知道诗人是否曾为此流过眼泪。

读陆龟蒙诗，想起于报端读到的一则故事——忘记作者说没说故事的来源了——以为有趣，故凭记忆复述如下——

陆龟蒙养了一群鸭子。一天，当地一名差吏给打死了一只。

陆龟蒙问："为什么打死我的鸭子？"

差吏横二八愣地说："打死就打死了，有什么大不了的？"

"这回你闯下大祸了。"

"莫名其妙！不就是一只鸭子嘛。"

"这不是一只普通的鸭子。"

"笑话！怎么个不普通法？"

"它会说人话。"

"鸭子会说人话？"

"不错。我正要上奏皇帝，因为这是祥瑞，你把它打死了，我只好如实上奏。"

一听这话，差吏害怕了，便求告陆龟蒙不要上奏，表示愿多出些银两赔偿。哀求半天，陆龟蒙才勉强同意。当差吏把答应赔偿的银子交付以后，他问陆龟蒙：

"这只鸭子会说什么人话？"

"它会说自己的名字：'鸭！'"陆龟蒙答道。

相比陆龟蒙的《别离》一诗，我更喜欢这个故事。

目不见睫富意蕴
—— 读杜牧《登九峰楼寄张祜》

◆原文

登九峰楼^[1]寄张祜

百感衷来不自由，角声孤起夕阳楼。^[2]

碧山终日思无尽，芳草何年恨即休。^[3]

睫在眼前长不见，道非身外更何求？^[4]

谁人得似张公子，千首诗轻万户侯。^[5]

◆注释

[1] 九峰楼：一作九华楼。在今安徽省贵池县九华门上，唐建。

[2] 百感：种种感慨。衷：内心。自由：由自己做主；不受限制和拘束。角声：号角之声。古代军中吹角以为昏明之节。角，古乐器名，出西北游牧民族，鸣角以示晨昏，军中多用作军号。孤起：单独响起。孤：单独。

[3] 碧山：青山。终日：整天。思无尽：想念没有穷尽，没有止境。芳草：香草。恨：失悔；遗憾。即休：停止；罢休。即，至，到。

[4] 睫：眼睑边缘的细毛。长：常常；经常。道：道德；道义。亦指宇宙的本体及其规律，即"真理"。

[5] 得似：怎似；何如。张公子：张祜，字承吉，清河（今河北省邢台市清河县）人。初寓姑苏，后至长安，又至淮南。爱丹阳曲阿地，隐居以终，是当时的著名诗人。万户侯：食邑万户之侯。比喻高官厚禄。

◆今译

诸多感慨不由自主从内心生出来，远处角声传到夕阳映照的九峰楼。

我对您的想念就像这青山不改貌，离别的怅惘有如香草般没有尽头。

睫毛长在眼前偏就是常常看不见，有着高尚的道德就可以别无所求。

有哪个及得上张公子您这样清高，诗章千首不把万户侯放在眼里头。

◆翁斋语语

论者或曰，此诗系有感于白居易非难张祜而发。长庆年间（821—824 年），白居易为杭州刺史，张祜请他贡举自己去长安应进士试。白居易出题面试，把张祜置于徐凝之下，使颇有盛名的张祜大为难堪，杜牧事后得知也很愤慨。会昌五年（845 年）秋天，张祜从丹阳寓地来到池州看望出任池州刺史的杜牧。两人遍游境内名胜，以文会友，交谊甚洽，此诗即作于此次别后（也有说作于会昌六年，即公元 846 年的）。诗人把自己对白居易的不满与对张祜的同情、慰勉和敬重，非常巧妙而有力地表现了出来。

杜牧此诗内涵丰富，但我最感兴趣的是"睫在眼前长不见"一句。

《汉语大词典》有词条"目不见睫"一则，指出，语出"《韩非子·喻老》："臣患智之如目也，能见百步之外而不能自见其睫。"事实确实如此。人的睫毛就长在眼睑上，没有别的什么比它离眼睛更近了。就常理而言，距离近才容易看到。可是，假如不借助镜子，谁见过自己的睫毛呢？目不见睫，当然不是睫毛的问题，而是眼睛的问题。就中生理上或物理上的道理，笔者说不清楚，反正事实就是这样。事实明明如此，未曾有谁注意，既经一言道破，无人不称妙语。这是文学的巨大魅力所在。诗人化而为诗，可谓活学活用。

显而易见，杜牧写这句诗是批评白居易目不见睫，同时也表达了对于张祜的安慰：像张祜这样的著名诗人到跟前接受面试，竟然都没能做出公允的评价，评价者的水平就可想而知了。

关于杜牧对白居易不满，我说，张祜固然是著名诗人，难道白居易不也是或更是著名诗人吗？张祜既然请白居易贡举，说明他跟白居易没有隔阂。鉴于请贡举者非止一人，白居易出题面试，是负责任的表现。至于把张祜置于徐凝之下，那是白居易个人评判的结果。究竟评判得是否正确，很难说清。文章也好，诗歌也好，由于各人的欣赏标准和趣味不同，结论常有不同甚或大相径庭，更不要说，即使名家也难免有看走了眼的时候。杜牧对白居易把张祜置于徐凝之下不满，徐凝对此又怎么看呢？总之，就这件事情而言，白居易不见得有多大错处。

我之所以对"睫在眼前长不见"一句诗感兴趣，更在于觉得它颇富哲理意味，予人以多方面的启迪。我想到了如下两点。

"金无足赤，人无完人。"世界上没有没有毛病或曰缺点的人。毛病在自己身上，当然离自己最近，自己理应能最早发现，事实却恰恰相反。这不也是一种"睫在眼前长不见"吗？所以说"人贵有自知之明"，是因为人难有自知之明。所谓难有自知之明，不是难在知道自己的优长，而是难在知道自己的毛病。这里的一个"知"字，除了当发现讲外，也许还可以当承认讲。如众所知，有些人自己看不到自己的毛病是一个方面，更严重的是别人给指出来还不愿承认。自身毛病看不见，故而应该多自省。

"人才难得"。人才之所以难得，按照韩愈"千里马常有而伯乐不常有"的说法，乃因为缺少识才的伯乐。识才伯乐少，集中表现为对于身边的人才看不见。身边人，故熟悉。既熟悉其优长，也熟悉其毛病。说起来，谁都知道对人不能求全责备，但真到选拔人才的时候，又往往求全责备，当然就做不成伯乐了。这岂非又一种"睫在眼前长不见"？身边人才易忽略，远来和尚会念经，这是一个问题的两个方面。总而言之，求全责备使不得。

看不见自己的毛病，自我感觉甚佳；对别人求全责备，以完人的标准加以要求。这是一个问题的两个方面，都是形而上学片面性。

正道直行常蹉跎
——读罗隐《感弄猴人赐朱绂》

◆原文

感弄猴人赐朱绂 [1]

十二三年就试期，五湖烟月奈相违。[2]

何如学取孙供奉，一笑君王便着绯。[3]

◆注释

[1] 感：感慨，感伤。弄猴人：以驯养猴子为生的杂耍艺人。赐：赏赐。对帝王下达旨意的敬称。朱绂（fú）：古代礼服上的红色蔽膝。后多借指官服。

[2] 就：赶赴。趋向。试期：考试的日期。五湖：古代吴越地区的湖泊。其说不一。或曰吴县南部的湖泽，或曰太湖，或曰太湖及附近四湖等。另外，也用以总称江南五大湖，也用以称洞庭湖。烟月：云雾笼罩的月亮。代指各种供人消闲的美景之地。奈：无奈，怎奈。相违：互相避开；彼此违背。

[3] 何如：用反问语气表示不如。学取：学得；学着。供奉：特指以某种技艺或姿色侍奉帝王。亦指以某种技艺侍奉帝王的人。君王：古称天子或诸侯。着绯（fēi）：穿红色的官服。绯衣乃古代朝官的红色品服。唐制文武官员三品以上服紫，金玉带；四品服深绯；五品服浅绯，并金带。

◆ 今译

　　十数年每到考试的时候就应考，奔波在外辜负了家乡美好风光。

　　哪里及得上效仿玩猴的孙供奉，博皇帝一笑就穿上红色的官装。

◆ 翕斋语语

　　据载，黄巢起义爆发后，唐昭宗逃难，随驾的伎艺人只有一个耍猴的。这个耍猴的人把猴子驯养得很好，猴子居然能跟皇帝随朝站班。唐昭宗很高兴，便赏赐耍猴的五品官职，身穿红袍，就是所谓的"赐朱绂"，并给称号叫作"孙供奉"。"孙"不是这个人的姓，而是"猢狲"之"狲"的谐音，"孙供奉"意为驯猴供奉御用的官。论者或谓，罗隐的这首诗，就是有感于此事而作，故题曰《感弄猴人赐朱绂》。

　　"十二三年就试期，五湖烟月奈相违。"

　　罗隐本名横，以十举进士不第，乃改名（资料显示，在古时的科考中，有的人因名字起得好而得状元，有的人则因名字起得不好而丢状元，所以罗隐改名就应该是有道理的了）。可惜改名以后也没能金榜题名（也可能是没有再考）。应试的最终目的是进入仕途，即使不能多么飞黄腾达，总得要弄个一官半职。有一句话形容考试落第之人的外在表现和内在心态极为传神，曰："上轿女儿哭是笑，落第举子笑是哭。"诗人屡试不中，其悲哀、沮丧、愁苦与愤懑的程度之深，是不难想象的。唯其如此，当他得知一个耍猴人竟然因猴子耍得好，皇帝很喜欢，一家伙就授五品官，穿红色服，非同一般的惊骇与震动之后，自然就想到了自己：十年寒窗不寻常，挖空心思做文章，离乡背井奔考场，希冀连连变失望。

　　"何如学取孙供奉，一笑君王便着绯。"

　　人生千条路，不吊一棵树。蹉跎教人更张，榜样就是方向。事到如今，

翕斋赏诗

<< 324

不如干脆学习孙供奉的样子，也去弄个猴子耍耍或者干点别的什么，倘能哄得皇帝开心一笑，自己就也能够得赐高官身穿红色衣服了。何乐而不为呢？

现在我们要问：难道罗隐真的打定主意去学孙供奉吗？

当然不是。

照我想来，他写这首诗，其用意除了发发屡试不中的牢骚、吐吐积存多年的苦水外，主要的则是表示对唐昭宗不满并加以讽谏说是讽刺也行。大唐江山已经风雨飘摇行将不保了，昏庸的唐昭宗竟然还有心赏猴，封弄猴人以五品的官职，尤其是竟然让猴子随朝站班，这叫哪一套哩？昏庸必拒谏，拒谏愈昏庸。面对如此这般不着调的唐昭宗，讽谏也没用。用圣人的文话说是"朽木不可雕"，用我家乡的土话说是"死狗推不上南墙去"。没过多久，唐朝灭亡了。从这个角度说，《感弄猴人赐朱绂》一诗，不啻是一首挽歌。

罗隐在讽谏皇帝的同时，对于弄猴人是不是也自觉不自觉地有所贱视呢？很难说没有。还是照我想来，弄猴能弄出高水平或超水平，也不是件容易事。假如诗人真的去弄猴，真难说也能弄好。搁今天说话，孙供奉就是艺术家。赐不当赐是不用说了，但那是皇帝的错，责任不在弄猴人身上。难道他能违抗皇帝的旨意拒绝弄猴、拒绝赏赐吗？话说回来，那是在旧社会，弄猴人者流属于下九流，我们也不能要求罗隐超时代。

从罗隐求官之难和弄猴人得官之易，我想到这样一个问题：就走仕途——其实也不止于走仕途——而言，在不少情况下，正道直行者常常败北于非正道直行者（比如弄猴人）或反正道直行者（比如吹吹拍拍、阿上钻营者）。这无疑是很令人悲哀的，因其对于世道人心和公序良俗的负面影响很大。许多同志对于不由正道的做法瞧不上眼、不屑于做，他们是社会的脊梁（不过也应该看到，不由正道而走得通且走得顺，一者，并不轻松，所谓"胁肩谄笑,病于夏畦";一者,也需要相应的甚至是高超的"本事",起码不至于拍马挨踢,抹蜜挨咬,并不是谁想做就能够做得来的)。一个国家,一个社会,靠正道直行立身的人越多,靠不正道直行和反正道直行立身的人越少,其文明与和谐的程度就一定越高。

尘世开口笑不难
——读杜牧《九日齐山登高》

◆ 原文

九日齐山登高 [1]

江涵秋影雁初飞，与客携壶上翠微。[2]

尘世难逢开口笑，菊花须插满头归。[3]

但将酩酊酬佳节，不用登临恨落晖。[4]

古往今来只如此，牛山何必独沾衣？[5]

◆ 注释

[1] 九日：农历九月九日重阳节。齐山：山名。唐时属池州（在今安徽贵池）。

[2] 江涵：江水包含。秋影：秋日的形影。翠微：青翠掩映的山腰幽深处。

[3] 尘世：人间；俗世。难逢：难以遇到。须：一定。

[4] 但将：尽管将。酩（mǐng）酊（dǐng）：大醉貌。酬：报答。佳节：美好的节日。不用：不必；无须。登临：登山临水。也指游览。恨：遗憾。落晖：夕阳；夕照。

[5] 只如此：本如此。牛山何必独沾衣：《汉语大词典》解"牛山叹"曰：《晏子春秋·谏上十七》："景公遊于牛山，北临其国城而流涕曰：'若何滂滂去此而死乎？'"后以"牛山叹""牛山泪""牛山悲""牛山下涕"喻为人生短暂而悲叹。牛山：山名。在今山东省淄博市。何必：用反问的语气表示不必。独：单独；独自。还，依然。沾衣：沾湿衣服。形容落泪多。

◆今译

与客人带酒前往青翠掩映的山腰，江水倒映着秋天的景色大雁南飞。

人活世上高兴的事情不容易碰上，应该把头上插满菊花玩够了再回。

尽管用酩酊大醉回报美好的节日，不必在登山临水的时候遗憾落晖。

自古以来事情它就是这么个样子，有啥必要像齐景公那样牛山落泪？

◆蓊斋语语

据载，该诗作于武宗会昌五年（845年）杜牧在池州做刺史的时候。

本来是一首登山游览的诗，作者却集中抒发了有关人生的值得深长思之的感慨。按照词典的解释，"人生"一词有好几个义项，其中之一乃指"人的生存和生活"，正是在"人生"一词的这个意义上，杜牧的看法是，"尘世难逢开口笑"，因而"菊花须插满头归"，以及"但将酩酊酬佳节，不用登临恨落晖"，也就是有乐就玩，有酒就醉，有福就享，诸如此类。一句话，要及时行乐。

作为一种人生的态度和做法，及时行乐跟及时行乐是不一样的。把行乐看成人生的唯一目的，唯乐是行，醉生梦死，没有节制，这是一种消极人生观的反映，是不可取的。作为张弛有度的正常生活的一个方面，行可行、当行之乐，说得具体一点，一是建立在个人诚实劳动创造的物质基础之上，二是不要超出适当的界限，这样的行乐（甚至不排除在有些情况下的强不乐以为乐）乃人生的应有内涵，为什么不可以呢？不知道杜牧提倡的是哪一种及时行乐。我以为应该是后一种。不去管它也罢。

以我的观察为据，许多人是认同"尘世难逢开口笑"这句话的。跟这句话意思一致的还有一句，曰："不如意事常八九，能跟人言无二三。"但我以为这样的说法是值得商榷的。就某些特殊历史时期的广大人群和非特殊历史时期的少数人而言，说"尘世难逢开口笑"，也就是很少能遇上让人高兴的事情，是合乎实际情况的。至于就一般历史时期的广大人群而言，谁谁遇上"开口笑"即让人高兴的事情多一些，谁谁遇上"开口笑"即让人高兴的事情少一些，也是客观存在的实际情况。问题在于，杜牧是泛指，笼统而言，是说在一般情况下的一般人都是这样，就得说是以偏概全了。

人生在世，虽然常常会回顾既往来路，但对所经历者，究竟哪些属于挫折和坎坷，令人不快也就是不高兴乃至于痛苦，哪些属于顺遂和幸运，令人高兴乃至于庆幸，却很少梳理并在数量上做出统计。假如我们肯认真梳理并做出统计的话，我相信，一般而言，我们所遇到的高兴事，未必比所遇到的不高兴少，借用《半半歌》中的一句话，曰："百年苦乐半相参"。也正是因为这样，我们才感到生活与人生的美好。尽管生活和人生中让人高兴的事未必比让人不高兴的事少，然而人们对高兴的事往往缺少体察，感受不深，对不高兴的事则往往敏感，感受深切。许多人之所以认同杜牧的说法，我以为这就是原因所在。

人生苦短。这差不多是所有人的慨叹。如果说慨叹的程度有所不同的话，那就是条件越好的人慨叹越甚。齐景公就是因为条件特别优越，所以跑到牛山上去痛哭流涕了。比齐景公权势更大因而条件更好，好像也更有幻想与抗争精神的人是秦始皇和汉武帝。遗憾的是，连他们那样兴师动众、志在必得的寻觅不死药的行动都失败了。唯其如此，我说，为人在世，常会遇到这样那样无可奈何的事情。就中最无奈的，应该就是生命的终结，也就是死亡了。

无奈就是无能为力，就是只能逆来顺受，就是毫无办法。所谓"办法总比困难多"，不适用于人对死亡的逃避。不过，人终究不失为万物之灵。既然慨叹无用，流涕无益，抗争只能失败，那就干脆不在乎好了。虽然无奈，我不在乎，这就是杜牧的态度，就是通常所说的旷达的态度，也就是"牛山何必独沾衣"的意蕴所在。这里，我主张更进一步，叫作笑对无奈。笑对无奈是一种彻底旷达的态度，或者不妨说就是旷达的最高境界，自然也是应对无奈的最好的办法。面对笑对无奈的人们，怕是无奈也会感到颇为无奈了——我是说，假如无奈想以欣赏齐景公们的"牛山下涕"为乐趣的话。

把生活看得更阳光一些，用旷达的态度对待人生的迟暮，我们就能够更多地感受生活的美好，更加洒脱地享受人生的幸福。

诗话有时像胡话
——读李白《金乡送韦八之西京》

◆原文

金乡送韦八之西京^[1]

客从长安来，还归长安去。^[2]

狂风吹我心，西挂咸阳^[3]树。

此情不可道，此别何时遇？^[4]

望望不见君，连山起烟雾。^[5]

◆注释

[1]金乡：县名。唐时属兖州（今山东省金乡县）。韦八：李白之友。之：往；至。西京：指长安。

[2]客：来宾，宾客。指韦八。还归：返回。

[3]咸阳：唐人多借指长安。

[4]道：说；讲述。遇：相逢。

[5]望望：瞻望貌；依恋貌。连山：连绵的山岭。满山。烟雾：泛指烟、气、云、雾等。

◆今译

客人打从长安来，现在返回去长安。

狂风吹我一颗心，挂在咸阳高树端。

WENG ZHAI SHANG SHI

离情别绪不能言，此刻别去何时见？

久久伫望看不见，山岭起伏烟雾连。

◆翁斋语语

据载，这首诗写于天宝八年（749年）。这年春天李白从兖州出发，东游齐鲁，在金乡（今属山东）遇友人韦八回长安，写了这首送别诗。

李白喜交游，朋友多，诗又写得好，故送往迎来的诗也多。"客从长安来，还归长安去。"首联交代客人的来去之地，仿佛有谁问询，诗人指着他的朋友特为介绍。——纯然一派心平气和的情态。

有道是，没高山显不出平地来，反过来说也行。"狂风吹我心，西挂咸阳树。"原本平静的心情，当是极力控制的结果。朋友即刻离去，情感难再控制，陡然极度激动起来：你既然不能不走，我又不能跟去，那就让狂风把我这颗心刮去，挂到咸阳（长安）的树上好了，这样就等于我们始终在一起了。"山从人面起，云傍马头生。"（李白《送友人入蜀》）从行文的角度着眼，颔联两句可谓令人有"山从人面起"之感。

"此情不可道，此别何时遇？"论者或谓，离别时的千种风情，万般思绪，仅用"不可道"三字带过，犹如"满怀心腹事，尽在不言中"。对于这样的解读，我不是很赞同。诗人之所谓"不可道"者，我以为不是不想道或不去道，而是不能道或道不出。换言之，即此时此刻，诗人的难舍依恋和无可奈何的痛苦之情是不可名状的。那么，只有寄希望于"后会有期"了。什么时候才能再会呢？

"望望不见君，连山起烟雾。"友人终于与诗人告别离去了。诗人则没有即刻走开，而是在久久地张望友人渐行渐远的背影，直到天色向晚，绵延起伏的山岭弥漫起烟雾。

这里，我想再返回去说一说"狂风吹我心，西挂咸阳树"一联。

如众所知，这是脍炙人口的名句，不折不扣的好诗。奇绝，陡峭，想落天外，妙笔神来，可谓惊心动魄，令人目瞪口呆。

但是，从诗境回到生活，假如我们遇上有人一本正经地大声喧嚷（还是按启功先生所谓"唐人的诗是嚷出来的"说法，李白是大声嚷的）："狂风呀，你把我这颗心带上，使劲地吹、吹、吹，一直往西吹去，把它挂在咸阳（长安）的树上！"我们会怎么想呢？我们可能会认为，他是在说醉话——可能是喝醉了；或者认为，他是在说疯话——明显是精神有问题了。如果是在夜间，又会认为，他是在说胡话——睡觉睡"毛浪"了。总而言之，不认为是正常的话，更不要说还会觉得是什么美妙绝伦的诗歌。

如此这般，大概就得说是文学与生活、艺术与学术、诗境与实境的不同了。

话到此间，我想到这样一点，即在生活当中，不仅不可以说醉话、疯话、胡话之类，而且即使是合于实际的正确的话，哪些在什么情况下可以说，哪些在什么情况下不可以说，也须加以斟酌，不能无所顾忌。一言以蔽之，曰：要力求得体。所谓讲话得体，是不是可以这样认为：一者，要看对象；一者，要看场合；一者，要看氛围；一者，莫忘了自己的身份。比如说吧，在严肃郑重的场合，不宜天南海北地闲扯；在哀伤悲痛的场合，不宜讲滑稽诙谐的故事；为老人祝寿，不可以讲"老而不死是为贼"；为别人生孩子贺喜，不可以说"这个孩子将来是要死的"，就像鲁迅先生的《立论》文章中一个客人所说的那样。诸如此类。我不知道假如鲁迅先生真的去给别人生孩子贺喜而且遇到了跟《立论》中相同的情况，是不是真会照文章中老师教他的那个样子去说，但我相信，纵然他知道无论自己说些什么都一定不会挨打，他也不会说"这个孩子将来是要死的"话。孟浩然偶遇玄宗皇帝，皇帝向他索诗，本来是极好的进身机会，就因为他读的《岁暮归南山》一诗中一句"不才明主弃"甚不得体，使皇帝很不高兴，以致终身布衣。在我家乡，对讲话不得体的人有一个说法，叫"不识眉眼高低"。讲话务求得体，也许可以说是由语言的相对性决定的吧。这是题外的话，顺便说及。

下面一点也是顺便说及。是不是可以这样认为：就诗歌而论，无论是在诗境里面还是从现实生活的角度着眼，多数的是说实话。凡是这样的作品，就是现实主义的作品。少数的——从现实生活的角度着眼——是说胡话、疯话，乃至于假话、瞎话（例如"白发三千丈""燕山雪花大如席"等），凡是这样的作品，就是浪漫主义的作品。

我小的时候，曾听父亲说过不知道他从哪里看来或听到的这样的话："圣人一通胡话，留下斤秤流法（所谓"斤秤流法"，是指过去使用十六两一斤的旧秤的时候，一两、二两、三两，等等，各折合小数点后多少斤的换算口诀）。""斤秤流法"是不是圣人留下来的？我不知道。然而肯定不是"胡话"。现在，读罢李白的这首《金乡送韦八之西京》，请允许我戏说一句：诗人两句"胡嘈"，留下千古绝唱。

辛苦之外是愁苦

◆原文

农家望晴[1]

尝闻秦地西风雨，为问西风早晚回？[2]
白发老农如鹤立，麦场高处望云开。[3]

◆注释

[1] 望晴：盼望天晴。

[2] 尝闻：曾经听说。秦地：指秦国所辖的地域，即今陕西一带地方。西风雨：刮西风的时候预示要下雨。为问：相问。早晚：何日；几时。回：变换方向。

[3] 鹤立：形容瘦长者的站立貌。麦场：打麦场。云开：放晴。

◆今译

听说陕西一带地方刮西风要下雨，问你这劲吹的西风什么时候停息？
白发苍苍的老农像仙鹤一样伫立，在打麦场高处仰脸看天盼望放晴。

◆蓊斋语语

媒体上有个说法，曰：农民在什么时候都是弱势群体。对不对呢？我缺少这方面的历史知识，不好妄下断语。不过，至少就靠天吃饭这一点而言，农民真是世世代代处于非常无助的境地，特别是在旧社会。诗人了解农民，以简练的笔触为老农写生，表达了对于农民的深切同情。

"尝闻秦地西风雨，为问西风早晚回？"

有一句话许多人都很熟悉："山雨欲来风满楼。"我的家乡也有句类似的话，曰："风是雨头"。雨跟风的确常密切相连。民以食为天。天对庄户人家的最大恩惠就是风调雨顺了。所谓"风调雨顺"，或者也可以这样理解：一是，"调"者，适也。按照农作对雨水的需要，该刮什么风的时候就刮什么风，从而，使老天该下雨下雨、该放晴放晴。二是，"调"者，使协调也。当雨水不是多符合农作需要的时候，即需要雨的时候没下，不需要雨的时候却下，风就赶快调转方向，使天下雨或者放晴。诗人说他曾经听人讲过，陕西一带地方，刮西风预示下雨，请问现在正呼呼劲吹的西风，什么时候停下来呢？

"白发老农如鹤立，麦场高处望云开。"

杜甫有句："好雨知时节，当春乃发生。"当春发生的雨固然是好雨，别的时候的雨只要是庄稼生长需要，无疑也都是好雨。相反，庄稼不需要的时候发生的雨，把庄稼下涝的暴雨，还有那种下来下去老不放晴的连阴雨，就不是好雨了。不知道陕西一带地方小麦要丰收对雨水有什么具体要求，反正小麦打场的时候，无论什么地方都害怕下雨，又特别害怕下那种没完没了的连阴雨。请看那位老农：白发苍苍，瘦骨嶙峋，站在麦场高处，满脸焦虑，望着天际，他是盼望云开日出好打场呀！

人们对李绅的两句诗大都比较熟悉："谁知盘中餐，粒粒皆辛苦。"以我小时候在农村老家务农的体会为据，农民种田的确非常辛苦。"锄禾日当午"嘛，"汗滴禾下土"嘛，哪有不辛苦的道理。不过，种田劳作的辛苦是就体力而言。假如光是体力上辛苦的话，农民还真是并不太当作一回事。跟体力上的辛苦相比，心里的愁苦才是个更大的问题。最大的愁苦就是靠天吃饭，灾害频仍，又是怕天旱，又是怕雨涝，又是怕下雹子，又是怕招蝗虫。尤其是水旱两灾，频繁交替，毫无办法。"赤日炎炎似火烧，野田禾苗半枯焦。农夫心内如汤煮，公子王孙把扇摇。"这是《水浒传》里的一首诗，讲的是旱。"吉普车牵着弯弯的月亮，扑向一片汪洋，……青蛙敲着千面鼓，迎我进东昌。"这是当代诗人的诗句。如果我的解读不错，这实际上写的是雨涝之后的景象。诗人笔下的一片汪洋，原本是长着绿油油的庄稼的农田来着。农田而成汪洋的时候，农民的那种苦楚，有如心泡在水里（对我而言，这样的苦楚不是感同身受，而是亲感亲受）。大旱大涝是这个样子，即使一般的年景，只要粮食还没有收到囤里，农民的心就始终提着。即如上述"鹤立"的"老农"，尽管麦子已经收割上场，不是还在担心天阴欲雨而期盼放晴吗？期盼止于期盼，愁苦自不待言。辛苦之外是愁苦，这才是几千年来中国农民命运的真相。

眼下农民的境况较过去大大改善了，但是跟城里的人比，还是有着较多一些的辛苦和愁苦。有则以"谁知盘中餐，粒粒皆辛苦"为词的广告经常在播。很希望人们在想到农民辛苦的同时，更想到他们的愁苦，从而把节约粮食的自觉性提得更高一些。

为人当有岁寒心
——读张九龄《感遇十二首（其七）》

◆ 原文

感遇[1]十二首（其七）

江南有丹橘，经冬犹绿林。[2]

岂伊地气暖，自有岁寒心。[3]

可以荐嘉客，奈何阻重深！[4]

运命唯所遇，循环不可寻。[5]

徒言树桃李，此木岂无阴？[6]

◆ 注释

[1] 感遇：对所遇事物的感慨。

[2] 丹橘：即指橘树。丹：红色。经冬：经历冬天。犹：还；仍。绿林：林木不凋。

[3] 岂伊：犹岂，难道。伊，语中助词，或曰指江南。地气：犹气候。自有：本来就有。岁寒心：谓坚贞不屈的节操，或谓耐寒的本性。

[4] 荐：进献；送上。嘉客：佳客，贵宾。奈何：怎么，为何。阻重深：谓困难或险阻多而大。

[5] 运命：迷信指命中注定的生死、贫富和一切遭遇。唯：听凭，任随。遇：相逢；不期而遇。循环：往复回旋。指事物周而复始地运动或变化。寻：考索；探求。

[6] 徒言：只言，仅言。另外，"言"字也可以解读为无义的助词。树：种植；栽种。桃李：《韩诗外传》卷七有"夫春树桃李，夏得阴其下，秋得食其实。"后遂以"桃

李"比喻栽培的后辈和所教的门生。阴：树荫。

◆今译

江南一带生长丹橘树，历经冬天树叶不凋零。

哪里是气候温暖使然，本来就有耐寒的特性。

果实可进献尊贵客人，为什么阻隔障碍重重！

命运是遇合无法掌控，祸福的奥秘不可探寻。

人们都忙于栽植桃李，橘树难道就没有树阴？

◆翁斋语语

据载，张九龄乃景龙年间进士，是"开元之治"最后一位贤明的宰相。

我看中央电视台的《百家讲坛》，得知当年张九龄仅仅见过安禄山一面，就从其眼神的狡诈断定：此人不除后必祸乱中国。不久，安禄山因为轻敌打了很大的败仗，按律当斩，唐玄宗却加以庇护。张九龄便觐见玄宗，说出自己的看法，要求按律处决。玄宗不仅不从，而且对张九龄不满。仅从这一点看，张九龄就不愧为杰出的政治家。也许就因为他太过杰出，所以被贬为荆州长史。面对朝政的腐败，有感于自己的遭遇，于是他托物寓意，写了《感遇》诗十二首，这是其中的一首。该诗以丹橘自喻，展示自信，倾诉不平，抒发愤懑，言说心志。要而言之，表示自己有一颗忠于朝廷的"岁寒心"。

读此诗，一者，想到屈原的《橘颂》诗；一者，想到《论语·子罕》中圣人的教诲："岁寒，然后知松柏之后凋也"。张九龄借鉴《橘颂》，以丹橘为君子人格作喻，同时，受松柏后凋的启发，将丹橘"经冬犹绿林"的特性，以"岁寒心"三字概括，大概也可以说是站在了巨人肩头的一个创造，有其哲理意味，予人以启迪和教育。

所谓"岁寒心"者，既然是一种坚贞不屈的节操，如前面注释所解，那么，说到底，也就是一种理想信念之心，道德情志之心。按照人们的通常理解，"岁寒心"之显得可贵，是因为人处困境当中，其所作所为容易走形变样，正如桃李的岁寒易凋。这当然是不错的。现在要问，人处顺境当中，是不是就不需要有"岁寒心"呢？我以为也需要的。这里，我把"岁寒"看作是客观环境的代名词。无论逆境还是顺境，都可以构成对人的考验，都可以看作"岁寒"。困境的考验是这样那样的艰难险阻，是通常意义上的"寒"；顺境的考验则是这样那样的诱惑，是别样意义上的"寒"。在有些时候和对有些人来说，抗御这样那样的诱惑之"寒"，比战胜这样那样的艰难险阻之"寒"，要更加困难甚至困难得多。唯其如此，我说，无论谁人，无论什么时候，都应该葆有一颗能够经受住任何考验的可贵"岁寒心"。

"岁寒心"就是道德心。加强道德建设和道德修养的必要性和重要性是毋庸置疑的。

人不能对自己失掉自信力。

人不能没有道德自觉性。

人不能像狗一样，除非被铁链锁着，就难保不会偷吃。

面对"经冬犹绿林"的橘树，一向以"万物之灵"自居的人而"岁寒心"阙然，应该感到惭愧。

为人当有善良心
——读杜甫《病马》

◆原文

病 马

乘尔亦已久，天寒关塞深。^[1]

尘中老尽力，岁晚病伤心。^[2]

毛骨岂殊众？驯良犹至今。^[3]

物微意不浅，感动一沉吟。^[4]

◆注释

[1] 乘：乘坐。尔：你。亦：实在。关塞深：边关遥远而险要。关塞：边关；边塞。

[2] 尘中：飞扬的尘土中。岁晚：岁暮。伤心：形容极其悲痛。

[3] 毛骨：毛与骨骼。岂：表示反诘，相当于难道。殊众：不同于众；出众。驯良：和顺善良；驯服和善。犹：则；却。

[4] 物微：微不足道的生物。意：情意；感情。感动：触动感情。感伤。一：表示动作一次或短暂。沉吟：低声吟咏；低声自语。

◆今译

乘坐你实在已经很久了，关塞又远又险寒风凛凛。

尘土里虽老迈不惜力气，近岁暮你生病令我伤心。

毛皮骨骼岂有不寻常处，始终如一性情驯服良顺。

虽是牲口对人有情有义，让我感动不免一番沉吟。

◆ 翁斋语语

据载，该诗是作者于乾元二年（759 年）客居秦州时所作。

读杜甫的这首写马病的诗，想到白居易写马死的一首诗：《有小白马乘驭多时，奉使东行，至稠桑驿溘然而毙，足可惊伤，不能忘情，题二十韵》。白居易这首诗挺长，兹将结尾处的一部分抄在下面——

……

昨夜犹刍秣，今朝尚系维。

卧槽应不起，顾主遂长辞。

尘灭骎骎迹，霜留皎皎姿。

度关形未改，过隙影难追。

念倍燕求骏，情深项别骓。

银收钩臆带，金卸络头羁。

何处埋奇骨？谁家觅弊帷？

稠桑驿门外，吟罢涕双垂。

杜甫因马病沉吟，白居易因马死垂泪，可见他们都是非常善良的人。阅读报章杂志，每遇到摹写善良人性的佳作，我是又想看又怕看，想看是因为善良的人性最美，怕看是因为不愿意流泪，结果却总是一面看一面流泪。我在别处说过类似的话了，这里再说一遍：世界上最感人者，非慈悲胸怀或曰善良的心性莫属。

是不是可以这样认为：善良与否的议论，是一个仅与生命有关的话题。

换言之，看一个人是不是善良，就看他或她对待生命的态度。这里我之所谓生命，首先当然指人的生命，同时也包括其他生物的生命在内。

以我的观察为据，善良人对待生命的态度，大体有如下几种情形——

其一，珍惜生命，为善良生命的逝去而感到悲痛。

其二，同情弱小，希望弱小而善良的生命能得到善意的对待。

其三，乐见善良的生命享受幸福。

其四，怕见生命尤其是善良的生命遭受痛苦。

其五，己所不欲，不施于人。

与善良的人不同，就上述诸条而言，不善良的人应该是反着个的。

善良是一种心性，或者更确切点说是一种心地。举凡仁德、诚信、厚道等诸多优良品质，都是由善良的心地生长或曰派生出来的。唯其如此，我说，善良的心地至为宝贵。所谓好人，首先得是善良的人。国家要安定，社会要和谐，家庭要温馨，自然须有诸多物质和精神方面的条件，而善良心性的流布和充盈，则在精神方面具有基础性的作用。

无论是杜甫的《病马》一诗，还是白居易为溘然而毙的小白马写的诗，至少跟他们那些广为人知的篇什相比，算不得多么好，但我还是愿意读。一面读，想见作者的为人，揣摩他们的音容笑貌，觉得他们除了文化水平很高以外，很像我小时候家乡的那些慈眉善目的老爷爷，让人愿意亲近，产生依恋的情愫，心中流溢温暖。一句话，读他们这样的诗歌，主要不是欣赏文采、思想、哲理之类，而是感受他们的人品，接受善良心性的熏陶。

想起来载于《论语·乡党》的另一段与马有关的文字："厩焚。子退朝，曰：'伤人乎？'不问马。"（孔夫子家的马棚失火了。孔夫子从朝廷回来，说："伤着人了没有？"没有问有关马的情况。）当初我读这段文字的时候就在心里发问，以后每想起来时总还会问：孔夫子为什么不问马呢？难道老人家真的没问马吗？以圣人的悲悯心怀，他怎么会仅仅把马看作一种财产而忘记马命也是命所以没有问呢？莫非他那个马厩里已经没有马了？

已经没有马了何必还加一句"不问马"呢？几千年的事了，尽信书不如无书，不去管它也罢。有一点可以肯定：事情换了杜甫和白居易，他们在问伤没伤人的同时，如果知道马厩里有马的话，一定也会问伤没伤马的。

为人当有知足心
——读白居易《知足吟》

◆ 原文

知足吟 [1]

不种一陇田，仓中有余粟。[2]

不采一枝桑，箱中有余服。[3]

官闲离忧责，身泰无羁束。[4]

中人百户税，宾客一年禄。[5]

尊中不乏酒，篱下仍多菊。[6]

是物皆有余，非心无所欲。[7]

吟君《未贫》作，因[8]歌《知足》曲；

自问此时心，不足何时足？

◆ 注释

[1] 知足吟：题下原注"和崔十八《未贫》作。"崔十八，崔玄亮。知足，谓自知满足，不做过分的企求。吟，吟咏；诵读。

[2] 陇：同"垄"，土地面积单位。余粟：剩余的粮食。

[3] 余服：指身上穿着之外的衣服。

[4] 离：去掉；弃。忧责：责任，重任。身泰：身心舒泰。泰，宽裕，自由。羁束：束缚，拘束。

[5] 中人：中等人家。宾客：官名。太子宾客的省称。唐代始置，明代以后废。

禄：俸给。

[6] 尊：同"樽"，盛酒器。不乏：不缺少。篱下：篱笆下。仍：更，且。

[7] 是物：物物，各种物品。非心：邪心。欲：欲望；愿望。

[8] 因：就；于是。

◆今译

    我连一垄田地都不耕种，仓里却还有剩余的粮粟。

    我连一枝子桑都不采摘，箱子里却有存着的衣服。

    官事轻闲不用担负重任，身心舒展泰然不受拘束。

    百户中等人家所纳的税，是我太子宾客一年的禄。

    盛酒器里始终不缺少酒，篱笆下栽植着芬芳的菊。

    所用物品样样都有余裕，非分欲念一丝一毫没有。

    吟咏了先生您的《未贫》诗，于是歌吟起我的《知足》曲。

    此时我自己问自己的心，还不知足什么时候知足？

◆蓊斋语语

    据载，此诗乃作者于大和三年（829 年）在洛阳时作。

    有人说"吃亏是福"，这是有道理的。在我看来，比"吃亏是福"更好理解的是"知足是福"——一个懂得知足，或曰有知足心的人，才更容易感受到幸福。白居易是个有知足心的人，故他的《知足吟》字里行间充盈着幸福感。

    或许有人要说，白老先生已经做了太子宾客这样的三品大官，吃不愁，穿不愁，养尊处优，搁谁谁都知足。其实，白老先生官没做到这样大的时候，就有知足心的。据载，唐宪宗元和六年至八年（811—813 年），因为母亲去世，白居易离开了官场在家居丧，身体多病，生活困窘。可是，请看他在这期间写的《村居苦寒》一诗——

> 八年十二月，五日雪纷纷。
>
> 竹柏皆冻死，况彼无衣民。
>
> 回观村闾间，十室八九贫。
>
> 北风利如剑，布絮不蔽身。
>
> 唯烧蒿棘火，愁坐夜待晨。
>
> 乃知大寒岁，农者尤苦辛。
>
> 顾我当此日，草堂深掩门。
>
> 褐裘覆絁被，坐卧有馀温。
>
> 幸免饥冻苦，又无垄亩勤。
>
> 念彼深可愧，自问是何人？

从中是不是也可以很清楚地窥见作者的一颗知足心呢？答案是肯定的。

应该承认，为人在世，各方面条件好比条件差的，是比较容易有知足心的。然而这只能在相对的意义上去理解。以腐败分子为例，有些人的条件绝不能说不好，比如，官做得很大，钱挣得很多，等等，其欲火偏就如原子弹、氢弹爆炸一样，对于权力和金钱的攫取，不到东窗事发，就永远没有竟时。若干年前，我写过一篇题为《贪欲是条狗》的短文，说人有贪欲，就像背后有恶狗追着一样，急急然，惶惶然，疯跑狂窜不止，且引一篇题为《十不足》的山坡羊词为证——

> 逐日奔忙只为饥，才得有食又思衣。
>
> 置下绫罗身上穿，抬头又嫌房屋低。
>
> 盖下高楼并大厦，床前缺少美貌妻。

娇妻美妾都娶下，又虑出门没马骑。

将钱买下高头马，马前马后少跟随。

家人招下十数个，有钱没势被人欺。

一铨铨到知县位，又说官小势位卑。

一攀攀到阁老位，每日思想要登基。

一日南面坐天下，又想神仙下象棋。

洞宾与他把棋下，又问那是上天梯？

上天梯子未做下，阎王发牌鬼来催。

若非此人大限到，到了天上还嫌低！

由此可知，贪欲是知足心的大敌。人只有将贪欲——假如有贪欲的话——放逐，知足才有可能。那么，怎样才能将贪欲放逐掉呢？这是个大问题。要而言之，可以这样认为：从深层次上说，那得树立正确的世界观、人生观、价值观；从浅层次上说，就是不要老是跟那些比自己条件高的人比。这正是白居易的比较法，值得我们学习。

话说回来，所谓知足也者，也不能从绝对的意义上去理解。在有些方面，比如对钱财的占有和个人的物质生活享受，不能没知足心；在有些方面，比如道德修养的提升，高尚精神生活的追求，知识学问的汲取，对国家对人民的贡献，则不应有知足心。社会的发展，文明的进步，归根结底都是人不知足的结果。即使是高唱《知足吟》诗的白居易，至少有一点是始终不知足的，那就是他的光耀千秋的诗歌创作。

附本书所赏诗歌之作者简介

（转载自《东方烟草报》）

　　杜甫（712～770），字子美，自号少陵野老，祖籍襄阳（今湖北襄樊市襄阳区），盛唐时期伟大的现实主义诗人。因其曾任左拾遗、检校工部员外郎，后世称其为杜拾遗、杜工部；又因其搭草堂居住在长安城外的少陵，也称他杜少陵、杜草堂。有作品集《杜工部集》。杜甫忧国忧民，诗艺精湛，对中国古典诗歌影响深远，被后世尊称为"诗圣"，其诗被称为"诗史"。杜甫与李白合称"李杜"，为了与李商隐和杜牧即"小李杜"区别，杜甫与李白又合称"大李杜"。

　　王湾（生卒年不详），唐代诗人。现存诗 10 首，其中最出名的是《次北固山下》。其诗《全唐诗》有收录，事迹见《唐才子传》。

　　杜牧（803～853），字牧之，号樊川居士，京兆万年（今陕西西安）人，唐代诗人。人称"小杜"，以别于杜甫。与李商隐并称"小李杜"。因晚年居长安南樊川别墅，故后世称其为"杜樊川"。有《樊川文集》。

　　李白（701～762），字太白，号青莲居士，唐朝伟大的浪漫主义诗人，有"诗仙"之称。与杜甫齐名，世称"李杜"。李白的诗风雄奇豪放，想象丰富，语言流转自然，音律和谐多变。善于从民歌、神话中吸取营养和素材，构成其特有的瑰玮绚烂色彩，富有积极浪漫主义精神。其存世诗文千余篇，有宋人编《李太白集》传世。

虞世南（558～638），字伯施，越州余姚（今属浙江）人，唐初书法家、文学家。其书法刚柔并重，骨力遒劲，与欧阳询、褚遂良、薛稷并称"唐初四大书家"。其诗风与书风相似，清丽中透着刚健。编有《北堂书钞》一百六十卷、《群书理要》五十卷、《兔园集》十卷等，另有《虞世南集》三十卷，大部佚亡。

白居易（772～846），字乐天，晚年号香山居士，唐代伟大的现实主义诗人。其诗歌题材广泛，形式多样，语言平易通俗，代表诗作有《长恨歌》《卖炭翁》《琵琶行》等，有《白氏长庆集》传世。

柳宗元（773～819），字子厚，唐代河东解（今山西运城市西南）人，著名文学家、哲学家。因他是河东人，故人称"柳河东"，又因终于柳州刺史任上，故又称"柳柳州"。柳宗元与韩愈共同倡导古文运动，并称为"韩柳"；与刘禹锡并称为"刘柳"；与王维、孟浩然、韦应物并称为"王孟韦柳"；与韩愈、欧阳修、苏洵、苏轼、苏辙、王安石和曾巩并称为"唐宋八大家"。有《河东先生集》。

韩愈（768～824），字退之，河南河阳（今河南孟州市）人。自谓郡望昌黎，世称"韩昌黎"。晚年任吏部侍郎，又称"韩吏部"。谥号"文"，又称"韩文公"。韩愈是唐代古文运动的倡导者，宋代苏轼称他"文起八代之衰"，明人推他为"唐宋八大家"之首，与柳宗元并称"韩柳"，有"文章巨公"和"百代文宗"之名。有《昌黎先生集》。

韦应物（约737～791），唐代诗人。因出任过江州刺史、左司郎中、

翁斋赏诗

苏州刺史，世称"韦江州""韦左司"或"韦苏州"。韦应物是山水田园派诗人，以善于写景和描写隐逸生活著称，诗风恬淡高远，与王维、孟浩然、柳宗元并称"王孟韦柳"。今传有十卷本《韦江州集》、两卷本《韦苏州诗集》和十卷本《韦苏州集》。

崔颢（？～754），汴州（治今河南开封市）人，唐玄宗开元十一年（723）进士，以《黄鹤楼》诗颇令李白折服。作品激昂豪放、气势宏伟，有《崔颢诗集》。

岑参（约715～770），唐代边塞诗人，长于七言歌行，代表作有《白雪歌送武判官归京》。他对边塞风光、军旅生活及少数民族的文化有深切感受，边塞诗佳作尤多。其风格与高适齐名，后人将两人并称"高岑"。

李绅（772～846），字公垂，唐代诗人。与元稹、白居易交游甚密，为新乐府运动的倡导者之一。作有《乐府新题》二十首，已佚。今存《悯农》诗二首，被誉为"悯农诗人"。

李商隐（约813～约858），字义山，号玉谿生，晚唐著名诗人。擅长近体，尤以七律成就最高。诗和杜牧齐名，世称"小李杜"，与温庭筠合称为"温李"。有《李义山诗集》。后人辑有《樊南文集》。

孟郊（751～814），字东野，湖州武康（今浙江德清）人，唐代诗人。曾任江南溧阳县尉，在任时常以作诗为乐，作不出诗则不出门，故有"诗囚"之称；又与贾岛齐名，人称"郊寒岛瘦"。代表作有《游子吟》。

陈子昂（659～700），字伯玉，梓州射洪（今属四川）人，唐代文学家，初唐诗文革新人物之一。因曾任右拾遗，后世称"陈拾遗"。其存诗100多首，其中最有代表性的是《感遇》诗38首、《蓟丘览古赠卢居士藏用》7首和《登幽州台歌》。

贺知章（659～约744），字季真，越州永兴（今浙江杭州市萧山区）人，唐代著名诗人、书法家。与张若虚、张旭、包融并称"吴中四士"。作品大多散佚，今存20首。

王勃（约650～676），字子安，绛州龙门（今山西河津）人，与杨炯、卢照邻、骆宾王以文辞齐名，并称"王杨卢骆"，亦称"初唐四杰"。曾任虢州参军，因渡海溺水，惊悸而死。少时已显露才华，作《滕王阁序》，受世人称赞。

王之涣（688～742），字季凌，原籍晋阳（今山西太原），后迁居绛州（今山西新绛县），盛唐著名诗人。其诗以善于描写边塞风光著称。代表作有《登鹳雀楼》《凉州词》等。

王维（701～761），字摩诘，号摩诘居士，唐代著名诗人、画家。官至尚书右丞，故世称"王右丞"。王维精通诗、书、画、音乐等，以诗名盛于开元、天宝间，尤长五言，多咏山水田园，与孟浩然合称"王孟"。苏轼评价其"味摩诘之诗，诗中有画；观摩诘之画，画中有诗。"有《王右丞集》。

孟浩然（689～740），名浩，字浩然，号孟山人，襄州襄阳（今湖北襄樊市襄阳区）人，世称"孟襄阳"。唐代著名山水田园派诗人，与王维并称"王孟"。有《孟浩然集》。

来鹄（？～883），洪州豫章（今江西南昌）人，唐代诗人。咸通间举进士不第，隐居山泽。其诗作思清丽，然怀才不遇，辗转漂泊，故其多写旅居漂流、穷愁困苦的生活，亦有关注民间疾苦之作。《全唐诗》存其诗一卷。

秦韬玉（生卒年不详），字中明，京兆（治今陕西西安）人，唐代诗人。原有《投知小录》三卷，已散佚。

胡令能（生卒年不详），泉州莆田（今福建省莆田县）人，唐代诗人。家贫，少为磨镜锼钉之业，人称"胡钉铰"。工诗，事迹略见《唐诗纪事》。诗写得通俗易懂，却颇具巧思，富有浓郁生活气息。《全唐诗》录存其诗四首。

祖咏（生卒年不详），洛阳（今属河南）人，唐玄宗开元十二年（724年）进士。工诗，以律诗见长，多写田园山水，属王维、孟浩然一派。明人辑有《祖咏集》一卷。《全唐诗》录其诗一卷。

刘长卿（？～约789），字文房，河间（今属河北）人，唐代诗人。官至随州刺史，世称"刘随州"。刘长卿工于诗，长于五言，称为"五言长城"。有《刘随州诗集》。

元结（719～772），字次山，号漫叟、聱叟、浪士、漫郎。原籍河南（治今河南洛阳），后迁鲁山（今属河南）。天宝六年（747年）应举落第后归隐商余山。天宝十二年进士及第。安禄山反，曾率族人避难猗玗洞（今湖北大冶境内），因号猗玗子。乾元二年（759年），任山南东道节度使史翙幕参谋，招募义兵，抗击史思明叛军，保全十五城。代宗时，任道州刺史，调容州，加封容州都督充本管经略守捉使，政绩颇丰。大历七年（约772年）入朝，同年卒于长安。原有著作多部，均佚。有《元次山文集》、明陈继儒鉴定本《唐元次山文集》、淮南黄氏刊本《元次山集》。

卢纶（约742～约799），字允言，河中蒲（今山西永济县）人，唐代诗人。其边塞诗意境雄浑，很有气魄。

王昌龄（？～约756），字少伯，京兆长安（今陕西西安）人。盛唐著名边塞诗人，后人誉为"七绝圣手"。他的边塞诗气势雄浑，格调高昂，充满了积极向上的精神。世称"王龙标"，有"诗家天子王江宁"之称。存诗一百七十余首，后人辑有《王昌龄集》。

贾岛（779～843），字浪（阆）仙，又名瘦岛，范阳（治今河北涿州）人，唐代诗人。早年出家为僧，号无本。自号"碣石山人"，被称为"苦吟诗人"。有《长江集》。

温庭筠（？～866），本名岐，后改名庭云、庭筠，字飞卿，晚唐时期诗人、词人。他文思敏捷，每入试，押官韵，八叉手而成八韵，所以有"温八叉"之称。工诗，与李商隐齐名，世称"温李"。现存词六十余首，大都收入《花间集》。

刘禹锡（772～842），字梦得，洛阳（今属河南）人，唐代文学家、哲学家。刘禹锡诗文俱佳，与柳宗元并称"刘柳"，与韦应物、白居易合称"三杰"，并与白居易合称"刘白"。有《刘梦得文集》。

杜荀鹤（846～904），字彦之，自号九华山人，池州石埭（今安徽石台）人，唐末现实主义诗人。其诗作平易自然，朴实明畅，清新秀逸。有《唐风集》。

张籍（约767～约830），字文昌，唐代诗人。曾任水部员外郎，官至国子司业，故世称"张水部"或"张司业"。长于乐府诗，与王建齐名，并称"张王乐府"。

元稹（779～831）：字微之，洛阳（今河南洛阳）人，唐代著名诗人。他与白居易同科及第，共同倡导新乐府运动，世称"元白"。留世有《元氏长庆集》。

王建（约767～约830），字仲初，许州（治今河南许昌市）人，唐朝诗人。与张籍友善，乐府诗与张齐名，世称"张王乐府"。其诗题材广泛，生活气息浓厚，思想深刻。有《王司马集》。

杨敬之（生卒年不详），字茂孝，唐代文学家杨凌之子。李贺、项斯等为其忘年之交。《全唐诗》存录其诗二首、断句四。《全唐诗外编》及《全唐诗续拾》补其诗七首、断句六。

李贺（790～816），字长吉，福昌（今河南宜阳西）人，家居福昌昌谷，后世称"李昌谷"。有"诗鬼"之称，是与"诗圣"杜甫、"诗仙"李白、"诗佛"王维齐名的唐代著名诗人。有《雁门太守行》《李凭箜篌引》等名篇。有《昌谷集》。

李群玉（生卒年不详），字文山，唐代澧州（今湖南澧县）人。有《李群玉诗集》三卷、《后集》五卷传世。

陆龟蒙（？～约881），字鲁望，号天随子、江湖散人、甫里先生，唐代文学家。曾任湖州、苏州刺史幕僚，后隐居松江甫里，有《甫里集》等。

罗隐（833～910），字昭谏，晚唐诗人，有《甲乙集》等诗集，多已散佚。清人辑有《罗昭谏集》八卷传世。

雍裕之（生卒年不详），蜀（今四川）人。唐德宗贞元后诗人，工乐府，著有诗集一卷。《全唐诗》录存其诗三十三首。

张九龄（673或678～740），字子寿，韶州曲江（今广东韶关）人，世称"张曲江"或"文献公"。开元时期的贤相之一。耿直温雅，风仪甚整，时人誉为"曲江风度"，为"开元之治"做出了积极贡献。其五言诗诗风清淡，情致深婉，对扫除唐初所沿习的六朝绮靡诗风贡献尤大。著有《曲江集》。